GEWAGTES SPIEL

KYLIE GILMORE

Gewagtes Spiel: © 2017 Kylie Gilmore
First Edition December 2017
Coverdesign von Kim Killion
Publiziert durch: Extra Fancy Books
Übersetzung: Anna Drago

ISBN-10: 1-942238-94-0
ISBN-13: 978-1-942238-94-2

Kapitel Eins

„Wie romantisch bist du?"

Charlotte Vega unterdrückte ein Lachen, als sie die Frage hörte, die ihre Freundin an die Campbell-Brüder und deren Kumpels gerichtet hatte, die weiter unten an der Bar saßen. Männer *waren* nicht romantisch. Hailey saß auf der Kante ihres Hockers, scharf auf ein pikantes romantisches Detail.

Doch da war nichts Pikantes. Und romantische Details auch nicht.

Charlotte hätte Hailey eine Menge Zeit und Frustration ersparen können, wenn Hailey nur zugehört hätte. Männer standen auf Essen, Sport und Sex. Romantik floss in diese Gleichung nicht ein. Beweis A: die Männer, die sie gefragt hatte, stopften sich mit Brownies voll und tranken Bier, den Blick auf den College-Basketball-März-Wahnsinn auf dem Fernseher über der Bar fixiert. Charlotte musste zugeben, dass sie attraktiv waren – die meisten von ihnen groß, dunkel und muskulös. Es war nicht schwer, sich vorzustellen, dass Sex kein abwegiger Gedanke für sie war (allerdings nur, wenn sie genug vom Essen und vom Sport hatten).

„Auf einer Skala von Eins bis Zehn?", fragte Hailey mit einem verzweifelten Unterton in der Stimme. Als einzige

Hochzeitsplanerin in Clover Park war Hailey Adams wild entschlossen, die weiblichen Singles in ihrem Happy End Buchclub zu verkuppeln, und war der Meinung, dass es dieser Mission zuträglich war, männliche Singles verstehen zu lernen. Sie war fest davon überzeugt, dass sie dafür verantwortlich war, dass bereits drei Mitglieder ihres Buchclubs ihren Mr. Right gefunden hatten.

Charlotte wollte Hailey gerade sagen, dass sie es aufgeben sollte, als Gottes Geschenk an die Frauenwelt in die Bar geschlendert kam. Er trug eine schwarze Lederjacke, ausgewaschene Jeans und Bikerstiefel. Seine fast schwarzen Haare waren kurz geschoren, seine dunkelbraunen Augen umspielten fröhliche Fältchen und sein Mund war zu einem Lächeln verzogen, das seine weißen Zähne im Vergleich zu seinem dunklen Stoppelbart auf seinem kantigen Kinn noch weißer erscheinen ließ. Natürlich ignorierte er sie vollkommen, genau wie zuvor. Er begrüßte die Jungs – seine Brüder – mit überschwänglichen Umarmungen und jeder Menge Schulterklopfen. Dann begrüßte er ein paar ihrer Freundinnen, küsste Hailey, die auf der einen Seite neben Charlotte saß, auf die Wange und zerzauste die Haare seiner Schwester Mad, die auf der anderen Seite neben ihr saß.

Als ob es Charlotte interessierte, dass er sie ignorierte.

„Hi, Charlotte", sagte Ty dann lässig, als hätte er sie bei ihrer letzten Begegnung nicht gewaltig gedisst. „Lange nicht gesehen."

„Hallo", antwortete sie kühl.

Ty ließ sich neben Hailey auf einem Barhocker nieder. Auch wenn Hailey zwischen ihnen saß, weigerte Charlotte sich, in diese Richtung zu blicken. Letzte Weihnachten hatte sie auf der Hochzeit seines Bruders die wenig angenehme Bekanntschaft des arroganten Ty Campbell gemacht. Seitdem waren drei Monate vergangen, und es ärgerte sie immer noch, wie Ty ganz bewusst nacheinander alle ihre Freundinnen – einschließlich seiner Schwester – beim Hochzeitsempfang zum Tanzen aufgefordert hatte, nur sie nicht. Dann hatte er die Dreistigkeit besessen, so zu tun, als hätte er kein Spielchen gespielt, um ihre Aufmerksamkeit auf sich zu ziehen und *sie* dazu zu bringen, *ihn* zu fragen. Ha! Charlotte hatte genug unangenehme Beziehungen für ein ganzes Leben hinter sich gelassen, angefangen bei Lügnern über Fremdgeher bis hin zu Männern mit einem ganzen Gepäckwagen voll emotionalem Ballast. Eines, was sie ganz sicher nicht tat, war Spielchen spielen.

Sie trank einen Schluck von ihrem Martini und wandte sich Mad zu. Sie wartete geduldig darauf, dass Mad sich konzentrierte, was ihr nicht leicht fallen konnte, da sie auf dem Schoß ihres Verlobten saß und er seinen Kopf an ihren Hals schmiegte.

Tys tiefe, laute Stimme war unmöglich zu ignorieren. „Was habe ich verpasst? Ich werde alle deine Fragen beantworten, Herzblatt."

„Danke", antwortete Hailey süß. „Ich habe die Jungs gerade gefragt, für wie romantisch sie sich auf einer Skala von Eins bis Zehn halten."

Charlotte riskierte einen Blick in seine Richtung.

Ty wählte genau diesen Moment, um seine Lederjacke auszuziehen und ein schwarzes T-Shirt zu entblößen, das ihren Blick sofort auf seinen gewaltigen Bizeps mit dem aufwendigen Tribal-Tattoo lenkte. Bei diesem zugegebenermaßen spektakulären Anblick begann ihr Puls einen Takt schneller zu schlagen. „Auf einer Skala von Eins bis Zehn", sagte er gedehnt, den Blick auf Hailey gerichtet, „würde ich sagen Zehn."

„Ha!", platzte Charlotte heraus. Dieser Typ hatte versucht, kindische Spielchen mit ihr zu spielen. Daran war *nichts* romantisch.

Als Ty ihrem Blick begegnete, umspielte ein Schmunzeln seine Lippen. „Ich kann eine Schippe drauflegen, wenn ich will."

„Eine Schippe drauflegen ist nicht gleichbedeutend mit Romantik", erwiderte Charlotte. *Planloser Depp.*

Ty ignorierte die Bemerkung. „Was hast du sonst noch, Herzblatt?", fragte er Hailey.

Hailey lächelte, und ihre blassblauen Augen strahlten vor Bewunderung. „Ich muss schon sagen, du bist weitaus kooperativer als deine Brüder."

Charlotte unterdrückte ein Lachen. Hailey war eine jener stilvollen, kultivierten Frauen, die Slang einfach nicht verstanden. Zu den Campbells gehörte eine ganze Schar von „Brüdern ehrenhalber", Jungs, die quasi mit der Campbell-Familie aufgewachsen waren.

Hailey warf ihre erdbeerblonden Haare über ihre Schultern. „Okay, nächste Frage. Wann war das letzte Mal, dass du laut aufgelacht hast?"

Ty grinste verschmitzt. „Mit Parker auf der Fahrt hierher, als er mir erzählt hat, dass die Jungs für Brownies und Bier deine Fragen zum Thema Romantik beantworten werden."

Hailey schnaubte.

Charlotte verkniff sich ein Lächeln, da sie Ty nicht ermutigen wollte. Der Typ war unverbesserlich.

Jemand stellte ein Bier vor Ty ab, und er trank einen Schluck, bevor er fortfuhr. „Nicht jeder Mann hat so einen Draht zu seiner romantischen Seite wie ich. Das weißt du zwischenzeitlich, oder?"

So aufgeblasen. So dermaßen eingebildet. Charlotte wollte kein Wort mehr von diesem unerträglichen–

Stopp! Lass dich nicht von ihm provozieren.

Hailey versetzte ihr einen Ellbogenstoß und flüsterte:

„Ich wette, seine Antwort auf die Outdoor-Frage ist besser als die der anderen Jungs." Das war die einzige Frage, die die anderen bereitwillig beantwortet hatten – sehr zu Haileys Entsetzen und Bestürzung hatten sie erklärt, dass Sex ihre Lieblings-Outdooraktivität war. Wahrscheinlich nur, um Hailey in den Wahnsinn zu treiben. *Das war ihnen auch gelungen.*

„Daran zweifele ich", murmelte Charlotte, dann trank sie ihren Martini aus.

„Lieblings-Outdooraktivität?", fragte Hailey Ty.

Ty zwinkerte Charlotte zu. „Das würde ich dir ja gerne erzählen, doch ich fürchte, dass Josh mich dann erwürgen würde." Er grinste seinen älteren Bruder Josh an, den Barkeeper und Manager der Garner's Sports Bar & Grill, der die Unterhaltung demonstrativ ignorierte.

Hailey warf Josh einen Blick zu, der ihn mit seinen tiefen, seelenvollen braunen Augen erwiderte. Sie verband eine Hassliebe, die zu einem offenen Krieg eskaliert war. Kürzlich hatte Hailey das Gerücht in die Welt gesetzt, dass Josh an einem Gebrechen litt, das ihn impotent gemacht hatte. Er wusste immer noch nicht, dass das der Grund für die großzügigen Trinkgelder und die Tatsache war, dass es ihm plötzlich kaum noch gelang, eine Frau abzuschleppen. Charlotte hoffte, dass sie dabei sein und die Explosion erleben würde, wenn er es herausfand. Einige waren der Meinung, dass das die Beziehung der beiden von Hass zu Liebe umkrempeln würde. Charlotte jedoch hatte den Verdacht, dass beiden diese Hassliebe insgeheim viel zu viel Spaß machte, um jemals damit aufzuhören.

Hailey beugte sich zu Ty vor. „Dann sag's mir eben leise ins Ohr."

Ty flüsterte etwas, und Hailey blieb der Mund offen stehen. „Haben die anderen Jungs dir gesagt, dass du das sagen sollst?"

„Haben sie etwa dasselbe geantwortet?", fragte Ty.

„Ja!", empörte Hailey sich.

Ty lachte laut. „Was soll ich dazu sagen? Ich nehme mal an, dass jeder Mann das sagen würde. Nicht wahr, Josh?"

Josh brummte etwas und ging zur anderen Seite der Bar.

Es war, als hätten sie alle dasselbe verdammte Regelwerk für Takt gelesen.

„Männer!", keifte Hailey und warf die Hände in die Höhe. „Alles, woran ihr denken könnt, ist Sex, Sex und nochmals Sex! Wo ist die Romantik?"

Charlotte rieb Haileys Rücken. Die Naivität ihrer Freundin hatte ihren Beschützerinstinkt geweckt. Genau das war der Grund, warum sie vor drei Jahren entschieden hatte, nichts mehr mit Männern zu tun haben zu wollen. All der Herzschmerz hatte zu jeder Menge Frustfressen geführt. Sie war einmal fast fünfzig Kilo schwerer gewesen als heute. Doch dann hatte sie sich in einem Fitnessstudio angemeldet, mit einem Personal Trainer gearbeitet und war von den Ergebnissen so inspiriert gewesen, dass sie selbst auch Personal Trainer geworden war. Jetzt ging sie nur zu ihren Bedingungen mit Männern aus – wann und wo sie wollte und niemals für was Ernstes.

Ty meldete sich wieder zu Wort. „Man kann Sex und Romantik haben."

Charlotte warf ihm einen fassungslosen Blick zu, bevor sie sich tröstend Hailey zuwandte. „Romantik gibt es im wahren Leben nicht. Warum glaubst du, dass wir sonst darüber in einem Buchclub lesen müssen? Das ist eine Frauenfantasie."

„Man *kann* beides haben", beharrte Ty. „Nur, weil Charlotte nie–"

Charlotte warf ihm einen bösen Blick zu, und er

verstummte – zumindest für einen Moment.

„Verdammt. Weib!", sagte Ty beinahe bewundernd. „Der Blick ist tödlich. Ich wette, der hält dir die Männer vom Leib."

„Halt die Klappe", blaffte Charlotte.

Hailey wandte sich Ty zu. „Nein, red weiter. Hast du sowohl Romantik als auch, naja du weißt schon … das *andere* gehabt?"

„Einmal", sagte er in erstaunlich gedämpftem Ton. „Doch dann hat sich herausgestellt, dass sie mich nur benutzt hat, um an einen Regisseur ranzukommen, mit dem sie dann geschlafen hat. Nächste Frage." Ty war Stuntman und hatte in jeder Menge bekannter Actionfilme mitgespielt.

Hailey ließ sich nicht beirren. „Würdest du mit jemandem ausgehen, der mehr Geld verdient als du?"

Ty zuckte mit den Schultern. „Hängt davon ab." Er warf Charlotte einen Seitenblick zu. „Wie viel verdienst du so, Charlie?"

„Das ist eine ziemlich unverschämte Frage", protestierte sie. Und eine überaus seltsame Art zu flirten.

Hailey fragte weiter: „Wenn du mit jedem beliebigen Menschen – lebend oder tot – zum Abendessen gehen könntest, für wen würdest du dich entscheiden?"

Ty stand auf und schob sich zwischen Hailey und Charlotte, direkt in ihre Distanzzone. Gott, er roch gut. Holzig-männlich mit einem Hauch Zitrone. Er roch nach Outdoorsex. *Oh nein!*

Er lächelte Charlotte an. „Ich würde gerne mit dir zu Abend essen."

„Bist du gut mit deinen Händen?", fragte Hailey, die gar nicht mitbekommen hatte, dass Tyler Charlotte um ein Date gebeten hatte.

Charlotte jedoch war sich dessen überaus bewusst. Ihr

Atem war flach, und ihr war heiß vom Kopf bis zu den Zehen. Sie blinzelte und suchte nach einer schlagfertigen Antwort, die ihr genug Distanz erlauben würde, um wieder normal atmen zu können. Ty hatte sich gefährlich nah zu ihr vorgebeugt. Er war in Kussdistanz.

Plötzlich wandte er seinen Kopf und sprach mit heiserer Stimme in ihr Ohr. „Sehr gut."

Sie fühlte sich benommen. „Was?"

Er richtete sich auf. „Ich bin sehr gut mit meinen Händen."

„Großartig", zwitscherte Hailey.

„Oh." *Das war ihre schlagfertige Antwort?*

„Wie verbringst du deine Freizeit?", fragte Hailey.

Ty antwortete, ohne den Blick von Charlottes Augen abzuwenden. „Mit Charlotte, hoffe ich. Lass uns am Wochenende zusammen Abendessen, ja?"

„Nein." *Oh, gut. Ihr Gehirn arbeitete wieder.*

Ty blieb der Mund offen stehen, als hätte noch nie jemand nein zu ihm gesagt.

„Wow!", rief Hailey. „Wow, okay. Danke für deine ehrlichen Antworten. Dann gehe ich mal eben da rüber."

Damit ging sie.

„Zurück zum Abendessen", sagte Ty und stützte seinen Arm neben Charlotte auf die Bar.

Charlotte deutete in Richtung Fernseher. „Ist ein knappes Spiel. Du willst doch nicht den März-Wahnsinn verpassen."

Er richtete sich auf, nickte und ging zu seinen Brüdern am anderen Ende der Bar. Gut. *Fein.* Das hatte sie erwartet.

Sie hakte das Thema gedanklich ab und wandte sich ihren Freundinnen zu. Beinahe eine Stunde verging, und sie überlegte gerade, ob sie sich noch einen Martini bestellen sollte, als sie spürte, dass sie jemand anstarrte. Sie drehte sich um und sah, dass Tys Augen auf sie anstatt auf das

Spiel gerichtet waren. Was war sein Problem? Sie warf ihm einen finsteren Blick zu und wandte sich ab, entschlossen, ihn zu ignorieren.

Doch ganz gleich, wie witzig oder interessant ihre Freundinnen waren, sie wurde immer wieder von dem Gefühl abgelenkt, beobachtet zu werden. Dann musste sie sich umdrehen und Ty mit bösen Blicken durchbohren, bis er sich abwandte.

Es war wie Tennis mit Blicken.

Nur mit dem Unterschied, dass sie das eindeutige Gefühl hatte, dass sein Blick eher in die Kategorie *mit Blicken ausziehen* gehörte. Extrem irritierend.

Mehr Tennis mit Blicken.

Und noch mehr.

Sie hatte das Gefühl, dass sie gewann, denn er hatte sie eine ganze Weile nicht angestarrt. Sie ließ die Schultern sinken, nicht annähernd so erfreut über den Sieg, wie sie erwartet hatte. Josh stellte einen Martini vor ihr auf die Bar.

„Von Ty", sagte er.

Sie warf einen Blick in Tys Richtung, der eine Braue hob, bevor er sich wieder den Jungs zuwandte. Einen kostenlosen Drink konnte sie annehmen. Das konnte ja nicht schaden, oder? Sie setzte das Glas an, trank einen Schluck, und Josh legte eine Cocktailserviette vor ihr auf die Bar, auf der stand: *Willst du mit mir tanzen? – Ty*

Sie starrte sie an. *Jetzt* forderte er sie zum Tanzen auf? Hier, in einer Sportbar ohne Tanzfläche und Musik? Hatte er sie noch alle?

Jemand zupfte an ihren Haaren. „Und?", fragte Ty.

Sie wandte sich ihm zu und überlegte, wie sie am besten mit der Situation umgehen sollte, doch im nächsten Moment legte er einen Arm um ihre Taille und hob sie vom Barhocker.

„Hey, was tust du da?", protestierte sie.

Er stellte sie auf die Füße und schob sie mit einer Hand auf ihrem unteren Rücken von den anderen weg. Auf halbem Weg durch den Raum blieb sie stehen.

„Was glaubst du eigentlich, was du da tust?", fragte sie und musste sich große Mühe geben, ihre Wut im Zaum zu halten.

Er streckte ihr die Hand entgegen. „Tanz mit mir. Lass mich die andere Sache wieder gutmachen."

Sie starrte ihn fassungslos an. „Erstens ist das keine Entschuldigung für *die andere Sache*. Zweitens tanzt sonst niemand, und ich habe nicht vor, mich zum Affen zu machen, nur weil du wegen *der anderen Sache* ein schlechtes Gewissen hast. Und drittens kann ich es nicht leiden, wenn man mich so angrabscht."

„Sorry wegen der anderen Sache", sagte er und klang aufrichtig.

Sie sah ihn einen Moment lang an, überrascht über seine Aufrichtigkeit, dann schüttelte sie jedoch den Kopf und kehrte zu ihren Freundinnen an die Bar zurück.

Sie hörte Tys laute Stimme. „Was, wenn ich sagen würde, dass ich in den letzten drei Monaten an nichts anderes gedacht habe, als daran, mit dir zu tanzen?"

Alle drehten sich zu ihm um. Selbst Charlotte konnte nicht anders als ihn anzustarren angesichts dieses Geständnisses.

„Wie viel Bier hast du schon getrunken, Mann?", fragte Parker von der Bar aus.

Ty schüttelte langsam den Kopf, ohne auch nur einen Moment den Blick von ihr abzuwenden.

Hatte er wirklich in den letzten drei Monaten an nichts anderes gedacht, als mit ihr zu tanzen? Sie wurde rot, denn das *war* romantisch, selbst wenn es seine eigene Schuld war, dass sie nicht miteinander getanzt hatten.

„Langsam oder schnell. Ich warte auf dich", rief Ty.

Ihre Wangen wurden rot, da sie öffentliche … ähm … Interessensbekundungen nicht gewohnt war. Ihre Freundinnen kicherten, und die Jungs beobachteten Ty anstatt des Fernsehers. Sie ging zu Ty hinüber, um ihn dazu zu bringen, diese Show zu beenden.

„Ich hätte dich schon vor drei Monaten beim Hochzeitsempfang um einen Tanz bitten sollen und habe es seitdem bereut."

Sie spürte, dass seine Aufrichtigkeit sie ins Wanken brachte. Doch nein, er hatte wirklich ihre Gefühle verletzt. „Du hast ein Spielchen gespielt, und ich habe dir gesagt, dass ich da nicht mitmache."

„Dann tanz jetzt mit mir."

„Nein." Sie wollte gehen, doch er stellte sich ihr in den Weg.

Charlotte knirschte mit den Zähnen. Dieser Mann hatte noch das ein oder andere über Frauen zu lernen.

~ ~ ~

Aus der Nähe stach ihm ihre Schönheit wieder ins Auge. Lange, wellige braune Haare mit Highlights, goldene Haut, die zu strahlen schien, tiefbraune Augen, eine niedliche Nase, sinnlich-volle Lippen und ein Körper, den nur eine Frau besitzen konnte, der Fitness genauso wichtig war wie ihm.

„Aus dem Weg", presste Charlotte hervor.

Ty sah ihr in die vor Wut lodernden Augen und sagte das erstbeste, das ihm einfiel. „Bitte nimm meine Entschuldigung an dafür, dass ich bei Claires und Jakes Hochzeit alle außer dir zum Tanzen aufgefordert habe. Ich *habe* ein Spiel gespielt, und es tut mir wirklich leid. Mir ist gleich aufgefallen, wie schön du bist, und ich hatte gehofft, dein Interesse zu wecken, ohne zu aufdringlich zu wirken. Manchmal passiert mir das nämlich, doch das hast du sicher schon bemerkt. Wie auch immer, der Schuss ist nach hinten losgegangen, und es ist alles meine Schuld."

Sie presste ihre Lippen zusammen. „Es *ist* deine Schuld", antwortete sie schließlich.

„Lass es mich wiedergutmachen. Iss mit mir zu Abend. Ich bin einen Monat zum Arbeiten in der Stadt." Er war in L.A. zu Hause, doch sein Job führte ihn regelmäßig nach New York. Er bat ganz bewusst um diese Aufträge, denn seine Familie war ganz in der Nähe in Connecticut.

„Nein." Sie machte einen Schritt nach rechts, um um ihn herumzugehen.

Wieder trat er ihr in den Weg. „Warum nicht?"

Ihre Augen blitzten. „Soll ich dir eine Liste von Gründen geben?"

„Du hast eine Liste?"

„Das Gespräch ist beendet." Sie trat nach links, und er folgte ihr.

„Siehst du, wie gut wir auf der Tanzfläche gewesen wären?", fragte er mit einem Grinsen. „Es ist wie *Dancing with the Stars.*"

Ihre Lippen zuckten, doch ihre Miene blieb unverändert. Dieser kleine Riss in ihrer Fassade war alles, was er brauchte. Er setzte all seinen Charme ein und appellierte an die Personal Trainerin in ihr. „Ich kenne ein tolles Steakhaus in Brooklyn. Du magst doch Steak, oder? Jede Menge Proteine zum Muskelaufbau."

Sie stemmte eine Hand in ihre Hüfte. „Muss ich deiner Meinung nach etwa Muskeln aufbauen?"

„Ich habe gehört, dass du Personal Trainer bist. Natürlich *musst* du keine Muskeln aufbauen." Er musterte anerkennend ihr enges, dunkelgrünes Langarmshirt und die schwarzen Skinnyjeans mit hochhackigen Stiefeln. Sie war nicht viel kleiner als er. Diese langen Beine würden sich *fantastisch* anfühlen, wenn sie sie erst einmal um ihn schlingen würde. „Dein Body ist großartig."

Sie zog eine Braue hoch. „Springen deine Eroberungen wirklich auf so was an?"

Er schüttelte den Kopf. Irgendwie ritt er sich immer tiefer in den Mist. „So habe ich es nicht gemeint. Ich habe selbst als Personal Trainer gearbeitet und finde deine Fitness bewundernswert. Ich wette, dein Core ist steinhart."

Sie warf ihm einen empörten Blick zu. Doch Tatsache war, dass sie immer noch vor ihm stand, darum versuchte er eine andere Methode – den super-ehrlichen Gentleman. Bei seinem Dad und bei ein paar seiner Brüder hatte er die Gentleman-Nummer schon oft gesehen, auch wenn er sie selbst nicht regelmäßig eingesetzt hatte.

„Charlotte", sagte er mit heiserer Stimme und nahm ihre Hand in seine. „Ich wünsche mir nur ein schönes Abendessen und eine angenehme Konversation. Ich würde dich oder andere Frauen nie als Eroberung betrachten." Er liebte Frauen, und er war dazu erzogen worden, sie mit Respekt zu behandeln. Charlotte war ihm bei der Hochzeit in ihrem gelben Kleid ins Auge gestochen. Anders als andere Frauen hatte er sie nicht vergessen können. Wahrscheinlich wegen des feurigen Temperaments, das sie ihm gezeigt hatte, als sie ihn wegen seines Spielchens zur Rede gestellt hatte. Sie forderte ihn heraus. Eine aufregende Frau. Sie war wie seine Arbeit als Stuntman, nur besser. Seit langer Zeit hatte er von keiner Frau mehr als einen One-Night-Stand gewollt. Doch er hatte es kaum abwarten können, sie wiederzusehen, darum war er bereit gewesen, alles auf eine persönlichere Ebene zu bringen, als seine Arbeit ihn wieder an die Ostküste geführt hatte.

Sie machte sich von ihm los und neigte den Kopf. „Du kannst gut reden, das muss man dir lassen, doch deinen Worten fehlt die Substanz."

„Was meinst du?"

„Ich meine, dass ich dir den Scheiß nicht abnehme.“

Er lachte laut auf und mochte sie noch mehr, weil sie so direkt war. „Wie wäre es mit Drinks?“

„Nein.“

Er ergriff ihre Hand und drehte sie im Kreis, als tanzten sie. Sie ließ ihn gewähren. „Du *bist* schwer zu kriegen.“ Sie hatte ihm das beim Hochzeitsempfang erklärt. Er erinnerte sie daran, um ihr zu zeigen, dass er es nicht vergessen hatte.

Sie schenkte ihm ein atemberaubendes Lächeln, doch es währte nicht lange. Er drehte sie wieder herum und hielt ihre Hand fest. „Einen Drink“, sagte er. „Komm schon, ein Drink geht immer.“

Sie zog ihre Hand zurück und musterte ihn. Er bemühte sich, sie wie ein ernstzunehmender Gentleman anzusehen, doch es fiel ihm verdammt schwer, da er gerne Spaß hatte. Schnell und heftig war eher typisch für ihn. Er lebte für den Rausch. Darum war sein Job perfekt für ihn.

Er lächelte. „Du willst schon, nicht wahr? Lass es mich noch verlockender machen. Drinks *und* Tanzen.“

Sie presste ihre Lippen aufeinander und überlegte. „Mad sagt, dass keiner ihrer Brüder schnell tanzen kann.“

„Mad weiß nicht alles.“ Er beugte sich zu ihrem Ohr vor. „Ich bekomme dich einfach nicht aus dem Kopf. Ein Drink, und wenn du möchtest, gehen wir danach tanzen. Kein Druck.“ Er sah sie an und hoffte, dass sie die Aufrichtigkeit in seinen Augen sah.

Sie atmete langsam aus. „Einen Drink.“

Er triumphierte. „Großartig!“ Er holte sein Handy aus der Tasche. „Gib mir deine Nummer, und wir finden eine gute Zeit.“

„Nächsten Donnerstag, sieben Uhr, nach meinem letzten Kurs im Fitnessstudio“, sagte sie. Keine Nummer, doch wenigstens hatte sie eine Zeit vorgeschlagen.

Er nickte. „Donnerstagabend klappt bei mir. Welches

Studio?“

„In Clover Park. Peak Fitness. Als es Derek gehört hat, hieß es noch Flying Leap Fitness.“

„Ich habe da gearbeitet! Cool. Ist Derek noch da?“

„Neues Management. Becca leitet es. Es ist jetzt ein Fitnessstudio für Frauen.“

Er steckte sein Handy wieder weg. „Okay. Dann hole ich dich da ab, und wir gehen—“

Sie hob eine Hand. „Wir trinken ein Glas Wasser im Studio, und dann gehe ich nach Hause.“

Er runzelte irritiert die Stirn. Und er hatte gedacht, er hätte wirklich einen Treffer gelandet. „Ein Glas Wasser“, wiederholte er.

„Ja.“

„Das ist unser Date?“

„Das ist der eine Drink, den du wolltest.“ Sie unterdrückte ein Lächeln, doch ihre Augen funkelten amüsiert.

Er kniff die Augen zusammen. *Erzähl du mir noch mal, dass du keine Spielchen spielst.* Ihr Wasser als Drink-Date war eine klare Ansage.

„Für ein Glas Wasser musst du nicht den ganzen Weg aus der Stadt raus kommen“, fügte sie hinzu. „Wenn dir das zu viel ist, verstehe ich das vollkommen.“

„Oh, ich komme.“

„Sicher.“ Sie ging schmunzelnd an ihm vorbei.

„Ich werde da sein!“, rief er hinter ihr.

„Und ich werde mit angehaltenem Atem auf dich warten“, sagte sie mit einem kurzen Blick über ihre Schulter.

Er bewunderte ihren knackigen Po und ihre langen Beine. „Das hoffe ich doch.“

Kapitel Zwei

Charlotte musste sich sehr bemühen, sich am Donnerstag während ihres letzten Kurses zu konzentrieren und nicht an Ty zu denken. Er würde nicht wirklich den ganzen Weg bis nach Connecticut fahren, um ein Glas Wasser mit ihr zu trinken, oder? Das wäre Wahnsinn. Es war eine Stunde Fahrt bis nach Clover Park, mit Verkehr vielleicht sogar mehr. Kein Mann würde einen solchen Aufwand betreiben, nur um ein Glas Wasser zu trinken, und dann wieder zurückfahren. Hm. Wenn er auftauchte, wäre das nur der Beweis dafür, dass er verrückt war. Sie konnte in ihrem Leben keinen Verrückten gebrauchen. Und wenn er nicht auftauchte, wäre das auch okay. Sie war viel zu beschäftigt, um Zeit damit zu verschwenden, sich in diese Sache hineinzusteigern.

Sie ging zwischen den Reihen von Frauen in ihrem Aerial Yoga-Kurs für Fortgeschrittene auf und ab. Es war wie Yoga auf einer Stoffschaukel, gelenkschonend und mit dem angenehmen Gefühl verbunden, in der Luft zu schweben. Die ruhige Musik von Simrit spielte im Hintergrund.

„Ist das nicht schön, sich so zu stretchen?", fragte sie. Die Gruppe von zwölf Frauen, alle zwischen dreißig und Mitte vierzig, nickten leise, während sie auf dem Bauch in ihren Schaukeln hingen.

Sie kehrte zu ihrer Schaukel am vorderen Ende des Raums zurück und demonstrierte den nächsten Bewegungsablauf. „Jetzt greift hinter euch nach euren Knöcheln und spürt, wie sich eure Brust öffnet." Sie beobachtete die Frauen im Spiegel. Sie hatte mehrere Kurse hier im Studio, doch am liebsten arbeitete sie allein mit einer Klientin. Die Ergebnisse waren oft atemberaubend, und sie wusste, dass sie zum Teil ihrem Coaching und ihrer Unterstützung zu verdanken waren. Sie hatte selbst einmal in ihrer Haut gesteckt. Damals war Becca, ihre Chefin, ihr Personal Trainer gewesen.

Zwanzig Minuten und mehrere Posen später saßen alle im Lotussitz in ihren Schaukeln. „Fühlt, wie sich eure Wirbelsäule dehnt, und streckt den Kopf gen Himmel." Sie schloss die Augen und fühlte sich friedlich und erfrischt.

Zuletzt ließ sie die Frauen aus der Schaukel steigen und sich in der Shavasana Pose auf den Boden legen. Sie endeten immer mit der zutiefst entspannenden Pose, auf dem Rücken liegend, die Handflächen nach oben gerichtet neben dem Körper. So simpel die Pose auch war, sie schien die schwerste zu sein, denn vielen ihrer Kursteilnehmerinnen fiel es schwer, sich vollkommen zu entspannen.

Ein paar Minuten vergingen in vollkommener Stille. Sie war zufrieden mit den Fortschritten, die die Frauen gemacht hatten. Dann brandete ein leises Murmeln durch den Raum.

Sie öffnete die Augen. Die Frauen tuschelten leise und starrten zur Tür. *Das konnte nicht wahr sein.* Er war tatsächlich aufgekreuzt. Für ein Glas Wasser!

Ty lehnte mit verschränkten Armen im Türrahmen. Er trug ein weißes T-Shirt und ausgewaschene Jeans. Oh Mann, diese Tribaltattoos an seinen Oberarmen hatten es ihr wirklich angetan. Es fiel ihr so leicht, sich vorzustellen, wozu diese Arme in der Lage waren … Sie wurde rot, als in ihr ein klares Bild von Ty erschien, der sie hochhob und sie aufs Bett drapierte. Aufs Bett!

Die Frauen richteten sich auf und starrten ihn neugierig an.

Er schenkte ihnen ein charmantes Lächeln. „Hallo, meine Damen. Scheint ein interessantes Workout zu sein.“

„Danke“, sagte Charlotte und stand auf. „Ich sehe euch dann alle nächste Woche wieder.“

Die Frauen blieben wie angewurzelt sitzen und starrten den attraktiven Mann in der Tür an. „Ist das dein Freund?“, fragte eine der Kursteilnehmerinnen.

Charlotte schüttelte kurz mit dem Kopf und wurde sich dessen bewusst, dass ihre Haare, die sie zu einem Pferdeschwanz gebunden hatte, ziemlich zerzaust sein mussten. „Nein, er hat früher hier gearbeitet.“ Sie zog den Haargummi heraus und strich ihre Haare glatt.

Ty stieß sich vom Türrahmen ab und ging auf sie zu. Seine Bewegungen erinnerten sie an einen Wolf auf der Pirsch nach seinem Opfer, langsam und bereit zum Angriff. „Charlotte hat mir einen Drink versprochen. Wenn das gut geht, wird sie mir vielleicht sogar das *Vergnügen* eines Tanzes erweisen.“

Die Frauen kicherten. Charlotte kämpfte gegen das Rotwerden an. Das klang irgendwie schmutzig.

Ty grinste. Er wusste es.

Sie kniff die Augen zusammen. „Warte im Flur am Trinkbrunnen auf mich.“

Lachfältchen tanzten um seine braunen Augen. Für ihn schien alles ein Spiel zu sein. Er war das genaue Gegenteil von ihr. Warum war ihr also plötzlich so heiß? Warum freute sie sich auf den „Drink“? Als er vor ihr stehenblieb, war sie sich sicher, dass alle sehen konnten, dass ihre Wangen, ihr Hals, nein, ihr *ganzer Körper* rot war.

„Schön, dich wiederzusehen, Charlotte Vega", sagte er mit Honig in der Stimme.

Die anderen Frauen schmolzen dahin. Sie hatte ihm ihren Nachnamen nicht gesagt, darum musste er jemanden danach gefragt haben. Keine große Sache. Er hatte ja nur seine kleine Schwester Mad fragen müssen.

Sie neigte den Kopf, bevor sie sich zu den Frauen umdrehte. „Ich sehe euch dann nächste Woche, Ladies." Sie hoffte, dass sie den Wink mit dem Zaunpfahl begreifen und gehen würden, doch sie blieben, scheinbar hypnotisiert von Ty. Sie tröstete sich mit dem Wissen, dass *jede* Frau lüstern auf diesen Mann reagieren musste. Er strotzte nur so vor sexuellem Selbstbewusstsein und Charme.

Und was jetzt? Wie sollte sie mit dieser wenig behaglichen Situation umgehen? Sie blinzelte, blickte ganz bewusst nicht in Tys Richtung und zwang ihr Gehirn, wieder zu arbeiten. *Ah, ja. Arbeit.* Sie wandte sich von Ty ab und hakte ihre Schaukel aus. Vor dem nächsten Kurs musste sie alle waschen lassen.

Ty trat neben sie, und da sie barfuß war, überragte er sie um einiges. „Lass mich dir helfen."

„Klar, danke", murmelte sie.

Schnell hatten sie die Schaukeln abgehängt und in einen großen Wäschewagen geworfen. Danach half er ihr, die Matten zusammenzurollen und sie in den Schrank zu räumen. Als sie fertig waren, bemerkte sie, dass die Frauen aus ihrem Kurs im Flur am Trinkwasserbrunnen herumlungerten, sich unterhielten und ihr und Ty verstohlene Blicke zuwarfen.

„Zeit für unseren Drink", erklärte er.

„Jupp." Aus irgendeinem Grund war sie nervös – als wäre das hier ein echtes Date. Absurd. Sie würden ein Glas Wasser vom Trinkwasserbrunnen trinken wie alle anderen auch.

Er bot ihr seinen Arm an, eine Geste, die sie überraschte. Sie war gewohnt, dass Männer sie ziemlich direkt anmachten und nicht, dass jemand ihr anbot, sie wie ein Gentleman auf den Flur zu führen. Ihr war ein bisschen schwindelig, und sie fühlte sich seltsam, als sie an ihm vorbei schnurstracks zur Tür ging.

„Deine Workout-Klamotten gefallen mir", bemerkte er. Sie trug ein T-Shirt und Yogahosen.

„Das ist meine Arbeitskleidung", antwortete sie. „Da wären wir." Sie füllte einen Pappbecher mit Wasser und reichte ihn ihm.

Er nahm ihn und schaffte es irgendwie, ihr dabei mit den Fingern über die Unterseite des Handgelenks zu streicheln. *Raffiniert.* Sie kannte diesen Typ Mann. So geschmeidig, immer mit dem Kopf im Spiel.

Doch irgendwie prickelte ihr Handgelenk.

Sie ignorierte es und nahm sich auch ein Wasser.

Als er ausgetrunken hatte, warf er den Becher in den kleinen Mülleimer neben dem Brunnen. „Und jetzt tanzen?"

Sie trank weiter. Die Frauen standen immer noch ganz in der Nähe und beobachteten interessiert den Austausch.

„Hast du den Drink genossen?" Seine Stimme war wie Samt, geschmeidig und gefährlich sanft.

Schnell trank sie ihren Becher aus und warf ihn ebenfalls in den Müll. „Wunderbar. Vielen Dank."

Er ergriff ihre Hand. „Dann sollten wir meiner Meinung nach tanzen gehen. Wir haben lange genug darauf gewartet."

Sie schluckte. An dem Glitzern in seinen Augen war etwas Gefährliches. „Nein, danke."

Er sah sich um und wandte sich an die anderen Frauen. „Was denken Sie, meine Damen? Ich schulde ihr einen Tanz von einer Hochzeit, wo ich meine Chance verpasst habe. Sind Sie nicht auch der Meinung, dass ich ihn heute einfordern sollte?“

„Oh ja!“, nickten alle.

Charlotte gefiel es nicht, dass Ty ihre Kursteilnehmerinnen in die Sache hineinzog, gerade so, als boten sie ihnen eine Show. „Wenn du unbedingt tanzen willst, dann tu dir keinen Zwang an.“

Sein Lächeln war verschmitzt und ein wenig triumphierend, als hätte er gewonnen. Er ergriff ihre Hand, doch sie zog sie zurück. „Nein, nur du“, sagte sie.

„Ist denn das zu glauben?“, knurrte er amüsiert in Richtung der Frauen.

Keine von ihnen konnte es fassen. Die Frauen drängten sie, mit ihm zu tanzen. Eine flüsterte: „Ich tanze mit ihm, wenn du nicht willst.“

Tys Augen blieben auf Charlotte gerichtet. Sie verschränkte ihre Arme.

Er seufzte. „Ich schulde dir einen Tanz. Okay, fein. Spiel irgendwas von deiner Playlist.“

„Gerne“, sagte sie. „Ich denke, alle würden dich gerne tanzen sehen.“ Sie konnte sich nicht vorstellen, dass ein Mann bereit war, allein vor einem Haufen Frauen zu tanzen. Davon abgesehen konnte er wahrscheinlich sowieso nur langsam tanzen. „Am besten was Schnelles“, fügte sie hinzu.

Er zog einen Mundwinkel hoch. „Großartig.“

Sie starrte ihn an. *Meinst du das ernst?*

Er nickte. *Schau zu.*

Die wortlose Kommunikation machte ihr Angst, es war beinahe so, als wären sie auf einer Wellenlänge oder so was. Sie drehte sich um und ging zurück in den Trainingsraum, um ihr Handy zu holen. Sie suchte ihre Workout-Playlist und klickte darauf. Das Handy würde per Bluetooth eine Verbindung zu den Lautsprechern herstellen. Die Frauen folgten ihnen und beobachteten die Szene mit unverhohlener Neugier.

Ty stand so dicht hinter Charlotte, dass sie seine Wärme spüren konnte. Seltsamerweise verspürte sie den Drang, sich zurückzulehnen und sich an ihn zu schmelzen. Er legte einen Arm um sie, um nach dem Handy zu greifen und einen Blick auf ihre Playlist zu werfen. Eine lange, dünne Narbe zog sich über seinen sehnig-muskulösen Unterarm. Sie starrte die Narbe an und fragte sich, wie viele er von seinen Stunts davongetragen hatte. Ein Anflug von Sorge um ihn gesellte sich zu den Schmetterlingen in ihrem Bauch. Ihr Verstand war benebelt, völlig durch den Wind wegen seiner Nähe und seines holzig-männlichen Outdoorsex-Dufts.

Als er über ihre Schulter sah, traf sein heißer Atem ihr Ohr. „Sexy Back von Justin Timberlake? Ja, bitte."

„Vielleicht was weniger, ähm …" Schnell scrollte sie durch den Rest ihrer Playlist auf der Suche nach einem Song, der weniger sexy war. *Nein, der nicht. Oh, der ganz sicher nicht.* Scheinbar hatte sie eine Vorliebe für sexy Songs.

„Du schmutziges Mädchen", knurrte er mit heiserer Stimme.

Sie wirbelte herum.

Ty warf ihr schmunzelnd einen wissenden Blick zu. „Stell Sexy Back ein, es sei denn, du hast Angst vor dem, was du vielleicht sehen wirst."

„Ich habe keine Angst", brummte sie, scrollte zum Song und drückte „Play".

Ty schlenderte zur Mitte des Raumes, seine dunklen, lodernden Augen auf sie gerichtet. Sie hielt den Atem an und fragte sich, ob er sich zum Narren machen würde und was das ihr darüber verriet, was er für sie zu tun bereit war.

Er ließ in einer sinnlichen Bewegung eine Welle durch

seinen Körper laufen, dann griff er nach dem Saum seines Shirts mit einer Hand und zog es langsam bei einer zweiten Welle hoch. Heilige Sexyness! Sie starrte die nackte, braune Haut über seinem Sixpack, seinen Brustmuskeln und seinen breiten Schultern an, während er das Shirt auszog und es ihr zuwarf.

Die Frauen johlten. Sie jedoch nicht. Sie war sprachlos. Das Shirt traf sie an der Schulter und fiel zu Boden.

Die Frauen eilten zu ihr, um einen besseren Blick auf Ty zu erhaschen. „Oh ja, Baby!", feuerten sie ihn an. „Ausziehen, ausziehen!"

„Mädels!", rief Charlotte.

Ty grinste und tanzte weiter. Sie begann zu schwitzen. *Du meine Güte.* Er war wirklich gut. Mehr als gut. Es war, als bekäme sie eine private *Magic Mike* Show dargeboten … das war dieser Film über männliche Stripper, zu dem es zwischenzeitlich auch eine Revue in Vegas gab.

Er wirbelte weiter durch den Raum und landete schließlich im Liegestütz am Boden. Er machte ein paar Liegestützen mit gespreizten Beinen und ließ dabei seine Rückenmuskeln tanzen, dann folgte Hüft-Action, die aussah, als würde er ficken –

Er sah sie an. Heiß. Durchdringend. *Fick mich.*

„Ich würde ihn ficken, wenn ich Single wäre", bemerkte die Frau neben ihr.

Oh, Scheiße. Hatte Charlotte *fick mich* etwa laut ausgesprochen?

Ty drehte sich auf den Rücken, aufrecht sitzend, die Hände auf dem Boden, die Beine gespreizt und stieß dann ein-, zweimal, dreimal mit den Hüften in die Höhe, bevor er auf die Füße sprang. *Mein persönlicher Sextanz.* Die Frauen johlten, pfiffen und feuerten ihn an. Plötzlich wünschte sie sich, allein mit ihm zu sein. Sein erhitzter Blick kehrte zu ihr zurück und hielt sie gefangen. Seine

Jeans behielt er an, doch die Hüft-Action ließ keine Fragen darüber offen, wie er im Schlafzimmer war. Tys Tanz betonte seinen trainierten Körper – Schultern, Brust, Bauchmuskeln, im Grunde genommen alles. Er war spektakulär. Wenn Tanzen Vorspiel war, dann war sie bereit. Plötzlich endete der Song und er beendete ihn –

Mit einem Rückwärtssalto!

Alle keuchten beeindruckt, dann jubelten und applaudierten sie. Charlotte schloss abrupt ihren offenen Mund. *O mein Gott.* Sie konnte nicht fassen, dass er so gut tanzen konnte.

Ty grinste, verbeugte sich und joggte zu ihr hinüber. „Wie war ich?"

„Wunderbar!", jubelten die Frauen.

„Charlotte?"

Sie beobachtete einen Schweißtropfen, der seine Brust hinunter zu ein paar dunklen Haaren lief, die ihren Blick hinunter zur Beule in seiner Jeans führten. Sie benetzte ihre Lippen und wollte jeden einzelnen Muskel seines Körpers mit der Zunge umreißen.

Ty ergriff ihre Hand und küsste ihren Handrücken. „Wir hatten unseren Drink, wir hatten unseren Tanz. Wie wäre es jetzt mit einem Abendessen auf meiner Yacht bei Sonnenuntergang?"

„Ja!", schmachteten die Frauen.

„Oh, Charlotte, du musst gehen", sagte eine von ihnen. „Tu's für uns."

Sie begegnete seinem Blick, immer noch ein bisschen sprachlos von seiner Performance. „Wo hast du so tanzen gelernt?"

Er beugte sich vor. „Ein Kumpel hat mich zu einem Workshop mit dem Choreographen der *Magic Mike* Filme geschleift. Er wollte für die Show in Vegas vortanzen. Der Rückwärtssalto war allerdings meine persönliche Note.

Hat's dir gefallen?" Seine Stimme in ihrem Ohr jagte ihr heiße Schauer über den Rücken.

Er sah sie an, und sie nickte beinahe automatisch. Seine nackte, muskulöse Brust und seine breiten Schultern schafften, was lange Zeit kein Mann in ihr ausgelöst hatte. Ein geradezu schmerzhaftes Verlangen und glühende Hitze.

Sie musste ihn anfassen und legte ihre Hand auf seine warme Brust.

Er legte seine große Hand auf ihre und hielt sie fest. „Würdest du mir die Ehre erweisen, mit mir auf eine kleine Sunset Cruise zu gehen? Ich mache das Abendessen. Es ist eine schöne Yacht –"

„Ja", antwortete sie leise, vollkommen eingenommen von seinem Charme, dem Aufwand, den er für ein Date zu betreiben bereit war, und all seiner süßen Aufrichtigkeit.

Die Frauen jubelten. Sie ließ die Hand von Tys wunderbarer Brust sinken und riss sich zusammen, bevor sie sich zu den Frauen umdrehte. „Okay, Ladies, die Show ist vorbei."

Ty hob sein T-Shirt vom Boden auf und zog es wieder an. „Samstag. Ich hol dich um halb fünf ab." Er drückte ihr schnell einen Kuss auf die Wange und ging zur Tür.

Charlotte stand noch eine ganze Minute da und starrte ihm hinterher. Dann machte sie sich benebelt daran, den Raum für die Nacht abzuschließen, immer noch fassungslos darüber, was gerade passiert war.

Als sie zu Hause ankam, war sie wieder bei Sinnen. Sie ermahnte sich, sich nicht zu sehr von seinem Charme einwickeln zu lassen. Nur ein Date. Nur ein bisschen Spaß. Er lebte in L.A.; sie lebte hier. Eine Beziehung war so nicht wirklich möglich.

Davon abgesehen würde er sich ganz schnell aus dem Staub machen, wenn er wüsste, was wirklich mit ihr los war.

KAPITEL DREI

Ty fuhr in einem kirschroten 1966er Mustang Cabriolet, den er sich von seinem besten Kumpel und Bruder ehrenhalber Parker geliehen hatte, vor Charlottes Bungalow vor. Ty musste sich ins Zeug legen, wenn er den furchtbaren ersten Eindruck, den er hinterlassen hatte, korrigieren wollte. Er nahm den Strauß gelber Blumen, der ihn an das umwerfende Kleid erinnerte, das sie bei ihrer ersten Begegnung getragen hatte. Zuallererst waren ihm ihre langen Beine aufgefallen, doch der Rest war auch nicht von schlechten Eltern gewesen. Glänzende lange Haare, strahlende Haut, große Brüste, schlanke Taille, kurvige Hüfte und ein ansehnlicher Po. Und das war nur ihr Aussehen. Ihre Stärke und ihr Selbstbewusstsein faszinierten ihn, doch er hatte auch eine Sanftheit bemerkt, vielleicht ein bisschen Sehnsucht, als sie ihm schließlich die Ehre eines Dates erwiesen hatte. Sie war intelligent, ihren Freunden gegenüber loyal, und das war wahrscheinlich erst der Anfang. Doch viel mehr hatte er nicht aus Mad über sie herausbekommen können, bevor Mad ihn angeknurrt hatte, dass er Charlotte einfach kennenlernen und sich seine Fragerei sparen sollte.

Auf dem Weg zur Haustür spürte er einen ungewohnten Adrenalinschub. Normalerweise stresste er sich nicht derart in ein erstes Date hinein. Er atmete tief durch und klingelte. Einen Moment später öffnete Charlotte die Tür. Sie hatte ihre langen Haare zu einem hohen Pferdeschwanz gebunden und sah so niedlich und jung aus. Sie trug ein weit geschnittenes pfirsichfarbenes Top über einer weißen Capri-Jeans. Und das Beste: dazu trug sie cognacfarbene hochhackige Sandalen mit einem schmalen Riemchen um den Knöchel. Sündhaft sexy. Sein Blick blieb an ihren pfirsichfarbenen Zehennägeln hängen, dann erinnerte er sich jedoch an seine Manieren und sah ihr in die tiefbraunen Augen. „Du siehst schön aus. Die hier sind für dich." Er reichte ihr die Blumen.

„Danke", sagte sie leise und starrte die Blumen an, bevor sie zurückwich. „Komm kurz rein, ich stell sie nur schnell in eine Vase."

Er trat in ein Wohnzimmer mit einem schwarzen Ledersofa, einem ovalen Sofatisch aus Glas und einem leuchtendroten Teppich. Die Wände waren himmelblau gestrichen; an den Fenstern hingen weiße Chiffonvorhänge. Es gefiel ihm, nicht zu mädchenhaft, sondern kühn wie die Frau, die hier lebte. Er schaukelte auf seinen Füßen vor und zurück. Sie würden jede Menge Spaß an Bord der Yacht haben. Er hatte sie von Will geborgt, einem Kumpel, der Schauspieler war. Die 42-Fuß Yacht mit Bar, Küche, klimatisiertem Salon mit Fernseher und bequemen Sofas, zwei Bädern und zwei Kajüten war fast eine Million wert. Die Wände der Mastersuite waren verspiegelt, und er hätte sie zu gerne benutzt. Nackt.

Er atmete tief durch und versuchte, an etwas anderes zu denken als an seine Lust auf Charlotte. Das letzte, was er wollte, war das Date mit einer Latte anzufangen. Im Kopf ging er die Einführung durch, die Will ihm letztes Wochenende gegeben hatte. Während einer Party hatte Will Ty das Boot den Hudson River hinunter steuern lassen. Das ruhige, breite Fahrwasser war kein Problem für ihn gewesen. Ty hatte zahllose Male Speedboote für seine Stunts gefahren, und er hatte bei seinem Leben geschworen, Will das Boot in einem Stück zurückzubringen. Kein Problem. Er wollte nur einen kurzen Trip den Harlem River hinunter machen, unweit der Stelle, wo die Yacht jetzt in Manhattan vertäut war. Dann würde er den Anker werfen, das Abendessen zubereiten und danach hoffentlich Gelegenheit zu einem langsamen Tanz mit ihr und ein bisschen Action unter Deck bekommen. So verliefen alle seine Dates. Den heißen Blicken nach zu urteilen, die Charlotte ihm nach seinem Magic Mike Tanz zugeworfen hatte, war er ziemlich sicher, dass ihr das auch gefallen würde.

Charlotte kam ins Wohnzimmer zurück. „Auf geht's."

„Na dann." Er folgte ihr hinaus. Sie schloss die Tür ab, drehte sich um und keuchte.

„Ist das deiner?", fragte sie und ging hinüber zum Wagen.

„Ich habe ihn von Parker geborgt", sagte er und hielt die Beifahrertür für sie auf. „Magst du Oldtimer?"

„Ich liebe Mustangs!" Sie stieg ein, und er schloss die Tür.

Nachdem er auf der Fahrerseite eingestiegen war, wandte er sich ihr zu. „Willst du oben ohne fahren?" Es war das erste Aprilwochenende und mit 21°C warm für die Jahreszeit in Connecticut.

„Absolut!"

Er ließ den Wagen an und faltete das Dach zurück. Charlotte streckte ihre Arme in die Höhe und ihr Gesicht mit einem glücklichen Lächeln in Richtung Sonne. Immer noch lächelnd ließ sie die Arme sinken und wandte sich ihm zu. Einen Moment lang stockte ihm der Atem. Sie sah fantastisch aus, doch wenn sie ihn so anlächelte, war sie atemberaubend schön. Plötzlich überkam ihn ein Drang, sie zu küssen, doch er wandte seinen Blick geradeaus.

„Na dann", sagte sie gut gelaunt.

„Auf geht's." Er fuhr rückwärts aus ihrer Auffahrt hinaus und in Richtung Stadt. Auf der Fahrt fragte er sie, wie ihr Tag gewesen war, und fing dann mit den typischen Kennenlernfragen an. Er stellte immer viele Fragen, denn seine Erfahrung hatte ihn gelehrt, dass Frauen gerne redeten. „Erzähl mir von dir. Bist du hier in der Gegend aufgewachsen?"

„Nein, in Jersey."

„Ein Jersey-Girl? Hab gehört, dass das ganz Wilde sind."

„Wo hast du denn das her?"

„Von einem anderen Jersey-Girl. Musste ihr glauben, denn sie hat oben ohne auf der Bar getanzt."

„A-ha."

Er spürte, dass sie merklich abkühlte. „War ein Witz." Es war wirklich passiert, doch er hätte das nicht vor einer anderen Frau erwähnen sollen. „Zurück zu dir. Wie bist du auf Personal Training als Beruf gekommen?"

„Ich habe mit einer tollen Trainerin gearbeitet. Sie hat mich inspiriert. Und du?"

„Ich war dauernd im Fitnessstudio, und irgendwann haben sie mir einen Job angeboten. Damals haben sie noch Männer reingelassen. Der Job hat mir Spaß gemacht, doch ich hatte Hummeln im Hintern. Routine fällt mir schwer. Einer der Jungs, den ich trainiert habe, war ein ehemaliger Stuntman und hat mich jemandem in L.A. vorgestellt. Seitdem habe ich das Personal Training nicht ein einziges Mal vermisst. Ich liebe meinen Job."

„Ist er wirklich gefährlich?" Sie klang aufrichtig besorgt.

Er hielt an einer roten Ampel an und blickte ihr in die Augen. „Ja, manches ist gefährlich. Doch die Jungs, mit denen ich arbeite, sind eine kleine Gruppe gut ausgebildeter Stuntmen. Außerdem bin ich wie eine Katze. Ich habe neun Leben."

„Und wie viele davon hast du schon verbraucht?"

„Wahrscheinlich acht." Er lachte. Ein paar mal war es knapp gewesen, andere Male hatte er sich nur ein paar Knochen gebrochen, doch er war immer relativ glimpflich davongekommen.

„Welche Art Stunts machst du eigentlich?"

„Alles Mögliche. Das ist das, was mir an dem Job so gefällt. Es wird nie langweilig. Ich mache Motorradstunts wie Sprünge, Spinouts oder Treppen runterfahren."

„Das muss ganz schön holprig sein."

„Ja, das ist eher unangenehm. Aber sonst mache ich noch Verfolgungsjagden, Fenstersprünge, Abseilen von Gebäuden, gelegentlich auch Kampfszenen, wenn sie nicht riskieren wollen, dass sich der Schauspieler verletzt. Ich habe einen schwarzen Gürtel. Wenn ich ehrlich bin, gefallen mir die Kampfszenen am besten. Purer Spaß."

„Du klingst wie deine Schwester. Mad kämpft zu gerne."

Er blickte auf, und als die Ampel auf Grün umsprang, trat er aufs Gas. „Ich bin derjenige, der sie ins Dojo gebracht hat. Hab schon ein paar Mal mit ihr gekämpft. Sie ist gut für ihre Größe."

„Ja, sie hat uns ein bisschen Selbstverteidigung beigebracht."

„Gut, jeder sollte ein paar Sachen draufhaben."

Sie schwieg, und als er einen Blick in ihre Richtung warf, sah er, dass sie ihn mit einem sanften Lächeln ansah.

„Was ist?", fragte er.

„Ich kann das mit dem Tanz immer noch nicht fassen. Du warst unglaublich."

Er grinste. „Soll ich's noch mal machen?"

„Wenn du so fragst …"

„Kein Problem. Doch zurück zu dir. Was machst du in deiner Freizeit? Irgendwelche Hobbys?" Er arbeitete sich zu dem vor, was er wirklich wissen wollte – ihrer Beziehungshistorie. Manche Frauen waren bitter und verschlossen, und er versuchte nicht einmal, eine Beziehung mit Frauen dieser Kategorie einzugehen. Er war sich jedoch nicht ganz sicher, in welche Kategorie sie gehörte. Sie schien manchmal ganz schnell auf die Bremse zu treten und ihn auf Distanz zu halten, doch bei anderen Gelegenheiten, so wie jetzt, war sie herzlich und offen.

Er warf ihr einen Blick zu und beobachtete, wie sie mit den Händen gestikulierte, als sie angeregt über Ernährung und Fitness sprach. Sie hatte eine Menge Energie.

Doch sobald sie das Thema verließen, war sie erstaunlich knapp in ihren Antworten, stellte Gegenfragen oder wechselte das Thema. Er hatte das ungute Gefühl, dass sie versuchte, etwas vor ihm zu verbergen. Oder vielleicht war sie einfach nur ein zurückhaltender Mensch.

Was immer es auch war, er brannte darauf, mehr über die mysteriöse Charlotte Vega zu erfahren.

~ ~ ~

Charlotte war überrascht darüber, wie entspannt sie bei der Unterhaltung mit Ty war. Er spielte keine Spielchen, war warm und liebenswert.

Sie konnte ihm nicht einmal seine gelegentlichen arroganten Bemerkungen zum Vorwurf machen, denn das Glitzern in seinen Augen sagte ihr, dass er es nicht ernst meinte. Anders als die meisten Männer konzentrierte er sich auf sie, stellte eine Menge Fragen, die sie so wahrheitsgemäß wie möglich beantwortete, ohne zu viel zu verraten. Es gab keinen Grund, ihn zu verschrecken, bevor das Date überhaupt angefangen hatte. Sie sprach nicht gerne über sich, ganz egal, ob es nun mit Männern oder Frauen war, und war es gewohnt, ihre Probleme für sich zu behalten. Ty schien sich an ihren knappen Antworten nicht zu stören und drängte sie nicht, mehr zu erzählen.

„Du bist plötzlich so still", sagte Ty. „Zu viele Fragen?"

„Nein, es ist schön, dass du Interesse zeigst."

„Gibt es was, das du über mich wissen willst?"

„Eines habe ich mich die ganze Zeit gefragt." Die Frage ging ihr schon eine ganze Weile nach. Als Tys kleine Schwester Mad und Parker dieses Jahr endlich zusammengefunden hatten, hatte Ty sich eingemischt und Parker gesagt, dass er die Finger von ihr lassen sollte. Mad war eine enge Freundin von Charlotte aus dem Buchclub, und Charlotte hatte sich um ihrer Freundin willen wahnsinnig darüber aufgeregt.

„Schieß los."

„Warum hast du dich bei Mad und Parker eingemischt? Alle konnten sehen, wie sehr sie ihn liebt."

„Als ihr großer Bruder war das meine Pflicht."

„Es ist deine Pflicht, deiner kleinen Schwester die wahre Liebe zu verweigern?"

„Ich habe sie nur beschützt", sagte er. „Parker hat es nicht ernst gemeint. Sie schon."

„Es hat ihr wirklich wehgetan, als er sich zurückgezogen hat."

Er bog in die Ausfahrt zur Stadt ein. „Ja, aber es hätte ihr mehr wehgetan, wenn er mit ihr rumgemacht und sie dann sitzengelassen hätte. Dem habe ich einen Riegel vorgeschoben und Parker die Gelegenheit gegeben, zu dem Schluss zu kommen, dass er Mad wirklich wollte. Er hat seine Entscheidung getroffen und um ihre Hand angehalten. Sie ist glücklich, also bin ich es auch."

„Und wenn er es nicht getan hätte?"

„Hätte ich ihr eine Menge Herzschmerz erspart."

„Vielleicht hättest du ihr aber auch jede Chance aufs Glücklichsein zerstört." Liebe war ein zerbrechliches, zartes Gut. Man musste so vorsichtig damit umgehen, oder – *Bam!* – es würde dir alles um die Ohren fliegen.

Er sah sie an. „Schau, Parker ist wie ein Bruder für mich. Wir kennen uns schon, seit wir Kinder waren. Doch das bedeutet nicht, dass ich zulassen würde, dass er oder sonst jemand Mad wehtut. Du weißt nicht, wie schlecht es ihr gegangen ist, als er sich zur Air Force verpflichtet hat. Sie war so aufgewühlt gewesen, dass sie sich in der Schule und zu Hause jede Menge Ärger eingehandelt hatte. Die Mad, die du heute kennst, ist viel stabiler. Ich konnte nicht dastehen und zusehen, wie sie noch einmal die Kontrolle verliert."

Schweigend dachte sie darüber nach. Sie hatte Mad damals noch nicht gekannt. Sie waren sich erst vor zwei Jahren im Buchclub begegnet. Mad war tough, intelligent und furchtlos, doch Charlotte konnte sich vorstellen, dass sie schnell aus dem Ruder laufen konnte. Mad war insgeheim eine sensible Seele.

Ty fuhr fort. „Das ist etwas, das du verstehen musst, was Mad angeht, und ich auch. Traurigkeit schlägt bei ihr schnell in Wut um. Darum habe ich sie in mein Dojo gebracht. Wenn man diese Energie kontrollieren kann, kann man sie für Gutes einsetzen. Mit ihrem aggressiven Sparring hat sie einer Menge Leute geholfen, besser zu werden."

„Was bist du doch für ein Philosoph!"

Er schmunzelte.

„Das klingt alles viel vernünftiger, wenn du es so erklärst. Von außen betrachtet hat es so ausgesehen, als wärst du ein Einmischertyp."

„Charlotte, jetzt tust du mir aber weh." Er grinste, und ein Lächeln erhellte sein Gesicht. „Ich habe *immer* nur

Gutes im Sinn. Ob es immer richtig rüberkommt ist eine andere Sache."

„Gut zu wissen."

Als sie am Yachthafen ankamen, starrte Charlotte ehrfürchtig die atemberaubend schöne weiße Yacht an mit der offenen Flybridge, einer abgeschlossenen Kabine, Vorder- und Achterdeck mit Sitzgelegenheiten und diversen Bullaugen unter Deck, hinter denen wahrscheinlich die Kajüten lagen. Was für ein tolles Partyboot!

„Das gehört dir? Als Stuntman muss man besser verdienen als ich dachte."

Er straffte seine Haltung. „Der Job zahlt gut, doch das Boot habe ich von meinem Kumpel Will geborgt. Komm, lass uns ablegen."

Ausgeborgt? Sie eilte ihm hinterher. „Warte, weißt du, wie man das Ding fährt?"

Er lachte und schloss das Tor zur Laufplanke auf. „Ein Boot *fährt* man nicht, man führt es. Und ja, das kann ich. Keine Sorge, bei der Arbeit sitze ich dauernd hinterm Steuer unterschiedlichster Fahrzeuge – einschließlich Speedboote."

Er ging an Bord und sie folgte ihm, den Blick auf die kleine Kühlbox gerichtet, die er in einer Hand trug. Ihr Magen knurrte. Sie hatte bis Mittag gearbeitet und keine Zeit gehabt, am Lebensmittelladen vorbeizufahren, darum hatte sie sich ihren Appetit für das Abendessen an Bord aufgespart.

„Was gibt's zum Abendessen?", fragte sie.

„Das ist eine Überraschung. Er deutete aufs Vorderdeck des Boots, wo zwei Loungesessel warteten. „Geh und entspann dich, während ich das Essen verstaue." Er ging in die Kabine, dorthin, wo sie die Küche vermutete. Auf dem Weg zum Vorderdeck spähte sie durch die Fenster und betrachtete das Wohnzimmer mit einem langen Sofa auf der einen und einem Zweisitzer auf der anderen Seite, wo sich auch die Küche befand. Cool!

Sie nahm in einem der Loungesessel Platz und genoss den Blick auf den Fluss mit den Brücken und Gebäuden in der Ferne. Das würde ein schöner Ausflug werden. Sie fröstelte. Es wurde schon kühler. Sie hätte eine Jacke mitbringen sollen. Ty hatte auch keine an. Wie sie war er mit Jeans und T-Shirt frühlingshaft gekleidet. Hoffentlich würden sie den Großteil der Zeit im warmen Wohnzimmer verbringen. Sie sah sich um. Ty machte gerade die Leinen los. Dann verschwand er und tauchte kurz darauf wieder auf der offenen Brücke auf. Sie folgte ihm, da sie sehen wollte, wie man das Ding *führte.*

„Hey, Skipper", sagte sie.

Er drehte sich lächelnd um und sie salutierte zackig. „Hey, Schönheit. Rühren!"

Sie lachte und stellte sich zu ihm ans Armaturenbrett oder Kontrollpaneel oder wie auch immer man es nannte. Sie hatte keine Ahnung von Booten. Bisher war sie nur ein einziges Mal auf einem Boot gewesen, der Fähre, die von Manhattan aus zur Freiheitsstatue fährt und immer mit Touristen vollgestopft war. Dieses Boot hier war so viel cooler.

Ty drückte ein paar Knöpfe, warf einen Blick auf eine Karte und steuerte das Boot dann langsam vom Anlegesteg weg. Sie sah auf ihr Handy. Sechs Uhr. Sonnenuntergang war gegen halb sieben, danach würden sie wahrscheinlich wieder zurückfahren. Er hatte ihr eine Sunset Cruise versprochen. Nachts auf dem Fluss zu sein, stellte sie sich nicht allzu reizvoll vor. Zu kalt und zu dunkel.

Sie begann sich die Arme zu reiben. „Wird schon kalt."

Ty lachte. Er wirkte selbstsicher am Steuer. „Nicht kalt. Erfrischend." Er zog ihr spielerisch am Pferdeschwanz. „Hab dich nicht so."

„Du hast mehr Körpermasse, die dich warm hält", gab sie zurück.

Er legte eine Hand um ihre Taille und zog sie vor sich, dann legte er die Arme um sie ans Lenkrad. Das war definitiv wärmer, vielleicht sogar ein bisschen zu warm. Hitze an ihrem Rücken, starke, warme Arme um sie herum, holziger Outdoorsex-Duft, der sie umgab.

Sie bemühte sich, es sich nicht anmerken zu lassen. „Wo fahren wir hin, Captain?"

Er senkte den Kopf neben ihr Ohr. „Ich dachte, wir könnten ein bisschen flussabwärts fahren und dann irgendwo anhalten, damit ich Abendessen kochen kann."

„Soll ich dir helfen?"

Er richtete sich auf. „Nein. Hab alles unter Kontrolle."

Sie glaubte ihm und entspannte sich, dankbar, dass einmal jemand anderes alle Arbeit erledigte. „Klingt gut."

Sie genoss die Aussicht und betrachtete die kleineren Boote, an denen sie auf dem Weg flussabwärts vorbeikamen. Plötzlich knurrte ihr Magen.

„Hast du Hunger?", fragte er.

Sie legte lachend eine Hand auf ihren Bauch. „Ja. Normalerweise esse ich einen Proteinriegel am Nachmittag, doch die sind mir ausgegangen, und ich hatte keine Zeit, einkaufen zu gehen. Ich glaube, mein Blutzuckerspiegel ist ein bisschen niedrig. Solange ich in der nächsten Stunde was zu essen bekomme, ist alles gut."

„Was passiert, wenn nicht?"

„Manchmal werde ich ein bisschen zittrig, meistens geht aber nur meine Laune in den Keller."

„Oh nein. Dann müssen wir bald irgendwo ankern. Das will ich nicht riskieren." Er drehte sich um, um die Karte zu lesen, die Stirn konzentriert gerunzelt. Sie griff nach dem Steuer. „Soll ich steuern, während du die Karte liest?"

„Sicher", sagte er abwesend.

Das war so cool. Den Fluss runterzufahren oder runterzucruisen oder wie auch immer man es nannte.

Ty studierte die Karte eine ganze Weile, bevor er sich wieder ihr zuwandte. „Ich glaube, da ist eine kleine Bucht nicht weit von hier. Da können wir ankern, und ich kann dir was kochen."

„Cool."

Er trat wieder ans Steuer und hielt sie in seinen Armen warm. Sie fuhren eine halbe Stunde weiter, bevor sie die Bucht erreichten. Das war nicht wirklich das, was sie unter ‚nicht weit von hier' verstanden hatte. Er schob sie beiseite und entschuldigte sich damit, dass er sich aufs Steuern konzentrieren musste. Ty steuerte die Yacht in die Bucht und lenkte sie so herum, dass der Bug wieder in Richtung Ausgang zeigte. Sie schafften es nicht ganz herum, bevor sie ein knirschendes Geräusch hörten.

„Scheiße."

„Was ist los?"

Er gab Gas und versuchte, das Boot von der seichten Stelle wegzusteuern, doch das Knirschen wurde nur schlimmer und lauter, dann kam das Boot mit einem Ruck zum Stillstand. „Fuck."

„Was ist?"

„Wir sitzen fest. Es reagiert nicht." Er trat an die Reling und blickte hinunter. „Ich sollte besser runtergehen."

Sie folgte ihm das Fallreep hinunter und beide spähten erneut über die Reling. Die ‚Bucht' wirkte eher wie ein Sumpf, und sie waren im Schlamm steckengeblieben. Und der Gestank, o mein Gott – eine Kombination aus Müll, Abwasser und verrottenden Pflanzen. Sie begann, durch den Mund zu atmen. Ty hielt sich den Arm vor Mund und Nase und atmete durch den Stoff seines Hemds.

„Gib einfach Vollgas und bring uns hier raus", schlug

sie vor.

Er nickte und ging zurück auf die Flybridge. Sie folgte ihm. Oben war der Gestank nicht ganz so schlimm. Ty versuchte alles, doch es funktionierte nicht. Die einzige Reaktion war ohrenbetäubendes Maschinengeheul und gefährlich lautes Knirschen.

Er sah sie geschockt an. „Ich kann den Motor nicht in die Luft jagen. Ich könnte die Yacht niemals ersetzen. Das Ding kostet fast 'ne Million.“

„Dann benutz deine tollen Seefahrertalente und bring uns hier raus!“, rief sie. Sie geriet in Panik. Sie konnte *unmöglich* stundenlang auf einem Boot festsitzen mit einem Mann, der vor Sex und Charme nur so strotzte und sie mit seiner herzerweichenden Aufrichtigkeit fertigmachte. Vielleicht würden sie die ganze Nacht hier festsitzen!

Sie würden sich aneinander wärmen müssen. Sie würde nicht widerstehen können. Das sollte nicht passieren. Das war definitiv nicht der richtige Zeitpunkt in ihrem Leben, um *irgendetwas* anzufangen. Sie rieb sich die Schläfen. Sie musste ernsthafte Entscheidungen treffen, die ihre Zukunft angingen, und Ty konnte kein Teil davon sein.

Sie begann auf und ab zu gehen. Sie fühlte sich gefangen. Das hätte ein angenehmer Abend werden sollen. Ein nettes Abendessen, vielleicht ein Gutenachtkuss. Sie wollte nur ein bisschen Spaß zu ihren Bedingungen. Und das hier waren ganz sicher nicht ihre Bedingungen!

Sie blieb stehen und starrte Ty an, der hilflos die Kontrollen ansah. „Tu irgendwas!“

Er murmelte etwas, das nach *Karte* klang.

„Was meinst du?“

„Ich muss die Karte falsch gelesen haben. Will benutzt diese komischen nautischen Karten.“

„Tut das nicht jeder, der ein Boot fährt?“, kreischte sie. Am liebsten hätte sie Ty dafür geohrfeigt, dass er sie in diese

Situation gebracht hatte. Wie konnte er sie auf ein Boot schleppen, wenn er nicht wusste, was er tat?

Er machte eine beruhigende Geste. „Es ist okay. Ich werde einfach … okay, es kommt schon wieder alles in Ordnung. Bleib ruhig. Lass mich das durchdenken."

„Ich verbringe nicht die Nacht mit dir auf diesem Boot."

„Das ist kein Problem. Mach du es dir auf den Loungesesseln auf dem Vorderdeck bequem, während ich das hier ausklamüsere."

Sie sah ihn finster an und verschränkte die Arme vor der Brust. „Ich kann nicht fassen, dass du mich auf ein geborgtes Boot eingeladen hast, das du nicht einmal fahren kannst!"

Er zischte durch die Zähne. „Ich kann es fahren. Und das ist kein Bedienfehler."

„Es *ist* ein Bedienfehler. Warum sonst stecken wir im Sumpf fest."

Er fuhr sich mit der Hand durchs Haar. „Ich bin diese nautischen Karten nur nicht gewohnt."

Wo ist da der Unterschied? Sie saßen fest.

Sie beobachtete, wie Ty versuchte, das Boot zu bewegen, doch es schien nur schlimmer zu werden. Nichts regte sich und der Motor klang, als würde er gleich den Geist aufgeben.

„Schluss damit!", schrie sie schließlich. „Du fährst uns nur weiter in den Schlamm. Ruf die Wasserschutzpolizei an."

Er hielt inne. „Gute Idee. Lass uns sehen." Er holte sein Handy aus der Hosentasche. „Ist das auch 9-1-1, oder glaubst du, die haben eine eigene Nummer?"

Sie sah sich um und bemerkte das Funkgerät über ihm. Sie nahm das Mikrofon und zog es herunter. „Ich glaube, du solltest da reinsprechen."

„Oh hey, da ist ein Notfallknopf. Das ist praktisch. Lass mich den drücken." Er drückte den Knopf und wartete. Nichts geschah. Er drückte ihn länger, ließ ihn los, und das Gerät piepste. Er drehte sich zu ihr um. „Dank unseres GPS wissen sie wahrscheinlich schon, wo wir sind."

„Warum hast du das GPS nicht zum Navigieren benutzt?"

„Ich dachte, es wäre ein einfacher Trip", antwortete er.

Sie schluckte eine bissige Bemerkung hinunter. Natürlich musste jemand mit Tys Selbstvertrauen annehmen, dass er kein GPS brauchte. Sie musste ruhig bleiben. Bissige Bemerkungen würden ihr nicht weiterhelfen. Sie mussten zusammenarbeiten.

„Glaubst du, das Funkgerät ist mit dem GPS gekoppelt?", fragte Ty.

„Ich weiß nicht. Ich habe keine Ahnung von Booten."

Er starrte das Funkgerät an, als hätte es vielleicht eine Antwort. Er drückte den Knopf zum dritten Mal und sagte: „Mayday, Mayday. Wir stecken im Schlamm fest –" Er hielt inne und sah sie an, in der Hoffnung, dass sie wusste, was er sagen sollte, denn *er* hatte ganz sicher keine Ahnung. „Ähm … over."

Statisches Rauschen folgte, und ein Mann antwortete, der nach ihrer Position fragte. Ty sah sich um. „Eine Bucht im Harlem River."

Der Mann fragte nach Längen- und Breitengrad. Ty studierte die Karte. „Sieht das aus wie Osten? Auf der Karte ist es definitiv rechts. Etwa zwei Zentimeter von einem grünen Bereich. Ich glaube, das ist ein Park."

Bei diesen Worten sanken Charlottes Hoffnungen auf eine baldige Rettung in Richtung Gefrierpunkt.

Kapitel Vier

Charlotte trat hinaus aufs Deck und ging einmal um die Aufbauten herum. Oh Mann, sie saßen mächtig in der Tinte, von allen Seiten von Sumpf umgeben. Sie waren so ziemlich am Arsch. Wie hatte er es überhaupt geschafft, so tief in den Sumpf hineinzufahren? Und zum Springen waren sie vom Ufer viel zu weit entfernt.

„Sieht aus, als ob ihr feststeckt!", rief jemand.

Sie blickte hinüber zum Ufer, wo sie eine Gruppe Schaulustiger angezogen hatten. Viele Leute kamen in diesen Park, um zu grillen oder zu picknicken. „Ja, wir stecken fest!", rief sie zurück. „Haben schon die Wasserschutzpolizei kontaktiert!"

„Mann, das ist scheiße, tut mir leid für euch", sagte ein anderer Mann. Mehr Leute kamen, deuteten auf das Boot und redeten über sie.

Sie wandte sich ab und redete sich ein, dass alles gut werden würde. Selbst wenn Tyler nicht ihre Koordinaten kannte, waren sie nahe genug am Ufer, dass jemand ihnen helfen konnte. Vielleicht würden sie ein Ruderboot organisieren oder einen Helikopter oder sowas. Nein, ein Helikopter würde wahrscheinlich nicht funktionieren. Aber *irgendetwas* musste funktionieren, denn sie hatte *nicht* vor, die Nacht mit Ty auf diesem Boot zu verbringen.

Plötzlich bemerkte sie, dass alles still war. Der Motor war aus. Sie ging zurück zur Brücke, um herauszufinden, warum. „Hast du den Motor abgestellt, oder ist er …?"

Ty schnitt eine Grimasse. „Der Typ am Funkgerät hat gesagt, ich soll ihn ausstellen, also hab ich es getan. Und …"

„Was?", fragte sie und fürchtete bereits die Antwort.

„Sie kommen nicht, um uns zu helfen."

„Sie kommen nicht, um uns zu helfen", echote sie.

Er schüttelte langsam den Kopf. „Sie betrachten es nicht als Notfall. Wir sinken nicht, das Boot brennt nicht, niemand ist verletzt. Sie haben gesagt, wir sollen auf die Flut warten. Dann schicken sie uns jemanden mit einem Boot, der uns helfen kann." Er warf einen Blick hinüber zur Menge der Schaulustigen am Ufer. „Ein bisschen peinlich ist das schon, findest du nicht?"

„Es wird viel weniger peinlich sein, wenn wir wieder hier raus kommen. Wann setzt die Flut ein?"

„Sie haben gesagt gegen Viertel nach zwölf."

„Heute Nacht? Du meinst Mitternacht? Wir sitzen hier sechs Stunden fest?"

Er rieb seinen Nacken. „Ja, und die Bergung wird ein bisschen dauern. Sie müssen jemanden mit dem Ruderboot zu uns rüberbringen, der sich hier auskennt, und der wird uns dann rausmanövrieren. Also … ja, sorry."

„Sorry", wiederholte sie kopfschüttelnd.

Er zupfte an ihrem Pferdeschwanz. „Hey, so schlimm ist das nicht. Nur du und ich, gestrandet? Wir finden schon was, womit wir uns beschäftigen können." Er wackelte mit den Brauen.

Charlotte ignorierte ihn. Sie suchte verzweifelt nach einer besseren Lösung. „Warum benutzt du nicht deine tollen Stuntmantalente, springst von Bord, watest durch den Schlamm und rettest uns?"

„Herzblatt, ich bin alles andere als schwach, aber selbst ich kann eine Yacht nicht aus dem Schlamm schieben."

„Dann eben …" Sie gestikulierte wild. „Dann watest du eben ans Ufer, besorgst ein Ruderboot und rettest mich."

„Ist das dein Ernst?"

„Sehe ich aus, als ob ich Witze mache?", schrie sie ihn an.

Er schnaubte. „Wie du willst."

Er ging hinunter aufs Achterdeck, und sie folgte ihm, in der Hoffnung, dass er seine Talente einsetzen würde. Sie spähte hinunter in den Schlamm – zwei tote Fische und ein paar Bierdosen.

Ty beugte sich über die Reling und ging dann einmal um die Kabine herum, um den Schlamm von allen Seiten zu betrachten, wie sie es zuvor getan hatte. „Muss recht tief sein. Willst du wirklich, dass ich da hineinspringe?", fragte er, als er wieder neben ihr stehenblieb.

„Ja, das will ich wirklich", zischte sie.

Er griff nach ihrem Kinn und sah sie zärtlich an. „Ich würde zu gern den Helden für dich spielen."

Ihr stockte der Atem, überrascht von seiner unerwartet süßen Reaktion.

Er ließ seine Hand sinken und wandte sich wieder dem Schlamm zu. „Lass es mich zuerst testen. Ich springe nie, ohne zu wissen, wohin."

„A-ha."

Er sah sich um und fand eine lange Stange mit einem Haken daran an den Aufbauten des Bootes. Er schwang sie über die Reling und stieß sie in den Schlamm. Sie beobachtete, wie sie tief einsank und der Schlamm sie immer tiefer zu saugen schien.

„Fuck, das ist wie Treibsand", sagte er und zerrte an der Stange, um sie wieder herauszubekommen. „Wenn mich der Schlamm runterzieht, kann mich niemand retten."

Verdammt.

Er zerrte weiter an der Stange und bekam sie schließlich frei. Schlamm spritzte über Ty, das Deck und den Rumpf des Bootes. Charlotte war gerade noch rechtzeitig in Deckung gesprungen. Er blickte an sich hinunter, dann sah er sie an und schnitt eine Grimasse. „Ich glaube, ich brauche frische Klamotten."

Sie wedelte sich mit der Hand vor der Nase herum. „Du brauchst eine Dusche."

Er ging hinüber auf die andere Seite, und sie folgte ihm automatisch. „Ich will sein schickes Bad nicht schmutzig machen", sagte er, dann zog er das Shirt aus und gab den Blick auf seine Muskeln frei. *Ein Augenschmaus. Zum Anbeißen.* Verdammt, sie musste wirklich hungrig sein, und ihr Gehirn verweigerte ihr den Dienst, wenn sie ihn auch nur ansah. Seine Muskeln waren spektakulär definiert – breite, gerundete Schultern, pralle Bizepse, die mit Tribaltattoos überzogen waren, Bauchmuskeln und ein Sixpack, der den Blick auf eine schmale Taille lenkte. Er trat seine Sneakers von den Füßen.

„Warte!", platzte sie in einem verspäteten Versuch von Selbstschutz hervor. „Was, wenn die Dusche nicht funktioniert, wenn der Motor aus ist?"

„Für eine kurze Weile wird sie funktionieren." Er zog seine Socken und dann seine Jeans aus. Sie sah seine dunkelroten Boxerhorts und die beeindruckende Beule darunter und seine trainierten Beinmuskeln, bevor sie sich abwandte. Ty sprach weiter. „Wills Frau hat sich geweigert, mit den Kindern auf dem Boot zu übernachten, bis sie irgendwas umgebaut haben, damit die Dusche auch ohne Motor funktioniert. Ich geh runter. Kannst du in der Mastersuite nach einem Bademantel für mich schauen?"

Sie antwortete, ohne sich umzudrehen. „Sicher. Komme gleich runter."

„Die Treppe ist auf der rechten Seite hinter der Küche."

Sie hörte, wie sich die Tür der Deckaufbauten öffnete und schloss, und wartete. Sie betrachtete seinen Haufen schlammbespritzter Kleider und sah die dunkelroten Boxershorts obenauf. *Ooo-kay.* Müssen wohl auch nass gewesen sein. Sie wartete, bis sie sicher war, dass er in der Dusche war, und machte sich auf den Weg in die Mastersuite. Sofort bemerkte sie, dass es drinnen wärmer war als draußen. Sie durchquerte den Wohnbereich und fand die enge Wendeltreppe hinter der Küche. Warum hatte Ty eigentlich einen Bademantel gewollt? Er sollte Klamotten tragen. Je mehr sie von ihm bedeckten, desto besser. Ihre Willenskraft würde im Verlauf der Nacht sowieso schwächer werden, warum es ihr also noch schwerer machen?

In einer der Kabinen fand sie ein paar niedliche Kleinmädchenoutfits im Kleiderschrank und ging sofort in die Mastersuite weiter. Ja! Sie fand Shorts, Boxershorts, ein Poloshirt und einen Cardigan. Sie warf einen Blick auf die Label, da ihr alles ein bisschen klein vorkam. Größe M. Das musste der Grund gewesen sein, warum Ty einen Bademantel gewollt hatte. Er musste gewusst haben, dass die Klamotten seines Freundes ihm nicht passen würden. Sie legte alles auf die Kommode und zog selbst den olivgrünen Cardigan über. Oh, weich wie Kaschmir. Moment, sie war auf einer Yacht. Wahrscheinlich *war* es Kaschmir. Sie suchte weiter in den Schubladen und einem Einbauschrank nach irgendetwas, das Ty passen konnte. Sie fand einen schwarzen Seidenkimono und warf ihn über ihre Schulter. Der würde reichen müssen. Sie hielt die Boxershorts hoch und fragte sich, ob sie passen würden, denn sie waren weit und hatten einen elastischen Gummizug.

„Vergiss es. Ich ziehe ganz sicher nicht die Boxershorts eines Fremden an", brummte Ty. Sie zuckte zusammen und wirbelte herum. Er stand hinter ihr in der Mastersuite, nur ein Handtuch um seine Taille gebunden. Gott, der Mann war wie aus Marmor gemeißelt. Besser als jeder andere Mann, den sie im wahren Leben gesehen hatte. Zwei Narben bemerkte sie auf seiner gebräunten Haut. Eine an seinem Unterarm, eine am Brustkorb. Selbst das war sexy; er war gefährlich gut gebaut und tough noch dazu. Er kam auf sie zu, ein wandelndes Aphrodisiakum. Sie stand vollkommen still und war zu keinem rationalen Gedanken fähig. Er roch so gut, frisch und sauber, und seine dunklen Haare lagen nass an seinem Kopf an. Das betonte natürlich seine kantigen Wangenknochen und sein stoppeliges Kinn. Seine Lippen verzogen sich zu einem Schmunzeln. Gott, wie peinlich. Er hatte sie beim Glotzen erwischt!

Sie wandte den Blick ab, brennend vor Lust. Warum es noch leugnen? Ty war die Definition männlicher Schönheit – muskulös, stark und groß – *überall. Mmm, ja.*

Nein!

Das konnte nur im Desaster enden.

Er zog den Kimono von ihrer Schulter. „Danke."

„Ja, ich habe einen Kimono für dich gefunden", sagte sie überflüssigerweise. *Komm schon Hirn, zurück an die Arbeit!* Sie steckte die Boxershorts wieder in eine Schublade.

„Das habe ich bemerkt." Sie konnte das Amüsement in seiner Stimme hören, wagte jedoch nicht, noch einen Blick zu riskieren.

„Ich warte dann oben auf dich", murmelte sie und ging.

Sie sah sich im Wohnzimmer und der Küche um und holte mehrmals tief Luft. Oh, ein Flachbildschirm gegenüber des bequem aussehenden beigen Sofas. Dann erinnerte sie sich daran, dass sie keinen Strom hatten. Sie betrachtete die jetzt nutzlose Küche mit dem Kühlschrank, der Mikrowelle und dem Herd. Abendessen konnte sie damit auch vergessen. Sie warf einen Blick auf ihr Handy. Nach sieben.

Ty erschien im Seidenkimono, der über seinen Schultern spannte. Der Kimono reichte ihm nicht einmal bis zum Knie, und das weiße Handtuch, das er um seine Hüfte gewickelt hatte, blitzte darunter hervor. Wie ein Frottee-Kilt. Sie schluckte. Sie stand auf Männer in Kilts. Nicht, dass sie je einen im wahren Leben gesehen hatte, sie kannte sie nur aus ihren Liebesromanen. Er jedoch war eher wie ein Sultan in Seide mit einer Prise griechischer Toga und schottischem Kilt–

Ty unterbrach ihren abwegigen Gedankengang. „Das Kimonoding sollte reichen, solange ich mich nicht strecke. Lass mich sehen, was ich uns zum Abendessen zaubern kann."

Sie lächelte, dankbar, ihre Gedanken auf Essen konzentrieren zu können, und ging zu ihm in die Küche. Er öffnete den Kühlschrank, in dem die kleine, isolierte Kühltasche stand, die Ty mitgebracht hatte. Er holte sie heraus und öffnete sie, damit sie den Inhalt sehen konnte. Ein Plastikcontainer Spaghettisauce und eine Packung ungekochte Spaghetti.

„Ich fürchte, die Spaghetti kann ich nicht kochen", sagte er. „Die Sauce können wir aber kalt essen."

Sie holte den Container heraus und tippte mit dem Finger auf den reifbeschlagenen Deckel. „Gefroren." Er hatte sie gefroren in die Kühltasche gestellt.

„Tomaten-Sorbet?", fragte er mit einem schiefen Grinsen.

„Sicher. Ich wechsele mich gerne mit dir beim Lecken an einem Saucen-Eiswürfel ab", sagte sie trocken.

„Ich würde dir gerne beim Lecken zusehen."

Sie starrte ihn wenig amüsiert an.

Er schnaubte vor Lachen. „Das klingt …“ Er hielt inne und räusperte sich. „Wie auch immer … Die Sauce ist gut. Wills Frau hat sie gemacht. Er nahm ihr den Container ab und blickte hinein, wahrscheinlich, um nachzusehen, ob er wirklich gefroren war. Dann stellte er ihn auf die Arbeitsfläche. „Das dürfte recht schnell auftauen, oder?“

„Keine Ahnung.“

Einsetzende Hunger-Kopfschmerzen machten ihr die Realität, ohne Essen und Strom in einem kalten Sumpf festzusitzen, überdeutlich bewusst. Ihre Irritation hing wie eine dunkle Wolke über ihrem Kopf. Das war wahrscheinlich das schlimmste erste Date, auf dem sie je gewesen war, und sie hatte schon mehr als genug alptraumhafte Dates hinter sich gebracht. Ein Typ hatte sogar seine Mutter mitgebracht, damit sie sie ‚interviewen‘ konnte (er hatte sie später informiert, dass seine Mutter nicht von ihr überzeugt gewesen war).

Denk positiv. Eins nach dem anderen. Finde irgendwas zu essen. Sobald sie etwas gegessen hatte, hatte sie wieder Kapazitäten, um sich dem zu stellen, was vor ihr lag – was immer das auch war.

„Schau in den Schränken nach. Vielleicht ist da ja irgendwo was zu essen drin“, sagte sie.

„Klar“, sagte er in nicht allzu begeistertem Ton. „Lass uns sehen, was wir finden können.“

Sie öffnete einen Schrank nach dem anderen. Leer – leer – Teller – Plastikbehälter mit Ketchup und Senfpäckchen – dann, in einem der oberen Schränke, ein kleiner Ziploc-Beutel mit einer offenen Packung Geleebohnen darin. Sie holte sie heraus und beäugte sie. Seit sie ihre Sucht nach Süßem in den Griff bekommen hatte, fühlte sie sich so viel besser. Sie hatte mehr Energie, war weniger launisch und hatte kaum noch Kopfschmerzen.

Und jetzt das.

Ty erschien neben ihr. „Oh ja, die Geleebohnen waren für Wills Tochter für Ostern bestimmt, doch dann konnte er nicht widerstehen und hat ein paar gegessen. Natürlich konnte er die offene Packung nicht nach Hause bringen – das wäre ja ein klares Schuldeingeständnis gewesen – darum hat er sie ganz oben im Schrank versteckt." Als sie nichts sagte, fügte er hinzu: „Keine Sorge, er hat eine neue Packung für seine Tochter gekauft."

„Hast du irgendwas gefunden?", fragte sie und legte die Geleebohnen zurück in den Schrank.

„Nein. Wir haben letztes Wochenende bei der Party alles aufgegessen, was da war."

Sie schalt sich innerlich dafür, keinen Snack eingepackt zu haben. Nach der Arbeit war sie in Eile gewesen, und dann hatte sie sich für das Date im Schlamm fertiggemacht. *Gott!* Sie spürte förmlich, wie ihr Blutzuckerspiegel sank. Sie fühlte sich schwach und müde. Und ihre Kopfschmerzen wurden auch schlimmer.

Sie ging zurück zum Sofa, wo sie ihre Handtasche gelassen hatte, in der Hoffnung, irgendetwas darin zu finden. Sie wollte nicht zittrig werden, das war ganz besonders schlimm. Sie wühlte in der Tasche herum auf der Suche nach einem halbgegessenen Müsliriegel oder ein paar Mandeln. Nichts.

Verdammt, verdammt, verdammt.

Verdammt sollte er sein, dafür, dass er sie in diese Situation gebracht hatte, und sie selbst, weil sie nicht besser vorbereitet gewesen war. Das wäre nie passiert, wenn sie nicht auf seinen sexy Strippertanz reingefallen wäre. Sie hätte es besser wissen sollen. Schließlich musste sie sich nur vor Augen führen, was ihrer Mutter passiert war.

Kapitel Fünf

Ty suchte überall nach etwas zu essen für Charlotte. Sie saß auf dem Sofa, die Arme vor ihrem knurrenden Magen verschränkt, die Lippen zu einer dünnen Linie zusammengepresst. Unglaublich schlecht gelaunt, doch immer noch verdammt sexy, selbst in Wills zu großer Strickjacke. Das war mit Abstand das schlimmste Date, auf das er je eine Frau ausgeführt hatte. Es hatte so gut angefangen, und er war sich ziemlich sicher gewesen, den schlechten ersten Eindruck, den er hinterlassen hatte, ausbügeln zu können.

Wenigstens reichte der Gestank des Sumpfs nicht bis in die Lounge. Eine schwache Note vielleicht, doch definitiv erträglich. Er nahm die Geleebohnen, entschlossen, sie damit zu füttern. Das würden definitiv lange sechs Stunden werden, wenn sich ihre schlechte Laune nicht besserte.

Er ließ sich neben ihr aufs Sofa fallen. „Wie wäre es mit Geleebohnen-Strippen? Für jede Geleebohne ziehen wir ein Kleidungsstück der Wahl des anderen aus?"

Sie stieß ein seltsames Knurren aus, und er versuchte es anders. „Oder du könntest einfach eine essen." Er holte eine rote Geleebohne aus der Tüte und hielt sie ihr entgegen.

Sie nahm sie nicht. „Mein Arzt hat mir gesagt, dass ich Zucker meiden soll. Der bringt nur meinen Blutzuckerspiegel durcheinander."

„Hast du Diabetes?“

„Nein, eher das Gegenteil. Ich neige zu einem zu niedrigen Blutzuckerspiegel.“

„Oh ja, das hast du vorhin ja erwähnt. Kannst du daran sterben?“

„Nein.“

„Kannst du dauerhaften Schaden davontragen?“

„Nein, aber ich weiß, dass es meinen Blutzuckerspiegel durcheinander bringen wird, und wenn ich von dem Hoch wieder runterkomme, werde ich erst recht zittrig.“

„Dann sorgen wir eben für eine schön gleichmäßige Versorgung. Ich will ja nicht, dass du die ganze Packung auf einmal isst. Das hier könnte man als mildernde Umstände betrachten.“ Als sie nicht antwortete, versuchte er eine andere Taktik. „Wie wäre es damit? Ein Kuss für jede Geleebohne, mit der ich dich füttere?“

„Wo holst du nur diese dämlichen Ideen her?“, keifte sie und wedelte mit den Händen. „Glaubst du, dass es mich heiß macht, hungrig zu sein und zu wissen, dass ich mindestens sechs Stunden auf einem Boot im Sumpf festsitze?“

Er neigte den Kopf, als dachte er darüber nach. „Ich schätze nein?“ Es machte ihm nichts aus, dass sie ein bisschen Dampf abließ. Er würde wahrscheinlich nicht anders reagieren, wenn die Situation umgekehrt wäre. Er hielt eine Geleebohne hoch. „Was kann ich tun, um dir diese Geleebohne schmackhaft zu machen?“

„Sie mir mit einem Steak servieren?“

Er schob sich eine Geleebohne in den Mund und kaute. „Siehst du? Ich habe dir angeboten, mit dir in ein Steakhaus zu gehen, aber du wolltest ja nicht.“ Das war seine erste Idee gewesen, doch sie war nicht darauf angesprungen, also hatte er eine Schippe drauflegen müssen, um ihre Aufmerksamkeit zu erlangen. „Wenn man es so betrachtet, ist das hier nicht wirklich meine Schuld.“

Sie warf ihm einen tödlichen Blick zu. Er reichte jedoch nicht, um ihn abzuschrecken, im Gegenteil … er fand ihn ziemlich scharf.

„Ich glaube, ich muss dich bald küssen“, informierte er sie. Seit er sie zu Hause abgeholt hatte, hatte er an kaum etwas anderes denken können. Jetzt, wo sie im Schlamm festsaßen, hungrig und schlecht gelaunt oder nicht, konnte er nicht leugnen, wie sehr er sie immer noch wollte. Ihre Lippen waren so köstlich sinnlich. Mehr als einladend. Er war sich sicher, dass sie auch süß schmeckten.

„Das glaube ich nicht“, knurrte sie.

Offensichtlich waren ihre Gedanken nicht so schmutzig wie seine. Daran würde er arbeiten müssen. Plötzlich wurde ihm bewusst, dass es dunkler wurde. „Sieht aus, als ginge die Sonne unter.“

„Ach ne?“

Er schmunzelte. „Was auf einem dunklen Boot passiert, bleibt auf einem dunklen Boot.“ Er zwinkerte ihr zu.

Sie presste die Lippen aufeinander. „Du bist nicht halb so witzig, wie du denkst.“

Er steckte sich eine weitere Geleebohne in den Mund und kaute. „Mmm. Kokos.“

Sie stand auf. „Wir müssen nach einer Taschenlampe suchen.“

Er warf die Packung mit den Geleebohnen auf den Sofatisch und half ihr beim Suchen. Er fand eine Stirnlampe in einer Küchenschublade. Er schaltete sie ein und setzte das Stirnband auf.

„Wie ist das?“, fragte er und drehte sich zu ihr um.

Sie hob die Hand vor die Augen. „Streberhaft. Hat was.“

Er nahm die Stirnlampe ab und warf sie zurück in die Schublade.

Im Schrank unter der Spüle fand sie eine schwarze Taschenlampe. „Die wird reichen müssen." Sie schaltete sie ein und spielte mit der Helligkeit herum.

„Lass sie besser auf niedrig laufen, sonst gehen uns womöglich die Batterien aus."

Sie stellte sie auf die schwächste Einstellung und stellte sie mit der Lampe nach oben auf den Sofatisch. Sie hatten immer noch ein bisschen Licht von draußen, wenn auch nicht viel, und die Taschenlampe tauchte den Raum fast wie eine Kerze in ein warmes, gelbliches Licht.

Er beobachtete, wie sie immer wieder auf und ab ging. Dabei erinnerte sie ihn an ein Tier im Käfig. Wie er war sie ein körperbetonter Mensch und jede Menge Aktivität gewohnt, was den kleinen Raum wahrscheinlich schwer tolerierbar machte. Zu wissen, dass sie festsaßen, machte es noch schlimmer. Er konnte es nachvollziehen, wirklich. Er selbst war heute Morgen lange joggen gewesen. Er wollte ihr gerade vorschlagen, ein paar Pushups zu machen, als sie sich plötzlich bäuchlings aufs gegenüberliegende Sofa warf. Oh Scheiße. Weinte sie etwa?

Er eilte zu ihr und kniete vor ihr nieder. „Nicht weinen."

„Ich weine nicht", sagte sie mit leiser, herzzerreißend trauriger Stimme. „Ich weine nicht, wenn ich frustriert bin. Normalerweise streite ich mich dann, aber ich fühle mich schwach vor Hunger."

Er rieb ihr einen Moment lang mitfühlend den Rücken, und sie blieb liegen, vollkommen verzweifelt, den Kopf von ihm abgewandt. Er musste etwas tun.

Er holte eine Geleebohne aus der Packung. „Weißt du was?"

Sie drehte sich mit geschlossenen Augen zu ihm um. „Was?"

Schnell schob er ihr die Geleebohne in den Mund. Sie

kaute und schluckte. „Danke.“

Er schob eine weitere hinterher. Irgendwie wie bei einem Spielautomaten, dachte er. Entweder würde er den Jackpot knacken und sie damit wieder munter machen, oder sie würde noch gereizter werden, was eine Verschwendung ihrer einzigen Energiequelle bedeuten würde.

Sie schlug die Augen auf. „Willst du mich jetzt die ganze Nacht mit Geleebohnen füttern?“, fragte sie und klang ein bisschen weniger deprimiert.

Er schob eine weitere Geleebohne in ihren Mund. Sie kaute, schluckte und setzte sich auf. Eins zu Null für die Geleebohnen!

Er setzte sich neben sie und bot ihr eine weitere an. Sie lehnte sich zurück. „Nein danke“, sagte sie. „Gib mir ein paar Minuten. Ich fühle mich schon ein bisschen besser.“

„Wollen wir nach den Geleebohnen jetzt kuscheln?“

Sie lachte laut auf. Er schmunzelte. Er hatte gehofft, sie damit aufmuntern zu können. Auch wenn er nichts gegen ein bisschen Kuscheln gehabt hätte. Es wurde langsam ein bisschen kühl mit seinen nassen Haaren und dem Seidenfähnchen, das er anhatte.

Er fröstelte demonstrativ. „Falls du es in deiner Kaschmirjacke nicht bemerkt haben solltest, es wird langsam ein bisschen kalt hier drin. Körperwärme zu teilen, ist da durchaus sinnvoll.“

„Es ist nicht kalt. Es ist erfrischend.“ Sie grinste. „Hab dich nicht so.“

Er erkannte seine eigenen Worte von vorhin, doch im Gegensatz zu ihr hatte *er* ihr dann tatsächlich Körperwärme gespendet. „Ich weiß, was mich aufwärmen würde.“

Sie runzelte die Stirn. „Kannst du eigentlich auch an was anderes denken?“

Er zwinkerte ihr zu. „Irgendjemand musste es ja

aussprechen. Ich weiß, dass wir beide es denken.“

Sie versuchte, ein ernstes Gesicht zu machen, musste jedoch lächeln. *Sieg!*

„Wir könnten tanzen“, bot er an.

Sie seufzte und hob die Hände. „Wir haben keine Musik.“

Er fing an, *SexyBack* zu singen, bis sie ihm die Hand auf den Mund legte.

Sie schüttelte den Kopf. „Nein. Lass das.“

Er ergriff ihre Hand, küsste ihre Handfläche und hielt sie fest. Sie zog sie nicht weg. „Dann scheint die offensichtliche Wahl ein Spiel zu sein.“

„Was für ein Spiel?“, fragte sie argwöhnisch.

Seine schmutzigen Hoffnungen schossen in die Höhe, denn sie war zumindest interessiert genug, um zu fragen. „Es heißt *kennenlernen*.“ Seine Erfahrung hatte ihn gelehrt, dass das Spiel fast immer nackt endete. Er war ein offenes Buch und hatte keine Geheimnisse, doch Charlotte war ein Mysterium. Selbst wenn sie nicht nackt enden würden, wollte er doch gerne mehr über sie erfahren. Gab es eine bessere Methode, sich die Zeit zu vertreiben?

Sie hob abwehrend die Hand. „Nein danke.“

Er rutschte näher, um ein bisschen von ihrer Körperwärme zu stehlen und berührte ihr Bein mit seinem. Sie ließ es zu. „Dann würdest du lieber mit der Funzel von einer Taschenlampe in der Dunkelheit sitzen und stundenlang die Wand anstarren?“

„Am liebsten wäre ich nicht hier.“

„Lass mich dir erklären, wie es funktioniert.“ Er ließ sie genervt seufzen, bevor er fortfuhr. „Ich stelle dir eine Frage, und wenn du sie richtig beantwortest, bekommst du eine Geleebohne, wenn nicht, gibst du mir einen Kuss.“

Sie rutschte ein Stück von ihm weg und ließ eine Barriere aus kalter Luft zwischen ihnen stehen. „Was für eine Frage?"

„Was immer du willst." Verdammt, langsam wurde ihm wirklich kalt. Wenn sie ihre Wärme nicht mit ihm teilen wollte, würde er sich eine Decke vom Bett unten holen müssen. Auch wenn ihm direkter Körperkontakt weitaus lieber gewesen wäre.

„Wie kommt es, dass *du* entscheidest, ob meine Antwort richtig oder falsch ist?"

Er rückte näher. „Im Gegenzug entscheidest du, ob meine Antworten richtig oder falsch sind, wenn du dran bist."

Sie griff nach den Geleebohnen, doch er streckte seinen Arm außer Reichweite. Wenn sie jetzt an sie herankommen wollte, müsste sie sich über seinen Schoß strecken.

Sie versuchte es nicht einmal. „Und warum bist du derjenige, der die Bohnen hält?"

„Weil ich mir das Spiel ausgedacht habe."

„Ich will dich aber nicht küssen." Ihr Blick wanderte zu seiner Brust, wo der zu kleine Kimono offen stand. Sie benetzte ihre Lippen und begegnete seinem Blick, in dem das Verlangen nur darauf wartete, herauskommen und spielen zu dürfen. „Ich bin wütend auf dich", flüsterte sie.

Er spürte, dass sie weich wurde, was perfekt war, denn er spürte, dass er langsam hart wurde. „Und mir wird kalt nach der Dusche und in diesem dünnen Fummel."

Sie warf ihm einen gespielt mitleidigen Blick zu. „Ohh. Tut mir so leid, dass wir die Heizung nicht einschalten können, wenn der Motor nicht läuft."

Er beugte sich zu ihr vor. „Vielleicht kannst du mir ja helfen?"

„Ich hole dir eine Decke." Sie nahm die Taschenlampe und eilte die Treppe hinunter.

Er saß in der dunklen und kalten Lounge und lauschte nach Geräuschen. Seine Taktik schien bei Charlotte nicht anzuschlagen.

Sie kehrte zurück und deckte ihn mit einer rosa Decke bis zu den Schultern zu. Sie war kuschelig und warm, auch wenn es die Decke einer Fünfjährigen war.

„Willst du auch ein Stück von der Decke?", bot er an und hielt ihr eine Ecke entgegen. Sie war groß genug für zwei.

„Nein danke. Ich brauche sie nicht." Sie stellte die Taschenlampe wieder auf den Sofatisch und setzte sich neben ihn, ein Bein über das andere geschlagen.

So saßen sie ein paar Minuten lang schweigend da. Kein Kuscheln, kein Spiel, kein Kuss. Ihm fiel nichts ein, was sie sonst tun könnten, um sich die Zeit zu vertreiben.

„Erzähl mir, was du gemacht hast, bevor du Stuntman geworden bist. Alle Jobs, die du vorher gehabt hast", sagte sie plötzlich.

„Warum? Spielen wir jetzt doch das Geleebohnen-Kuss-Spiel?"

Sie ignorierte die zweite Frage. „Man kann eine Menge über einen Menschen erfahren, wenn man ihn nach seinen Jobs fragt."

„Was hast du gemacht, bevor du Personal Trainer geworden bist?", konterte er.

„Ich habe bei einer Bank gearbeitet."

„*Meeeep*. Falsche Antwort. Eine temperamentvolle Frau wie dich kann ich mir unmöglich als spießige Bankerin vorstellen. Gib mir einen Kuss." Er deutete auf seine Wange.

„Genau das war ich aber, und wenn du nicht mit dem Kuss-Gelaber aufhörst, schlag ich eher zu, als dass du einen Kuss bekommst", sagte sie streng, tat es jedoch nicht.

Er schob seine rechte Hand unter der Decke hervor, legte sie an ihre Wange und küsste die zarte Haut unterhalb ihres Ohrs. Sie saß stocksteif da.

Langsam zog er sich zurück und beobachtete ihre Miene. Sie öffnete ihren Mund und starrte ihn an. Der Ausdruck stand ihr gut zu Gesicht.

„Du bist dran", sagte er.

Sie schüttelte den Kopf und blinzelte ein paarmal, als hätte er ihr Gehirn durchgeschüttelt. Auch ihn hatte der Kuss nicht kaltgelassen. Er rückte die Decke zurecht, um seinen wachsenden Ständer besser zu verstecken.

„Dieselbe Frage wie zuvor", wiederholte sie langsam. „Welche Jobs hattest du vor der Stuntman-Sache?"

Er zählte sie an den Fingern ab. „Stuntman, Personal Trainer und Betreuer im Sommerlager."

„Du warst Betreuer in einem Sommerlager?", fragte sie und klang überrascht.

„Wie du es sagst, klingt es, als wäre ich ein Tier. Ich bin aber nun mal einer der ältesten in einer Familie voller Teufelsbraten, die alle auf Ärger aus waren." Als er sich ihr zuwandte, rutschte die Decke von seinem Oberkörper herunter. Er ließ sie liegen, da ihm zwischenzeitlich wärmer war. „Es war wirklich cool. Ein Übernachtungslager für Kinder mit entwicklungsverzögerten und behinderten Kindern und Erwachsenen. Ich war wie ein Rockstar dort. Ich habe drei Sommer lang dort mitgemacht, danach habe ich Vollzeit im Fitnessstudio angefangen."

Ihr blieb der Mund offen stehen.

Er hob ihr Kinn mit dem Finger an. „Was ist? Hast mich wohl für einen oberflächlichen, sexsüchtigen Schönling gehalten?"

Sie schmunzelte und nickte.

Er lächelte sie an.

„Wie bist du zu diesem Sommerlager gekommen?", fragte sie. „Kennst du jemanden, der behindert ist?"

„Ja, ich war der zweite Coach für das Little League Team meines Dads in der Police Athletic League. Eines der

Kinder da, Teddy, war geistig zurückgeblieben. Er hat nur langsam gelernt – ich meine so langsam, dass er in eine spezielle Schule gehen musste. Wie auch immer … er war kein guter Spieler, aber er hat das Spiel geliebt. Ich habe immer einzeln mit ihm trainiert. Ich glaube, er hat mich wirklich gemocht. Seine Mom hat mich dann irgendwann gefragt, ob ich nicht Lust hätte, als Betreuer in seinem Sommerlager zu arbeiten. Es war für Kinder und Erwachsene von vier bis vierzig, und alle hatten irgendeine emotionale oder geistige Behinderung." Er lächelte sanft und erinnerte sich, wie die Teilnehmer sich um ihn geschart hatten, während es den anderen Betreuern schwer gefallen war, ihre Aufmerksamkeit lange zu fesseln. „Ich war extrem beliebt", erklärte er. „Ich denke, es lag daran, dass man bei mir genau das bekommt, was man sieht, nicht mehr und nicht weniger. Ich habe einfach immer gesagt, was Sache war, und alle haben es verstanden."

Sie sah ihn mit einem zärtlichen Lächeln an und drückte seine Schulter. „Du hast unerwarteten Tiefgang. Dafür bekommst du eine Geleebohne."

„Ha!" Er nahm eine Handvoll aus der Packung, schob sich eine in den Mund und bot ihr eine an. Sie öffnete den Mund und ließ sich füttern. Er schob ihr noch zwei in den Mund, und sie strahlte ihn geradezu bewundernd an. Er schien gerade Charlottes Geheimnis herausgefunden zu haben – mehrere Geleebohnen auf einmal machten sie glücklich.

Er aß noch ein paar. „Warum hast du New Jersey verlassen? Du hast gesagt, du bist da aufgewachsen, nicht wahr?"

„Ja. Weil ich es leid war, immer von denselben Menschen umgeben zu sein, mit denen ich aufgewachsen bin. Ich gehöre zu den wenigen Leuten, die das Kaff je verlassen haben."

„Falsch.“

„Wie falsch?“

„Letzte Chance, deine Antwort zu korrigieren, oder –
“ Er senkte seine Stimme zu einem heiseren Knurren „–du
bekommst einen Kuss.“

Sie sah aus, als überlegte sie, was schlimmer war, ihre
wahren Gründe zu erklären oder noch einen Kuss von ihm
zu bekommen. „Wohin?“

Mit dieser Antwort hatte er nicht gerechnet. Er beugte
sich vor. „Wo willst du den Kuss hinhaben, Darling?“

Charlotte deutete auf ihre Wange. Er seufzte, verdrehte
die Augen und gab ihr einen Schmatz.

„Ganz schön zugeknöpft“, sagte er. „Glaub nicht, dass
ich das nicht schon vorhin bemerkt habe. Genau deshalb
spielen wir dieses Kennenlernspiel.“

„Ich bin *nicht* zugeknöpft.“

„Mh-hm. Du bist dran.“ Er hatte sie mit seinem Spiel
vollkommen eingewickelt und würde jetzt Antworten
bekommen. Oder Küsse. Beides war okay.

Ihre Augen blitzten. „Warum hast du mich auf dieses
Boot geschleppt, wenn du nicht die leiseste Ahnung hattest,
wie man damit umgeht?“

„Ich wollte dich beeindrucken“, antwortete er ehrlich.

„Oh, warum–“

„Eine Frage pro Runde, und ich bin mir ziemlich
sicher, dass ich die richtig beantwortet habe, also kriege ich
jetzt eine Geleebohne.“ Er warf sich eine in den Mund, und
als er ihr eine anbot, öffnete sie sofort den Mund. Oh, das
gefiel ihm immer besser. Dieser Mund, diese rosa Zunge. Er
gab sie ihr und streifte mit dem Finger ihre Unterlippe. Sie
kaute und sah ihn mit loderndem Blick an.

Er fühlte sich ermutigt. „Auf einer Skala von eins bis
zehn, wie sehr gefalle ich dir?“

Sie lachte. „Du hast kein Problem, was Selbstbewusstsein angeht, oder?"

„Nein."

„Du meinst im Moment?"

„Ja?"

„Im Augenblick bist du eine acht. Zuvor warst du eine eins."

Er presste die Hand auf sein Herz als hätte sie ihn verletzt. „Was hat dich dazu gebracht, mit mir auf ein Date zu gehen, wenn ich eine eins war?"

Sie lächelte ihn verschmitzt an. „War das nicht eine Frage pro Runde?"

„Nein, im Ernst, Charlie. Warum hast du ja gesagt?" Plötzlich wollte er es wirklich wissen. Er wollte mehr für sie sein als ein Typ mit Muskeln.

Sie presste einen Moment lang ihre Lippen aufeinander, dann sagte sie: „Ich fand das charmant."

„Charmant?" Er versuchte, sexy zu wirken.

„Ja, es braucht verdammt viel Mut, mich zu einem Date einzuladen, wie du es getan hast. Ich dachte mir, dass du wirklich interessiert sein musst, wenn du bereit bist, dich vor all den Frauen zum Affen zu machen."

Er schnaubte. „Ich habe mich zum Affen gemacht?"

„Nein, aber das hätte leicht passieren können. Ich hatte keine Ahnung, in welche Richtung es laufen würde. Ich habe dir allein dafür, dass du es versucht hast, jede Menge Punkte gegeben."

Er fühlte sich ein bisschen besser. „Was muss ich dann tun, um die Zehn zu erreichen?"

„Warum interessiert es dich so sehr, wo du stehst? Es ist nicht so, als würden wir eine Beziehung anfangen. Ich dachte, wir wollten einfach Spaß auf einem Date haben. Ich meine, du lebst in L.A. Ich lebe hier."

„Ich komme regelmäßig zu Besuch her."

Sie warf ihm einen skeptischen Blick zu.

„Wirklich. Ich arbeite fast genauso viel in New York wie in L.A. Ich bitte immer um diese Jobs, weil meine Familie hier ist.“

Sie stieß ihm mit dem Finger gegen die Brust. „Ja, was ist mit deinem Job? Verdammt riskant. Wenn du dich verletzt, bist du ganz schnell arbeitslos.“

„Und?“

„Hältst du dich wirklich für einen guten Fang?“ Ihre Lippen zuckten, und ihm wurde bewusst, dass sie ihn auf den Arm nahm. Er schoss vor und kitzelte sie. Sie kreischte. Wow, war sie kitzelig. Er erwischte sie an den Rippen, dann unter den Armen und am Hals. Sie musste derart lachen, dass sie sich kaum wehren konnte. Als er aufhörte, rang sie nach Luft und wischte sich die Augen ab. Ihre Wangen waren rosig. Er konnte nicht anders. Er drückte ihr schnell einen Kuss auf ihre köstlichen Lippen und zog sich wieder zurück.

Sie starrte ihn einen Moment lang an, dann streckte sie den Kopf nach mehr und schloss die Augen. Er gehorchte. Er hielt ihren Kopf mit einer Hand, küsste sie leidenschaftlich und tauchte in ihre Weichheit ein. Dann ließ er von ihr ab und beobachtete ihre Reaktion. Beide atmeten schwer.

Er streichelte ihre Wange mit seinem Daumen. „Wenn du mir eine Chance gibst, dann würde ich mir Mühe geben, dass das mit einer Fernbeziehung klappt.“ Heilige Scheiße. Er konnte nicht fassen, dass er das gerade gesagt hatte. Er hatte noch nie viel Energie in Beziehungen investiert, doch er fand sie vollkommen unwiderstehlich, und er wollte mehr als ein fürchterliches Date auf einem gestrandeten Boot.

Sie riss die Augen auf und sah so schockiert aus, wie er sich fühlte. „Was sagst du da?“

„Nichts. Zurück zum Spiel.“ Er rieb sich mit der Hand

über das Gesicht, nicht einmal sicher, warum sie überhaupt dieses Spiel spielten.

„Es ist schön, dich kennenzulernen", sagte sie. „Du bist süß."

Er zog eine Braue hoch. „Soll das ein Kompliment sein? Kein Typ will als süß abgestempelt werden."

„Was dann?"

„Sexy zum Beispiel."

„Sonst noch was?"

Er runzelte die Stirn, denn sie hatte nicht bestätigt, dass sie ihn für sexy hielt. „Stark, selbstbewusst, erfolgreich."

„Volltreffer."

Er sah sie fragend an, doch sie lächelte nur verhalten. „Was meinst du damit?", fragte er. „Du hast gewirkt, als wolltest du mir den Kopf abreißen, als wir uns das erste Mal begegnet sind. Und jetzt stecken wir im Schlamm fest und–"

„Ich meinte Volltreffer, weil du ehrlich zu mir bist, und ich mag es, wenn du echt bist. Ich mag den echten Ty."

Er war sprachlos. Sie mochte den echten Ty, der auf dem schrecklichsten Date aller Zeiten ohne Strom im Schlamm festsaß und nur Geleebohnen als Proviant dabei hatte?

Sie sah den echten Ty und nicht nur sein Geld oder sein Aussehen und seinen Körper – auch wenn sich in der Vergangenheit alle drei zusammen durchaus als Erfolgsrezept erwiesen hatten. Er wusste nicht, was er darauf antworten sollte.

Dann schlang sie ihre Arme um seinen Nacken und küsste ihn, und plötzlich wusste er ziemlich genau, was er tun musste.

KAPITEL SECHS

Charlotte wusste, dass sie mit dem Feuer spielte, indem sie Ty küsste, denn der Mann wusste ganz offensichtlich, wie man mit Frauen umging. Im einen Moment küssten sie sich leidenschaftlich, im nächsten lag sie auf dem Rücken, Ty zwischen den Beinen, seine Lippen an ihrem Hals. Irgendwann beim Küssen hatte er den Kimono ausgezogen. Er stützte sich auf den Unterarmen ab, seine untere Hälfte nur mit dem Handtuch bedeckt. Die Wärme, die er abstrahlte, und seine schiere Körpermasse waren köstlich. Ihr Körper sagte schon ja, bevor seine Lippen ihr Schlüsselbein erreicht hatten. Er riss die Strickjacke auf — die Knöpfe flogen Gott weiß wohin —, zog den elastischen Ausschnitt ihres Boho-Tops herunter, schob den BH beiseite und saugte einen Nippel in seinen Mund. Scharfe Lust schoss durch sie hindurch, bis hinunter zu ihrer Weiblichkeit. Sie war atemlos. Sprechen war ein Ding der Unmöglichkeit.

Er hob den Kopf und sah sie mit lodernden Augen an. Sie wartete, unsicher, was er als nächstes tun würde. Was es war, war ihr egal, solange er weitermachte. Sie griff nach seinem Kopf und sofort küssten sie sich wieder. Er schmeckte die Süße der Geleebohnen und pure, sinnliche Sünde. Sie strich mit ihren Fingern durch seinen

Haaransatz im Nacken und über seine wunderbar muskulösen Schultern. Er schnappte mit den Zähnen nach ihrer Unterlippe und saugte daran. Pochendes Verlangen, wie sie es noch nie zuvor gespürt hatte, ließ sie einladend die Beine weiter spreizen. Er legte eine Hand an ihr Knie und hob ihr Bein, um es um sich zu wickeln. Ihr anderes Bein war zwischen ihm und dem Sofa gefangen. Er biss ihr in den Nacken und saugte an der brennenden Stelle. Er zog ihr Top weiter herunter, legte auch die zweite Brust frei und ließ seine Zunge mit dem Nippel spielen. Sie stöhnte und grub ihre Fingernägel in seine Schultern, während er sein Becken an ihr rieb und die Reibung sie fiebrig machte. Er kehrte zu ihrem Mund zurück, und sie küsste ihn gierig wie von Sinnen vor Verlangen. Er legte eine Hand an ihre Wange. „Langsam, Baby."

„Ty–"

„Dich zu küssen, ist wie Feuer zu trinken", sagte er gegen ihre Lippen.

„Ich will dich."

Er stöhnte und strich mit seinen Lippen über ihre, eine sanfte Berührung, die sie atemlos machte, unter ihm eingeklemmt, wartend auf mehr.

„Bitte", hauchte sie.

Er küsste sie zärtlich, und ihre Lippen öffneten sich mit einem Seufzen. Seine Zunge tauchte in ihren Mund, und sie ließ ihre mit seiner tanzen. Sie wollte – nein, brauchte – mehr. Ihr ganzer Körper summte vor Verlangen.

Und dann war da nichts als kalte Luft. Er stand neben ihr und blickte aufs Sofa hinab, auf dem sie mit entblößten Brüsten und gespreizten Beinen lag.

Sie schloss die Augen. „Was ist?"

„Ich habe noch nie etwas Schöneres gesehen als dich, wie du gerade so daliegst."

Sie blickte zu ihm auf. Seine offensichtliche Erregung

zeichnete sich deutlich unter dem Handtuch ab. „Ich liege hier und will mehr", sagte sie unverblümt. Sie streckte die Hand nach ihm aus, doch er wich zurück.

„Ich habe kein Kondom dabei." Er zog den Kimono wieder über.

Sie rückte BH und Top zurecht und stützte sich auf ihre Ellbogen. „Wie kannst du kein Kondom dabeihaben? Ein Mann wie du, der quasi Sex auf zwei Beinen ist, sollte immer was dabei haben."

Er schmunzelte. „Ich wollte nichts übereilen."

„Ha! Das sagst du jetzt! Fast jedes Wort aus deinem Mund war purer Sex."

Er neigte den Kopf. „Okay, um ehrlich zu sein, war ich so damit beschäftigt, alles für unser Date vorzubereiten, dass ich vergessen habe, eins einzupacken."

Sie schnaubte, ließ sich zurück auf Sofa sinken und warf einen Arm über ihre Augen. Dann konzentrierte sie sich auf die Tatsache, dass sie in stinkendem Schlamm festsaßen. Sie spürte ihren Herzschlag in jedem Nervenende, sogar zwischen den Beinen.

Ty fuhr fort. „Mir war nicht bewusst, dass ich es vergessen hatte, bis ich daran dachte, eins überzuziehen."

Sie setzte sich auf und musterte ihn. Er schien die Wahrheit zu sagen.

Er erklärte weiter – der Junge war eine Labertasche. „Ich meine, ich habe den Abend wirklich bis ins kleinste Detail geplant. Die Blumen, das Auto, die Yacht, das Essen –"

„Okay, okay!"

Er streichelte ihr übers Haar. „Geleebohne gefällig?"

„Nein danke." *Ich hätte lieber einen Orgasmus.*

Er setzte sich neben sie und legte einen Arm um ihre Schultern. „Zurück zu unserem Kennenlernspiel?"

„Nein."

„Was willst du dann spielen?"

„Ich hab keine Lust mehr, mit dir zu spielen."

„Sei nicht böse." Ty drückte sanft ihre Schulter. „Willst du wissen, warum ich mich so bemüht habe, dich zu einem Date zu bewegen, auch wenn du mir immer wieder einen Korb gegeben hast?"

Damit hatte er sich ihre Aufmerksamkeit gesichert. „Ja."

Seine Finger strichen über ihre Haare, bevor er nach ihrem Haargummi griff und ihn herauszog. „Zuerst ist mir natürlich deine Schönheit ins Auge gestochen, doch ich begegne natürlich vielen schönen Frauen."

Sie schnaubte und verschränkte die Arme. „Wow, danke auch."

Er schmunzelte. „Und genau das da war der Grund, warum ich dich nicht vergessen konnte. Als du mich wegen meines Spielchens bei der Hochzeit zur Rede gestellt hast, hast du stark und temperamentvoll gewirkt. Das mag ich."

Sie lockerte ihre Arme. „Oh." In ihrer Erfahrung war es fast immer das Gegenteil. Die meisten Männer mochten das nicht.

Er streichelte ihre Wange und sah sie zärtlich an. „Und dann habe ich noch was gesehen."

Sie schluckte. „Was?", flüsterte sie.

„Nur kurzes Aufflackern von mehr." Er legte seine Hand an ihre Wange. „Hinter all der Stärke, der Schönheit und dem Temperament habe ich eine Frau gesehen, die sich nach etwas sehnt."

Einen Moment lang konnte sie nicht atmen. Ihr Herz raste. „Nach was?"

„Ich hoffe, dass ich genau das herausfinden werde." Mit dem Daumen streichelte er ihre Wange. „Die Herausforderung, das Rätsel von Charlotte Vega."

Er verstand sie. Er sah ihre verletzliche Seele hinter all

den Schutzmauern. Niemand sah das, nicht einmal ihre engsten Freunde. Sie ließ sie es nicht sehen.

„Ty", flüsterte sie.

„Ja?"

„Woher wusstest du das?"

Er grinste. „Du hast es mir gerade gesagt."

„Ty!"

Er zog sie in seine Arme und flüsterte in ihr Ohr. „Es war eine Ahnung, weil … ich genauso bin. Tough nach außen, doch innerlich empfindsam."

Sie sah ihn an, geschockt, dass er so offen war. „Das bist du?"

Er nickte ernst. „Aber sag es niemandem. Das würde meinen Ruf ruinieren."

Kein Mann hatte ihr je seine verletzliche Seite gezeigt. „Das werde ich nicht, versprochen." Sie sah ihn staunend an, und plötzlich war der Mann, den sie für so arrogant gehalten hatte, vor ihren Augen zu einem Vertrauten geworden.

Er küsste sie kurz und sanft, dann wanderte sein Mund ihren Hals hinab. Keine Eile, nur Zärtlichkeit. Sie schmolz und erlaubte sich, das seltene Gefühl, verehrt zu werden, zu genießen.

Viel zu schnell hörte er auf. „Wir sollten aufhören."

„Wir könnten andere Dinge tun, für die man kein Kondom braucht", bot sie an.

Er senkte den Kopf. „Das würde ich ja zu gern tun, aber wenn ich dich ausziehe und ich nur dieses Handtuch und diesen Kimono-Fummel anhabe, dann werden wir uns berühren. Du wirst wahrscheinlich darum betteln, darum ist es besser, wenn wir uns einfach weiter darauf konzentrieren, uns kennenzulernen. Die Gefahr, dass wir uns von der Leidenschaft mitreißen lassen, ist viel zu groß."

„Ich will Leidenschaft!", platzte sie viel zu laut heraus.

Er starrte sie fragend an.

Sie presste die Lippen aufeinander.

Er musterte sie eine Weile, dann sagte er: „Sprich weiter."

„Was soll ich sagen?"

„Was willst du sagen?"

„Vergiss es." Sie atmete aus und wandte sich ab. „Wie lange noch, bis die Flut kommt?"

„Noch ein paar Stunden." Er nahm die Geleebohnen und schob ihr drei auf einmal in den Mund. Sie kaute und schluckte, plötzlich nicht mehr gereizt, sondern müde. Sie lehnte sich zurück und starrte an die Decke, frustriert von dem schmerzlichen Verlangen, das nicht abklingen würde, solange Ty so dicht neben ihr saß.

„Kannst du mir ein bisschen Abstand geben?", fragte sie.

„Nein", antwortete er und schob ihr zwei weitere Geleebohnen in den Mund. Sie kaute, und als er ebenfalls ein paar aß, scheinbar ohne jedes Interesse an ihrem verzweifelt lüsternen Zustand, stieß sie ihn mit beiden Händen an. Er rührte sich nicht, stattdessen warf er ihr einen Seitenblick zu, bevor er erneut in die Packung mit den Geleebohnen griff.

Sie rutschte so weit wie möglich von ihm weg – er rückte hinterher.

„Ich kann nicht wieder abkühlen, wenn du mir so nah bist!", keifte sie. „Mein Körper ist in Habachtstellung."

Er grinste und warf die Packung auf den Sofatisch. „Kein Problem. Jetzt weißt du, wie ein Mann sich fühlt, wenn er einen Ständer hat und ihr ihn nicht ranlasst." Er legte einen Arm um ihre Schultern und spielte mit einer Haarsträhne. „Ich weiß, was wir dagegen tun können."

Sie wandte sich ihm zu. „Und das wäre?"

„Jupp. Ich kann's dir mit der Hand machen."

„Mit der Hand machen", wiederholte sie.

„Das geht nicht nur bei Männern …"

Sie wusste nicht, was sie dazu sagen sollte.

Er fuhr fort. „Du weißt schon, meine Hand in deinem Höschen, doch du behältst sie an, damit ich dich nicht versehentlich von hinten ficke."

„Versehentlich?"

Er neigte den Kopf. „Gibt's hier drin ein Echo?"

„Könntest du dabei nicht einfach vor mir sein?" Beides war möglich, seine Argumentation war seltsam.

„Schätze schon." Er lächelte. „Okay, fein. Ich gebe es zu. Ich wollte einfach deinen Hintern an mir spüren."

Sie fing an zu lachen und konnte gar nicht wieder aufhören.

„Was ist so lustig?"

Sie schüttelte den Kopf. „Das ist die wahrscheinlich lächerlichste Konversation, die ich je gehabt habe."

„Ich versuche nur, dir zu helfen und dabei nicht selbst die Kontrolle zu verlieren."

Sie wedelte mit der Hand herum. „Oh Ty, vergiss es. Ist nicht nötig."

Er sah sie mitfühlend an. „Aber du armes Ding sitzt in einer Pfütze!"

Sie konnte nicht mehr. Er war einfach zu amüsant.

Er schnaubte. „Wenn du nur lachst, dann vergiss es."

Sie versuchte aufzuhören, doch ein Blick auf seine genervte Miene reichte, und sie prustete wieder los. Verlor sie etwa den Verstand?

Er rächte sich an ihr, indem er sie kitzelte. Sie kreischte vor Lachen und versuchte sich herauszuwinden, als sich seine Arme plötzlich um sie schlossen und sie festhielten. Er küsste ihre Schläfe, dann senkte er den Kopf und sein Mund streifte ihr Ohr. „Ich bin froh, hier mit dir festzusitzen."

Ihr Herz pochte wild. Etwas an Tys unverblümter Ehrlichkeit traf sie mitten ins Herz.

Als er ihr in die Augen blickte, hätte sie beinahe geseufzt. „Oh", war alles, was sie herausbrachte, bevor sich seine Lippen auf ihre senkten. Sie ergab sich in ein schwindelerregendes, hungriges Gefühl von purer Hitze und unverhohlenem Verlangen.

Er senkte seine Stirn auf ihre. „Was machst du nur mit mir?"

„Nichts. Ich–"

Er brachte sie mit einem weiteren Kuss zum Schweigen, dann sagte er: „Ich habe eine Idee. Lass mich nachsehen gehen, ob Will Kondome im Schlafzimmer hat."

„Warum bist du nicht früher darauf gekommen?"

Er schnitt eine Grimasse. „Er hat sich letztes Jahr sterilisieren lassen, nachdem die Zwillinge auf die Welt gekommen waren. Ist unwahrscheinlich, dass er noch etwas rumliegen hat."

„Was dann mehr als ein Jahr alt wäre?"

„Kondome werden nicht schlecht."

„Natürlich werden sie das. Hast du noch nie das Verfallsdatum auf der Box bemerkt?"

Er grinste schief. „Darüber habe ich mir noch nie Gedanken machen müssen."

„Wie viele verbrauchst du so in einem Monat?"

„Geh nicht weg", sagte er und nahm die Taschenlampe.

Sie stand auf und hielt ihn am Arm fest. „Warte. Ich komme mit. Das Bett klingt besser als das Sofa."

Er führte sie zurück zum Sofa und drückte sie an der Schulter hinunter. „Bett geht gar nicht. Nicht, wenn er keine Kondome hat. Ich will dich viel zu sehr, und ich weiß, dass du mich um mehr anbetteln wirst."

Sie schnaubte vor Lachen. „Ich habe noch nie in meinem Leben um irgendetwas gebettelt."

Er zog seine Brauen hoch. „Oh, das wirst du.“

Ihr stockte der Atem. Bevor ihr eine schnippische Antwort einfiel, schmunzelte er, drehte sich um und ging zur Treppe.

Sie lehnte sich angespannt zurück. Lange Minuten vergingen. Offensichtlich konnte er keine finden. *Egal.* Sie ging zum Fenster und blickte hinaus auf den Park. Ein paar Straßenlaternen warfen schwaches Licht. Eine Gruppe von Jungs saß auf einem Felsen.

Als Ty ihr auf den Po klatschte, quietschte sie. Sie wirbelte herum und schlug ihm auf den Arm. „Du hast mich erschreckt!“ Er hatte die Taschenlampe wieder auf den Tisch gestellt, sodass sie den Raum in ein schwaches Licht tauchte.

Er schlang seine Arme um sie. „Kann recht gut schleichen für meine Größe, findest du nicht? Keine Kondome.“

„Schon okay. Bin eh nicht in Stimmung.“

„Zu schade“, sagte er und schob seine Hand zwischen ihre Beine. „Bist du sicher? Ich fühle jede Menge Hitze da unten.“

Ihre Knie wurden weich. Das war ihr noch nie passiert.

Er drang mit seinen Fingern in sie ein, und sie wimmerte, während sie sich an seinen Armen festklammerte. „Ich glaube, ich spüre einen Puls“, sagte er. „Nach nicht in Stimmung fühlt sich das nicht an. Bist du dir sicher, dass ich es dir nicht mit der Hand machen soll?“

Sie musste es ihm sagen. Sobald sie wieder zu Atem kam.

Er zog seine Hand zurück. „Stimmt was nicht?“

Die Worte schienen in ihrem Hals festzustecken.

„Was ist?“, drängte er.

Sie blickte über seine Schulter hinweg. Wollte sie wirklich einem Mann, der vor sexuellem Selbstvertrauen nur so strotzte, dieses Geständnis machen?

Er trat einen Schritt zurück. „Schon verstanden. Zu viel, zu schnell. Kein Prob–"

„Das ist es nicht", platzte sie heraus.

Er nahm sie wieder in den Arm, und sie wäre vor Erleichterung fast zusammengesackt. Sein Mund wanderte an ihr Ohr. „Flüstere es mir zu."

Sie holte tief Luft, stellte sich auf Zehenspitzen und gestand. „Ich habe seit drei Jahren keinen Orgasmus mehr mit einem Sexualpartner gehabt."

Kapitel Sieben

Charlotte hielt den Atem an. Er würde wahrscheinlich glauben, dass sie das Problem war. Dass sie zu verklemmt war, um Sex zu genießen. Vielleicht hätte sie nichts sagen sollen.

Er richtete sich auf und starrte sie an. „Autsch. Das ist furchtbar."

Ihre Wangen begannen zu glühen. „Vergiss es."

Er strich ihr eine Haarsträhne aus dem Gesicht und schob sie hinter ihr Ohr. „Du kannst so was nicht sagen und dann erwarten, dass ich es vergesse. Das ist, als hättest du mit einer riesigen Flagge gewedelt."

„Was für einer?" Sie hatte ihm kein verzweifeltes SOS signalisieren wollen – Moment … oder doch?

Seine Mundwinkel hoben sich zu einem leisen Lächeln. Grundsätzlich hätte es sie gestört, dass er sie anlächelte, wo ihr das alles doch so peinlich war, doch sein Blick war warm und verständnisvoll, und er fuhr mit sanfter Stimme fort. „Eine *Hilf-mir-Ty*-Flagge und gleichzeitig eine Warnung – *Sex allein funktioniert nicht für mich, darum ist es besser, wenn du es gleich weißt.*"

Verdammt war er einfühlsam. Sie hatte gehofft, dass er ihr helfen würde, und doch gefürchtet, dass er am Ende enttäuscht reagieren würde. Dennoch war die ganze

Konversation mehr als unbehaglich. Sie versuchte, sich von ihm zurückzuziehen, doch er hielt sie um die Taille fest. Sie konnte seine Erektion an ihrem Bauch spüren. Zumindest hatte sie ihn nicht ganz abgetörnt.

Er hob ihr Kinn und sah ihr in die Augen. „Was ist das für ein Typ Mann, mit dem du ausgehst?", fragte er.

„Arschlöcher, fürchte ich."

Verständnis huschte über sein Gesicht. „Und du dachtest, dass ich auch eins bin, dann hättest du mich abhaken können, doch dann hast du bemerkt, dass du mich *magst*." Bei seinen letzten Worten lächelte er. Sie bestätigte es nicht, auch wenn sie ihn wirklich sehr mochte, denn offensichtlich wusste er es ja schon.

Er wickelte ihre langen Haare um seine Hand und fuhr fort. „Du solltest inzwischen wissen, dass ich eine Herausforderung liebe."

Sie schluckte, als er an ihren Haaren zog und ihren Kopf in ihren Nacken zwang, sodass sie zu ihm aufblicken musste. „Es ist keine Herausforderung", flüsterte sie.

„Was ist es dann?" Seine Lippen streiften ihre. „Eine Einladung?"

Sie wurde rot. Sie hätte ihr bescheidenes Sexleben niemals ansprechen sollen. „Lass uns nicht darüber reden."

Dann küsste er sie, heiß und tief und leidenschaftlich. Sie wimmerte leise, gierig nach mehr und klammerte sich an seinen starken Schultern fest, da sie sich danach sehnte, sein Gewicht auf sich zu spüren. Er unterbrach den Kuss und flüsterte in ihr Ohr. „Willst du mir verraten, ob die Typen, mit denen du es versucht hast, dich einfach nicht heiß gemacht haben, weil sie alle Arschlöcher waren, oder war es, weil sie nicht wussten, was sie taten?"

„Beides", gestand sie.

„Bei mir wird das kein Problem sein." Er schob seine Hand zwischen ihre Beine. „Du bist jetzt schon heiß und feucht für mich, und glaub mir, Baby, ich weiß, was ich tue. Soll ich es dir jetzt mit der Hand machen?“

„Ja“, antwortete sie, ohne zu zögern.

„Ich könnte es dir auch mit dem Mund machen“, bot er an. „Doch dann musst du dich *sofort* danach wieder anziehen, weil ich weiß, dass du mich danach anflehen wirst, dich zu ficken.“

„Ja.“ Was auch immer er vorschlug, ja, ja und ja.

Er ließ ihre Haare los und hielt ihr Gesicht. „Du bist so schön.“

„Hör auf zu reden.“

„Und herrisch auch.“

„Ty!“

Er zog seine Hand zwischen ihren Beinen hervor und streichelte stattdessen ihre Schulter. „Das ist wahrscheinlich dein Problem.“

„Im Augenblick bist du mein Problem.“

„Männer mögen es nicht, herumkommandiert zu werden.“

„Ty, ich schwöre–“ Er presste seinen Mund auf ihren und küsste sie lange und intensiv. Der Mann war so gut darin. Sie schlang ihre Arme um seinen Nacken und presste sich an ihn. Sie wollte ihm so nahe wie möglich sein. So nahe wie zwei Menschen sich kommen konnten.

Plötzlich unterbrach er den Kuss und hob sie auf, bevor er sich bückte, damit sie die Taschenlampe aufheben konnte. „Nimm die. Wir gehen runter.“

Sie hob die Taschenlampe auf, und er richtete sich mit ihr in den Armen auf. Auf dem Weg zur Treppe leuchtete sie ihm den Weg. „Ich dachte, du könntest dich im Bett nicht unter Kontrolle halten.“

„Und wer spricht jetzt zu viel?“

Sie verstummte, denn was Sex anging, war weniger Sex besser als mehr. Sie wollte es nicht überanalysieren, sie wollte es *fühlen.* Sie spürte, dass er ihr geben konnte, was sie so lange nicht empfunden hatte.

„In der Mastersuite sind Spiegel an den Wänden", sagte er. „Ich dachte, du würdest dich gerne bei deinem ersten Orgasmus seit drei Jahren sehen."

Sie schüttelte den Kopf. „Ich will mich nicht beobachten. Ich will nur deinen Wahnsinnskörper ansehen." Sie streichelte fast ehrfürchtig seinen Arm von der Schulter über den Bizeps.

„Natürlich. Alle Frauen wollen das", sagte er sachlich. „Doch da ich heute nicht zum Zug komme, läuft es so ab, wie ich es will."

Wer ist jetzt hier herrisch? Sie sprach den Gedanken jedoch nicht aus, denn wenn er ihr wirklich einen Orgasmus bescheren konnte, dann war ihr alles recht. Er stellte sie vor der engen Treppe ab, und sie ging mit der Taschenlampe voraus.

„Danach könnte ich es dir ja auch mit der Hand machen", bot sie an.

„Lass uns das sehen, wenn ich mit dir fertig bin."

„Ich glaube nicht, dass ich je zuvor so viel mit einem Mann über meinen Orgasmus gesprochen habe."

„Ja, ich bin da ein offenes Buch. Ich hab dir ja gesagt, dass man bei mir bekommt, was man sieht. Keine Geheimnisse."

Sie schluckte, da sie selbst mehr als genug Geheimnisse hatte.

Als sie die Mastersuite erreichten, nahm Ty ihr die Taschenlampe ab und stellte sie auf den Boden vor die Spiegelwand. Er probierte ein paar unterschiedliche Stellen und Winkel aus, bis er zufrieden war.

Dann zog er den Kimono aus, warf ihn beiseite und zog das Handtuch fester um seine Taille. „Fester geht nicht", kommentierte er. „Zieh dein Top und deinen BH aus."

„Zieh du sie mir aus."

Er ignorierte ihre Bitte und strich ihr mit den Fingern durchs Haar. „Dann dreh dich um, leg deine Hände auf deine Brüste und schau, wie schön du bist."

Sie blinzelte. Sie fühlte sich nicht schön und wollte sich definitiv nicht im Spiegel betrachten. Sie wollte ihn ansehen. Jahre des Frustfressens hatten zu einer Hassliebe ihrem Körper gegenüber geführt. Ganz zu schweigen von den anderen gesundheitlichen Problemen, die es mit sich gebracht hatte. Sie wusste, dass sie jetzt fit und definiert war, doch selbst das reichte nicht aus, um sich in ihrer Haut wohlzufühlen. Es war ein Erfolg, ja, doch gut fühlte sie sich deswegen noch lange nicht.

Ty übernahm die Führung und zog ihr die Strickjacke und das Top aus, warf sie über seine Schulter und öffnete ihren BH mit einer schnellen Bewegung, bevor er auch ihn wegwarf. Er drehte sie zum Spiegel um, legte seine großen Hände auf ihre Brüste und klemmte dabei ihre Nippel zwischen seinen Fingern ein. Das intensive Lustgefühl triumphierte über ihr anfängliches Zögern. Sie beobachtete, wie er sie ihren Hals hinauf bis zu ihrem Ohr küsste, und spürte seinen warmen Atem in ihrer Ohrmuschel, als er sagte: „Siehst du. So schön."

Er massierte und streichelte ihre Brüste, bis sie stöhnte. Sie lehnte sich zurück, schmolz gegen ihn und ließ den Kopf an seiner Schulter ruhen. Dann glitt seine Hand über ihren Bauch zu den Knöpfen ihrer Hose, dabei flüsterte er in ihr Ohr. „Jetzt bewegen wir uns auf gefährliches Terrain. Ganz egal, wie gut es sich anfühlt, fleh mich nicht an, dich zu ficken. Das machen wir bei unserem zweiten Date – mit Kondom."

Sie lächelte. Er war sich so sicher, dass sie ihn anflehen würde, dass es schon fast amüsant war – und erst recht, dass er sich eines zweiten Dates so sicher war, selbstverständlich dann mit Sex.

Er schob seine Hand zwischen ihre Beine, und ihr Lächeln schwand. „Verstanden?", fragte er.

„Ja", keuchte sie.

Er grunzte leise und öffnete ihre Hose, dann schob er sie hinunter und ihr Bikinihöschen darunter gleich mit. Er half ihr, auszusteigen, jedoch ohne ihr die hochhackigen Sandalen auszuziehen. Nachdem er sich wieder aufgerichtet hatte, schob er erneut seine Finger zwischen ihre Beine, und sie zuckte und presste sich dagegen.

„So sensibel", hauchte er ihr ins Ohr. Normalerweise reagierte sie nicht so schnell, doch sie nahm an, dass es an ihm lag. „Lass uns sehen, was dir gefällt."

Er erkundete ihre Weiblichkeit, streichelte ihre Schamlippen, ließ die Finger kreisen und liebkoste sie, während er ihre Reaktion im Spiegel beobachtete. Alles, was er tat, fühlte sich großartig an. Als er mit den Fingern in sie eindrang, gaben ihre Knie nach.

„Oh ja", knurrte er. „Jetzt hab ich dich." Er machte weiter und stieß langsam tief in sie hinein, dann begann er, gleichzeitig mit dem Daumenballen ihre Klitoris zu massieren, eine Stelle, die die meisten Männer vollkommen ignorierten. Idioten.

Sie stöhnte und schloss die Augen. Das Gefühl war einfach überwältigend. „Du bist ein Genie."

Er lachte leise. „Mach die Augen auf. Du bist so feucht. Du wirst so was von intensiv kommen."

„Dauert nicht mehr lange", keuchte sie.

„Schau in den Spiegel."

Sie schüttelte den Kopf.

Er hielt seine Hand still. „Du musst dich in das Gefühl ergeben. Ich bringe dich an den Rand des Orgasmus' und zurück, sobald du es tust."

„Ty", stöhnte sie.

„Du wirst viel stärker kommen, wenn du mir vertraust, dass ich dich zum Orgasmus bringen werde.“

„Das tue ich.“

„Dann schau zu. Ich will, dass du siehst, wer ihn dir schenkt und wie unglaublich sexy du aussiehst, wenn du dich der Lust hingibst.“

Alles in ihr pochte bei seinen Worten. Ty stöhnte und presste seine Erektion gegen ihren Po. „Schau, was du mit mir machst, sexy Ding. Aber ich werde mich erst zufrieden geben, wenn du vollkommen befriedigt bist.“

Sie öffnete die Augen und rechnete damit, abzukühlen, sobald sie in den Spiegel blickte, doch Tys Blick war dermaßen heiß. Eine Hand wanderte zu einer ihrer Brüste, mit der anderen stieß er erneut zu. Sie atmete zittrig aus.

„Gut“, schnurrte er in ihr Ohr. „Ich hab dich. Du gehst nirgendwohin, bis ich mit dir fertig bin.“

Sie verspannte sich. Plötzlich fühlte sie sich gefangen in seinen Armen um sie, in sich und seinem massiven Körper hinter ihr. Sie versuchte sich loszumachen und bemerkte, dass sie nicht dazu in der Lage war. Ihr Herz pochte in ihren Ohren.

„Entspann dich“, sagte er, doch seine Berührungen waren alles andere als entspannend, denn er stieß schneller und härter zu, dann senkte er den Mund auf ihren Hals und saugte an ihrer zarten Haut. Ihre Kapitulation kam erschreckend schnell. Ihr Körper war wie Wachs und ihr Blick verschwommen angesichts des schönen Anblicks von Ty, der ihr gab, was sie so gierig nahm. Sie bebte am Rande des Orgasmus’, den sie so lange nicht hatte erleben dürfen. Dann zog er die Hand zurück und ihren Kopf für einen Kuss nach hinten.

„Ich bin so dicht dran“, keuchte sie.

Er lächelte sie teuflisch an. „Ich weiß. Schau, wie heiß du bist.“

Sie stöhnte und begegnete genervt seinem Blick im Spiegel.

„Entspann dich", sagte er und streichelte sie langsam. „Wir haben Stunden Zeit."

Sie öffnete den Mund, um zu protestieren, doch dann hob er sie unvermittelt hoch und trug sie zum Bett. Er legte sie auf die kühlen Laken, dann hob er die Taschenlampe auf und stellte sie auf den Nachttisch.

„Ich dachte, du könntest dich im Bett nicht kontrollieren?", bemerkte sie erneut.

Er schob ihre Beine auseinander, dann legte er die Hände unter ihren Po und hob sie an. Seine Worte flossen heiß über ihre empfindliche Weiblichkeit. „Süße Charlotte, ich muss dich kosten." Er blickte in ihre Augen, dann senkte er behutsam den Mund und kostete sie ausgiebig. Sie zuckte zurück, dann schmolz sie und ergab sich Tys Intensität.

Sein Mund war magisch. Nichts hatte sich je so gut angefühlt. Sie krallte ihre Finger in die Laken und rieb sich schamlos an ihm. Sie keuchte und stöhnte, während er sie zu immer größeren Höhen trieb und dann wieder langsam hinunterholte, um sie wissen zu lassen, dass er ihre Lust kontrollierte. Etwas in ihr riss, das letzte bisschen Anspannung, das heraus wollte, dann war sie verloren in einem Nebel glühender Lust. Alles kreiste um Tys Berührungen, als er sie festhielt, während die Lust manchmal als drängende Welle, manchmal als sanftes Plätschern kam, doch sie vertraute darauf, dass er ihr genau das gab, was sie brauchte, wenn sie es brauchte. Er summte an ihrer Weiblichkeit, dann saugte er gierig. Sie schrie auf, als der Orgasmus wie ein Tsunami durch sie hindurch schoss. Schockwellen der Lust breiteten sich von ihrer Weiblichkeit aus, und Ty blieb dort, während sie vor Lust in Flammen stand.

Schließlich spürte sie, wie er den Kopf hob, und stieß einen langen, glücklichen Seufzer aus.

„Das war Wahnsinn", sagte er.

Sie murmelte zustimmend.

Er kroch zu ihr hinauf und küsste sie, dann ließ er sich neben sie fallen und zog sie in seine Arme. Brust an Brust. Seine Erektion drängte gegen ihren Bauch, seine Beine umschlangen ihre.

„Du bist wunderbar", flüsterte sie.

„Ich weiß."

Sie strich mit der Hand über seine Brust in Richtung seiner Erektion. „Jetzt bist du dran."

Er hielt ihre Hand fest. „Ich bin noch nicht fertig mit dir."

„N-nein." Sie biss sich auf die Lippe. „Ich bin noch nie in meinem Leben so heftig gekommen. Das geht unmöglich noch mal."

„Natürlich geht das. Ich glaube, dass du ein Mädchen für multiple Orgasmen bist."

Sie hatte noch nie mehrere Orgasmen hintereinander erlebt. „Wie kommst du darauf?"

Er streichelte ihr übers Haar. „Du isst gerne mehrere Geleebohnen auf einmal."

„Und das heißt …?"

„Du hast ein natürliches Talent dafür, Gutes zu genießen."

Eine Welle der Zuneigung brandete in ihr auf. Sie schlang ihre Arme um ihn und drückte ihn an sich.

Er hielt ihren Kopf, und sie spürte die Vibration seiner Stimme. „Ich hoffe, du weißt, dass wir ein zweites Date und ein drittes und ein viertes–"

„Lass uns einen Tag nach dem anderen angehen", unterbrach sie ihn, auch wenn ein Teil von ihr diesen süßen Gedanken gerne hörte.

Er grub seine Finger in ihre Haare und bog ihren Kopf zurück, dann verteilte er zärtliche Küsse über ihren Hals. Sein Stoppelbart kratzte ihre sensible Haut, als seine Zunge ihre Drosselgrube erkundete, bevor er zu ihren Lippen zurückkehrte und ihre Mundwinkel küsste. Seufzend öffnete sie den Mund, und er saugte an ihrer Unterlippe. „Glaubst du wirklich, dass ein beliebiger anderer Typ tun könnte, was ich gerade getan habe?"

Sie lächelte. „An Selbstvertrauen mangelt es dir definitiv nicht."

„Du bist diejenige, die gesagt hat, dass es wunderbar war, und wenn ich mich nicht verhört habe, hast du mich was genannt? Ein Genie?" Er schmunzelte, rollte sich auf den Rücken und zog sie auf sich. Er rückte sie zurecht und spreizte ihre Beine, bis sie über seiner Erektion lag. „Du bist vielleicht die erste, die *das* gesagt hat."

Sie wand sich unter ihm. „Komm, lass mich ran."

Er legte seine Hände auf ihren Po und hielt sie fest. „Erzähl mir ein Geheimnis, mysteriöse Charlotte."

Sie ließ ihren Kopf auf seine Brust sinken und lauschte dem Pochen seines und ihres Herzens. Geduldig wartend streichelte er ihre Haare.

Sie holte tief Luft und hob den Kopf. „Warum hältst du mich für mysteriös?"

Er ergriff ihr Kinn. „Du weißt, ich bin ein offenes Buch, doch ich spüre, dass du der Typ Frau bist, der tiefe Geheimnisse hat, die sie nie verraten will. Komm schon, du hast mir von deinem Orgasmus-Problem erzählt. Fühlst du dich jetzt nicht besser?"

Sie ließ den Kopf wieder auf seine Brust sinken. „Ich habe keine tiefen Geheimnisse."

Er folgte mit dem Finger ihrer Wirbelsäule, und ein Schauer rann ihr über den Rücken. „Wir haben Stunden, um das Geheimnisspiel zu spielen."

„Es gibt keine Geheimnisse“, beharrte sie. „Den nächsten Orgasmus gibt's nur im Austausch für ein Geheimnis“, schmunzelte er.

Sie hob ruckartig den Kopf. „Ty! Ich habe dir doch gesagt, es gibt keine Geheimnisse.“

„Du bist ein Auftragskiller.“

„Nein!“

„Deine Eltern waren Auftragskiller.“

„Niemand hat irgendjemanden umgebracht!“

Als sie von ihm rollte, folgte er ihr und klemmte sie unter sich ein. Lächelnd sah er sie an. „Verdammt empfindlich für jemanden, der kein Auftragskiller ist.“ Er küsste sie unter dem Ohr. Ein warmes Gefühl entspannte sie, während er sich weiter nach unten arbeitete und ihre Schulter küsste. Er wanderte weiter, legte die Hand um eine Brust und ließ die Zunge gegen ihren Nippel schnalzen. Sofort richtete er sich auf. „Schön“, murmelte er, bevor er ihn zwischen die Zähne nahm. Sie stöhnte. Erneut ließ er die Zunge schnalzen und spielte mit ihr, dann liebkoste er ihre Brust mit der Zunge. Sie grub ihre Finger in seine Haare und ergab sich dem Genuss.

„Erzähl mir etwas, das ich nicht über dich weiß“, drängte er zwischen zärtlichen Küssen.

„Ich komme aus New Jersey.“

„Das weiß ich. Was noch?“ Er neckte sie mit der Zunge, dann verlagerte er sein Gewicht zur Seite und spielte mit der anderen Brust. Ihr Verlangen schoss in die Höhe, als er an ihrem Nippel saugte und eine Hand zwischen ihre Beine schob, um sie langsam und genüsslich zu liebkosen. Sie keuchte. In diesem Augenblick wollte sie nichts mehr, als Ty in sich spüren.

„Ty, fick mich.“

Er ignorierte sie und verlagerte sein Gewicht, um an der anderen Brust zu saugen, während er anfing, mit seinen

Fingern in sie hineinzustoßen.

Sie stöhnte voller Sehnsucht nach mehr. „Ich kann nicht schwanger werden. Es ist okay."

Er ließ von ihrer Brust ab und starrte sie an. „Nimmst du die Pille?"

Sie schloss die Augen, als der allzu vertraute Schmerz in ihr aufstieg. „Das ist egal."

„Nein, es ist nicht egal."

Sie spürte, wie sich ihr Hals zuschnürte. „Fick mich einfach."

„Charlotte, Baby, bist du okay?"

Im nächsten Moment fing sie an zu weinen und fühlte sich wie ein vollkommener Idiot.

Kapitel Acht

Ty schluckte gegen den Kloß an, der sich bei Charlottes Tränen in seinem Hals gebildet hatte. Er zog sie in seine Arme, legte ein Bein über ihre und hielt ihren Kopf an seine Brust, damit sie sich von seiner Umarmung umhüllt fühlte. Ihre Schultern bebten vom Schluchzen.

Er hätte seine große Klappe halten sollen.

Es war nur, dass sie seine Kennenlernfragen so knapp beantwortet hatte, dass es ihn neugierig gemacht hatte. Die meisten Frauen redeten mehr, als ihm lieb war. Doch jetzt tat es ihm leid. Geheimnisse gab es aus gutem Grund.

Nach einer Weile schniefte sie nur noch. Die Tränen schienen ihr ausgegangen zu sein.

„Tut mir leid", sagte er. „Ich hatte nicht vor, dich zum Weinen zu bringen."

„Ich weiß nicht einmal, warum ich weine. Es ist dumm."

Er streichelte über ihre Haare. „Es ist nicht dumm. Es ist irgendwas, das du lange zurückgehalten hast."

Sie hob den Kopf und sah ihn an. Im schwachen Licht der Taschenlampe konnte er ihre glänzenden Augen sehen. Es machte ihn fertig.

„Willst du mein Geheimnis hören?", flüsterte sie.

Da war noch mehr? Er hatte gedacht, dass das große

Geheimnis die Tatsache gewesen war, dass sie nicht schwanger werden konnte.

Er strich ihr die Haare aus dem Gesicht. „Nur, wenn du es mir erzählen möchtest."

Sie holte zittrig Luft. „Ich erzähle es dir nur, weil ich dich eh schon nass geheult habe. Und vielleicht ergreifst du danach schreiend die Flucht, aber ich erwarte sowieso keine rosige Zukunft, also was soll's?"

„Was auch immer du mir erzählen wirst, wird mich nicht vertreiben. Ich habe dir doch schon gesagt, dass ich dich wiedersehen will."

Sie schüttelte den Kopf. „Das wirst du nicht."

„Versuch's einfach."

„Ich bin einunddreißig–"

„Und? Ich auch."

„Das ist nicht das Geheimnis."

„Oh."

Sie streichelte gedankenverloren seine Brust. „Ich bin einunddreißig und meine biologische Uhr tickt."

„Ich dachte, du könntest nicht …"

„Meine Chancen, auf natürlichem Weg schwanger zu werden, sind gering, gegen 1%. Ich hatte schwere Endometriose und jede Menge Narbengewebe in meinem Uterus. Unglaublich schmerzhaft. Meine Ärztin hat es vor ein paar Monaten entfernt und mir erklärt, dass ich in Vitro versuchen kann, damit aber nicht zu lange warten soll, weil es schwieriger wird, je älter ich werde." Sie atmete scharf ein, doch er ließ sie weiterreden. „Darum spiele ich jetzt mit dem Gedanken, meine Ersparnisse dafür zu benutzen, eine Samenspende zu kaufen und es in Vitro zu versuchen, bevor meine Zeit abläuft."

Angesichts dieses Eingeständnisses fiel es ihm schwer, klar zu denken. „Nimmst du die Pille oder nicht?", fragte er.

„Darum geht es nicht!"

„Okay, worum geht es dann?"

Sie atmete langsam aus. „Ich nehme die Pille nicht mehr, weil ich es mit in Vitro versuchen will. Wenn ich die Pille nehmen würde, würde es Monate dauern, bis ich wieder fruchtbar bin."

Sie wurde still und in der Stille des Augenblicks wurde ihm bewusst, dass die Sehnsucht, die er in Charlotte gespürt hatte, weniger die nach einem Partner war, wie er gehofft hatte, sondern nach einem Baby.

„Du hast immer noch das eine Prozent", bemerkte er. „Oder du könntest adoptieren."

Sie legte eine Hand auf seine Wange, und er hielt sie fest. „Ich habe das noch niemandem erzählt. Ich schätze, weil es so schwer zu erklären ist, warum ich unbedingt als Single mit meinen Genen ein Baby will. Ich habe einfach das Gefühl, dass ich es tun muss, bevor es zu spät dazu ist."

Er war also mit einer Frau im Bett, die sich eine Zukunft mit Kindern vorstellte – mit oder ohne Mann. Warum vertraute sie sich ihm an? Nicht ihrer Familie, nicht ihren Freundinnen, sondern ihm? War es, weil sie nicht vorhatte, ihn wiederzusehen? Oder hoffte sie, dass er die Flucht ergreifen würde? Das hatte er jedoch ganz sicher nicht vor. Er hatte genug Erfahrung, um zu spüren, wenn es eine Verbindung zwischen zwei Menschen gab. Das passierte selten genug.

„Ich bin ein Idiot", sagte sie.

Er zupfte an ihren Haaren. „Red nicht so über dich. Du bist großartig. Natürlich willst du ein Baby mit deinen Genen. Du bist umwerfend schön, intelligent und süß."

Sie schwieg eine ganze Weile, und er ließ ihr Zeit, das Kompliment auf sich wirken zu lassen. Schließlich sagte sie ernst: „Was auf dem Boot passiert, bleibt auf dem Boot."

Er versuchte, die Stimmung aufzuheitern. „Ich würde

dir ja gerne helfen, doch wir hatten bisher nur ein Date. Du weißt, dass ich garantiert das eine Prozent wäre, das ein Baby da reinpflanzen würde."

Sie lächelte nicht. „Schalt die Taschenlampe aus. Und wenn du sie wieder einschaltest, werden wir *nie wieder* von dem sprechen, was in der Dunkelheit passiert."

„Oh-kay", sagte er langsam, unsicher, was sie im Sinn hatte. Es war kein sonderlich heißer oder erotischer Moment, doch wenn sie es tun wollte, war er dabei.

Er nahm die Taschenlampe und schaltete sie aus. Es war stockfinster. Vorsichtig tastete er sich zurück zu ihr, da er ihr nicht versehentlich wehtun wollte. Als er ihre warme, seidige Haut spürte, nahm er sie wieder in den Arm. Und dann schockierte sie ihn damit, dass sie in schneller Folge ihre Geheimnisse ausspie.

„Meine Gene sind scheiße. Mein Dad ist im Knast. Meine Mom war Stripperin. Ich war auf mich selbst gestellt, seit ich sechzehn bin. Ich hatte einen Sugardaddy, der die Uni für mich bezahlt hat. Ich war schwer adipös. Und es ist mehr als drei Jahre her, dass ich einen Orgasmus mit einem Sexualpartner hatte, weil die Männer, die ich date, Arschlöcher oder Idioten sind, oder, ich weiß nicht, vielleicht bin ich einfach ein Männerhasser."

Ihm blieb der Mund offen stehen. Er hatte das Gefühl, durch eine Glasscheibe gesprungen zu sein, nur diesmal war sie real, nicht das Zuckerglas, durch das er normalerweise für seine Stunts sprang. Der Schmerz war überall – ihr Schmerz, den er mitfühlte.

Einen Moment lang schwieg er und hörte, dass sie tief Luft holte.

„Sonst noch was?", fragte er.

„Das war alles", sagte sie leise. „Jetzt verstehst du vielleicht, warum ich aus Jersey weg wollte, um neu anzufangen. Alle dort kannten meine Geschichte."

„Warum bist du allein, seit du sechzehn bist?"

„Ich war allein mit meiner Mom und war die Parade von Männern in unserer Wohnung leid. Bevor ich ausgezogen bin, hatte ich ein Messer in meiner Nachttischschublade und meine Tür nachts immer abgeschlossen."

Er atmete scharf aus und zog sie instinktiv fester an sich. „Hat dich einer dieser Männer angefasst?"

„Nein, aber ein paarmal war es schon knapp. Ich habe mich nicht mehr sicher gefühlt. Meine Mom war die meiste Zeit betrunken." Sie atmete tief durch. „Darum habe ich einen Plan ausgearbeitet, meinen Schulabschluss ein Jahr früher zu machen, und mein Vertrauenslehrer hat mir geholfen, ihn umzusetzen. Ich habe als Babysitter für eine nette Frau gejobbt – ihr Name war Myrna, und sie hat ganz in der Nähe meiner Schule gewohnt. Irgendwann bin ich schließlich in ihren Keller gezogen und habe ihr im Austausch für Unterkunft und Essen mit dem Haushalt und ihren Kindern geholfen. Dann habe ich meinen Abschluss gemacht und mir ein billiges Apartment in der Nähe vom Rutgers College genommen – das war in New Jersey, das war gut, denn ich musste keinen Aufschlag für Studenten von außerhalb zahlen. Ich habe Vollzeit gearbeitet und Teilzeit studiert, abgesehen von dem einen Jahr, in dem ich dank meines Sugardaddys Vollzeit studieren konnte. Eine Freundin hat mir gesagt, dass ich nicht die einzige mit einem Sugardaddy war. Es gibt viele Mädchen, die sich über eine Webseite einen Sugardaddy gesucht haben, um sich für die Uni nicht verschulden zu müssen."

Er wurde starr, als er sich die junge Charlotte ohne jemanden vorstellte, der sich um sie kümmerte. Seine eigene kleine Schwester war gut behütet durch ihn und seine Brüder und natürlich ihren Dad, ein pensionierter

Cop. „Hast du mit deinem Sugardaddy geschlafen?"

„Nein, er war ein einsamer älterer Mann, der einfach nur ein bisschen Gesellschaft wollte. Ich bin mit ihm zum Abendessen und ins Theater gegangen und habe ihm die Zeitung vorgelesen, so 'n Zeug eben. Er hat meine Studiengebühren gezahlt, doch dann habe ich damit Schluss gemacht, weil ich mich selbst nicht mehr im Spiegel ansehen konnte. Ich kam mir vor wie meine Mom im Stripclub."

Er streichelte über ihre Haare – und hier war er und hatte sie gezwungen, sich im Spiegel anzusehen. Doch sie hatte es getan. Das Vertrauen, das sie ihm entgegenbrachte, überwältigte ihn.

Sie holte tief Luft. „Nachdem das vorbei war, habe ich wieder Teilzeit weiter studiert und gearbeitet. Danach hatte ich ein paar gute Jahre als Banker und konnte mir so mein Haus leisten, doch ich habe mich schnell ausgebrannt gefühlt. Ich hatte das Gefühl, mich selbst verloren zu haben. Dann bin ich umgezogen, fit geworden, habe neue Freunde gefunden und schließlich eine neue Karriere angefangen."

„Das ist gut."

„Ja, das *ist* gut. Ich arbeite schwer daran, mich nicht von meinen Problemen definieren zu lassen, doch ... scheinbar belasten sie mich mehr, als ich mir eingestehen will. Es fällt mir schwer, mich jemandem gegenüber zu öffnen. Beziehungen fallen mir schwer." Sie seufzte. „Und jetzt, da sich mein Baby-Fenster langsam schließt ... weiß ich nicht, wie meine Zukunft aussehen wird. Ich muss ein paar schwere Entscheidungen treffen."

Er konnte zwischen den Zeilen lesen. Sie ließ ihn wissen, dass sie sich keine Beziehung mit ihm vorstellen konnte. Seine Brust schmerzte beim Gedanken daran, dass das hier alles war, was sie haben würden – ein Date im

Sumpf. Doch sie hatte sich ihm geöffnet, emotional wie körperlich. Das musste etwas bedeuten.

„Jeder hat irgendwelche Probleme", sagte er. „Objektiv betrachtet bist du umwerfend."

„Du bist nicht objektiv. Du bist nur geil."

Er schmunzelte. „Vielleicht bin ich das, doch das macht es nicht weniger wahr. Du bist eine tolle Frau geworden, trotz allem, was deine Eltern falsch gemacht haben. Schau, du hast einen tollen Beruf, den du liebst, gute Freundinnen, ich meine die Frauen aus deinem Liebesschnulzen-Buchclub–"

„Happy End Buchclub."

„Und du besitzt dein eigenes Haus. Ganz egal, aus welchem Winkel ich es betrachte – du bist erfolgreich."

Sie drückte ihn an sich und schmiegte ihren Kopf an seine Brust.

„Es ist so", sagte er und streichelte ihre Wange. Als sie den Kopf wieder hob, küsste er sie zärtlich. Jetzt, da er wusste, was sie alles durchgemacht hatte, wuchs seine Zuneigung nur. Sie war genau der Typ Frau, den er respektierte: tough und schön – äußerlich wie innerlich. Er unterbrach den Kuss und streichelte ihre Wange. Dann kam ihm ein beängstigender Gedanke. „Ist dein Dad gewalttätig?"

Sie seufzte. „Nein. Er saß wegen Betruges in einem dieser Luxusknasts für Wirtschaftsverbrecher. Er war Finanzberater und hat Geld seiner Kunden unterschlagen. Ich kenne ihn kaum. Habe ihn nur zweimal im Jahr gesehen."

Zumindest hatte sie keinen gewalttätigen Vater gehabt. „Bei mir war es genau andersrum. Ich habe einen wunderbaren Dad und eine Mutter, die ihn mit sechs Kindern sitzengelassen hat. Ich habe sie nicht mehr gesehen, seit ich sechs war."

„Oh, das tut mir leid.“

„Und neulich ist sie zu Hause aufgetaucht und wollte auf gut Wetter machen, und ich habe es verpasst.“

„Vielleicht kannst du sie ja kontaktieren.“

„Josh meint, ich soll es lieber lassen. Er hat wahrscheinlich recht. War auch ein bisschen arg spät. Ich schätze, es hat mich einfach gestört, dass sie weder nach mir gefragt, noch versucht hat, mich zu kontaktieren, als sie wieder aufgetaucht ist.“

„Das ist scheiße“, sagte Charlotte.

„Jupp.“ Er wickelte ihre Haare um seine Hand – er mochte das Gefühl. „Ich wette, du fragst dich, was mit mir nicht stimmt.“

„Ich dachte, dass es das mit deiner Mom ist.“

„Nein. Vielleicht findest du das jetzt schwer zu glauben“ – er senkte seine Stimme – „aber manche Leute sagen tatsächlich, dass ich einen zu großen Kopf habe.“

Sie betastete seinen Kopf. „Fühlt sich normal an.“

„Ich meinte aufgeblasen, zu selbstbewusst.“

Sie lachte. „Ich weiß. Das war ein Scherz, und ja, du hast mehr als genug Selbstvertrauen. Manchmal ist es ein bisschen viel, und du kommst als arrogant rüber.“

„Für meinen Job brauche ich jede Menge Selbstvertrauen. Wenn ich jemals zögern oder zweifeln würde, kann ein Stunt ganz schnell in die Hose gehen. Körper und Geist sind untrennbar miteinander verbunden.“

„Dein Job macht mir Angst.“

Er lächelte, denn sie schien sich genug für ihn zu interessieren, um Angst um ihn zu haben, doch er liebte den Nervenkitzel, den sein Job mit sich brachte. „Ich liebe ihn.“ Er strich mit einem Finger an ihrem Hals hinunter. „Du bist offen und ehrlich mit mir, und ich mag diese echte Charlotte.“

„Ich mag den echten Ty auch“, sagte sie leise.

Er küsste sie erneut in der Hoffnung, ihren Schmerz zu lindern.

„Nichts von alldem verlässt je diesen Raum.“

„Nein, das bleibt hier“, sagte er.

„Ich mag dich mehr als jeden anderen Mann, dem ich je in meinem Leben begegnet bin.“

Seine Augen brannten. Herrgott. Diese Frau hatte etwas an sich, das sein Herz berührte. „Danke.“ Er musste ihr in die Augen sehen. Er streckte sich nach der Lampe und richtete sie auf sie, um sie zu betrachten. Ihre Nase war rot, ihre Wangen tränenverschmiert.

Sie blinzelte. „Warum hast du das Licht eingeschaltet?“

Er stellte die Taschenlampe auf den Nachttisch und zog sie wieder in seine Arme. „Ich wollte diese mutige Frau sehen, die sich mir gerade geöffnet hat.“

„Wir hatten doch vereinbart, nie wieder darüber zu reden, sobald das Licht wieder an ist.“

„Charlotte“, sagte er langsam und suchte nach den richtigen Worten, um auszudrücken, was das alles für ihn bedeutete. „Danke, dass du mir deine Geheimnisse anvertraut hast, danke, dass du mir mit dem Spiegel vertraut hast und mit deinem Orgasmus.“ Beim letzten Teil wurden ihre Wangen rot. „Ich verspreche dir, dass ich jedes Geschenk von dir immer zu schätzen weiß.“

„Das war kaum ein Geschenk.“

Er streichelte ihr über den Kopf und küsste sie. „Das war es.“

Sie seufzte. „Ich bin so müde.“

„Natürlich bist du das. Du hast nur Geleebohnen zum Abendessen bekommen, du hattest ein ziemliches Workout und dann hast du noch allen emotionalen Ballast abgeladen. Ich wette, du fühlst dich wie ein Ballon, der all seine Luft verloren hat, doch später wirst du deswegen noch höher fliegen.“ Er schmunzelte. „Das klang so tiefgreifend.

Dieses Teilen von Geheimnissen muss mich tief berührt haben. Sonst verlaufen meine ersten Dates ganz anders."

Sie schwieg. Als er sie anblickte, sah er, dass sie eingeschlafen war.

Er streichelte ihre weichen Haare und fragte sich, wie viel Kraft es gekostet haben musste, sich von dort, wo sie herkam, hochzuziehen und ein Leben zu ihren Bedingungen zu führen. Es störte ihn, dass sie darüber nachdachte, allein ein Baby zu haben, denn das bedeutete, dass sie nicht glaubte, dass es auf der ganzen Welt auch nur einen Mann gab, der eine Familie mit ihr gründen wollte. Ein Teil von ihm wollte dieser Mann sein, auch wenn der rationalere Teil seines Verstandes ihm sagte, dass diese Idee verrückt war. Nur, weil er in Charlottes Leben getreten war, jetzt, wo sie an einer Weggabelung stand, bedeutete das nicht, dass er auch schon soweit war. Ja, er lebte für den Rausch, doch nicht in Beziehungen. *Wach auf. Deutlicher hat sie es dir nicht sagen können. Sie will keine Beziehung. Sie kann sich eine Zukunft mit dir nicht vorstellen.*

Er musste eingeschlafen sein, denn plötzlich riss ihn ein Megaphon aus dem Schlaf. Er richtete sich desorientiert auf. „Scheiße. Wie viel Uhr ist es?"

Charlotte strich sich die Haare aus dem Gesicht. „Hm?"

Es war noch immer dunkel. Es musste die Wasserschutzpolizei sein, die gekommen war, um sie aus ihrer misslichen Lage zu befreien. „Zieh dich an", sagte er. „Die Flut muss da sein."

Er rückte das Handtuch um seine Hüfte zurecht, hob den Kimono auf und ging nach oben. Der Scheinwerfer eines Boots war auf Deck gerichtet. Verdammt, war es kalt. Er zog den Kimono fester um sich und schlüpfte in seine schlammigen Sneakers. „New York Waterfront Commission", polterte eine Stimme durchs Megaphon.

„Gehen Sie ans Funkgerät.“

Er winkte. „Verstanden!“ Er ging auf die Brücke, nahm das Sprechteil in die Hand und drückte den Knopf. „Ist die Flut schon da?“

Er hörte statisches Rauschen. „Ja, wir schicken Ihnen George rüber, der wird sie aus dem Schlamm manövrieren. Helfen Sie ihm bitte an Bord.“

„Roger. Over“, sagte er und fragte sich, wie er das bewerkstelligen sollte. Er ging zum Achterdeck, wo sich eine Leiter befand, über die man an Bord klettern konnte.

„Gerettet“, sagte Charlotte hinter ihm. Als er sich umdrehte, sah er, dass sie wieder angezogen war. Aus irgendeinem Grund wirkte sie dadurch verschlossen und reserviert – vielleicht lag es aber auch nur an ihrer Miene. *Was auf dem Boot passiert, bleibt auf dem Boot.* Ihre gemeinsame Zeit war vorbei.

Er musste sich bemühen, optimistisch zu klingen. „Sie schicken jemanden rüber, und ich soll ihm an Bord helfen.“

„Dann solltest du wahrscheinlich die Stange mit dem Haken am Ende holen.“

Dafür war das Ding? „Sicher. Das habe ich mir auch schon gedacht.“

Sie verschränkte die Arme vor der Brust gegen die Kälte und blickte in Richtung des Polizeiboots. Er holte die Stange und beobachtete, wie ein Ruderboot zu Wasser gelassen wurde.

„Das war das verrückteste erste Date, auf dem ich je gewesen bin“, sagte sie und starrte den Mann im Ruderboot an, der in einem Neoprenanzug zu ihnen herüber gerudert kam.

„Das war das *beste* erste Date, auf dem ich je gewesen bin“, antwortete Ty. Es war wahr, und er machte keinen Hehl daraus. Abgesehen von der kleinen Panne, dass er das Boot in den Schlamm gefahren hatte, hatte er jeden

Moment mit ihr genossen. Kein Unbehagen, keine Langeweile, nur Spaß und so viel mehr, als er je erwartet hatte. Niemand hatte sich ihm gegenüber je so geöffnet. Es berührte ihn zutiefst.

Sie begegnete seinem Blick und versuchte zu lächeln, doch es gelang ihr nicht.

Er schluckte den Kloß in seinem Hals hinunter.

Sie klang bemüht fröhlich: „Was ist schon besser, als die halbe Nacht im Schlamm festzustecken?"

„Nicht wahr?", murmelte er.

Sie wandte sich ab und beobachtete den Ruderer einen Moment lang. „Ich gehe die Geleebohnen holen", sagte sie und ging in die Lounge.

Dann rief George, ein älterer Mann mit wilden, grauen Haaren, Ty zu, er solle ihm ein Tau zuwerfen. Ty sah sich um. Weit und breit kein Tau zu sehen. Stattdessen hob er die Stange über die Reling.

„Ist das Ihr Ernst?", fragte George. „Kein Wunder, dass sie das Ding in den Schlamm gesetzt haben." Er ignorierte die Stange und kletterte aus dem Boot ins trübe Wasser. Er schwamm ein Stück, bevor er durch den Schlamm weiter watete und schließlich über die Leiter an Bord kam.

„'Tschuldigung, dass ich nicht mehr helfen konnte", sagte Ty.

George schüttelte den Kopf. „Eine Schönheit wie die hier gehört nicht in Ihre Hände."

Einen Moment lang dachte Ty, dass George Charlotte meinte, doch dann schwärmte er weiter von eleganten Linien und irgendeinem Motor, bevor er sich mit einem Schlauch abspritzte, den Ty zuvor nicht einmal bemerkt hatte. Viel Wasser kam jedoch nicht heraus.

Danach begann George, die Yacht aus dem Schlamm zu manövrieren, was selbst mit seiner Erfahrung kein leichtes Unterfangen war.

Als sie wieder sicher zurück im Yachthafen waren, war Charlotte in sich gekehrt und viel zu still. Ty redete sich zu, es dabei zu belassen, sie einfach nach Hause zu bringen und sich zu verabschieden. Doch ein Teil von ihm rebellierte. Er wollte mehr Zeit mit ihr verbringen. Nur ein bisschen mehr Spaß, bevor sie sich wieder ihren großen Entscheidungen und ihrer Zukunft zuwandte, in der es keinen Platz für ihn zu geben schien.

„Hast du Lust, irgendwo noch einen Happen essen zu gehen?", fragte er sie. Es war fast zwei Uhr, und sie musste am Verhungern sein.

„Nein danke, bring mich einfach nur nach Hause."

Das tat er auch. Auf der Fahrt schlief sie ein, oder zumindest tat sie, als schliefe sie, denn sobald er in ihrer Auffahrt anhielt, nahm sie ihre Handtasche, bedankte sich leise und ging. Er stellte den Motor ab und stieg aus, um sie zur Tür zu bringen, doch sie war schon im Haus verschwunden. Das ungute Gefühl in seinem Bauch sagte ihm, dass sie wahrscheinlich kein zweites Date mit ihm wollte und dass diesmal auch kein Magic Mike Strippertanz funktionieren würde. *Scheiße.* Ihre Mom war Stripperin gewesen. Irgendwie hatte er es geschafft, bei ihr von einem Fettnäpfchen ins nächste zu treten. Er konnte ihr keinen Vorwurf daraus machen, wenn sie ihn nicht wiedersehen wollte.

Er stieg wieder in den Wagen, ließ den Motor an und saß einfach da und starrte mit einem dicken Kloß im Hals ihre Haustür an, einen Schmerz in der Brust, als hätte er etwas Wichtiges verloren. Der einzige Grund, warum er diese intensive … Sehnsucht spürte, waren die ungewöhnlichen Umstände ihres Dates. Sie waren gestrandet. Natürlich musste man da eine gewisse Bindung entwickeln.

Er legte den Rückwärtsgang ein und fuhr aus der Auffahrt. Er brauchte Abstand. Und zwar eine Menge.

KAPITEL NEUN

Charlotte streckte ihre Beine. Sie trug eine Baumwolltunika und Leggings zum Meeting des Happy End Buchclubs am Donnerstagabend und überlegte, was sie antworten sollte, wenn ihre Freundinnen sie nach dem Date mit Ty fragten. Sie hatte vor, beim Meeting nichts zu sagen, um keine Aufmerksamkeit auf sich zu ziehen, doch sie wusste nicht, wie lange das funktionieren würde. Der Club hatte als Singlebuchclub angefangen, darum interessierten sich alle für das Liebesleben der anderen.

Wie immer trafen sie sich im *Something's Brewing Café* und ließen sich den erstklassigen Kaffee servieren. Charlotte hatte allerdings einen Isolierbecher mit ihrem eigenen grünen Tee mit Antioxidantien mitgebracht. Sie spielte mit ihrem Handy und hoffte, so neugierigen Fragen aus dem Weg gehen zu können. Ihre Freundinnen hatten das spannungsgeladene erste Zusammentreffen mit Ty bei der Hochzeit und auch das zweite im Garner's miterlebt. Sie wussten auch von seiner Magic Mike Tanzeinlage. Wer hätte es sich schon verkneifen können, so etwas zu erzählen? Sie wünschte sich nur, es gefilmt zu haben, denn die Tanznummer war der *Wahnsinn* gewesen. Doch auch wenn ihre desaströse Sunset Cruise etwas Komödiantisches an sich gehabt hatte – das, was im Dunkeln passiert war, war etwas, worüber sie nicht sprechen wollte. Sie bereute es zutiefst, überhaupt über ihre schmerzhaften Geheimnisse gesprochen zu haben. Nicht einmal ihre Freundinnen wussten davon.

Sie steckte ihr Handy weg. Plötzlich war sie deprimiert. Ihre Freundinnen, alle irgendwo zwischen zwanzig und dreißig, saßen in einem Stuhlkreis und unterhielten sich gut gelaunt, doch alles, woran Charlotte denken konnte, war, dass sie sich nie wieder so sorgenfrei fühlen würde. Etwas auf diesem Boot hatte sie unwiderruflich verändert. Etwas laut auszusprechen, gab der Sache Macht, und jetzt musste sie sich mit den Konsequenzen auseinandersetzen. Sie musste ein paar schwere Entscheidungen treffen. Sollte sie wieder mit der Pille anfangen oder nicht? Sollte sie es mit IVF versuchen, bevor es zu spät war, oder mit der Tatsache leben, dass sie freiwillig ihr Zeitfenster verpasst hatte?

Ty konnte keine Rolle in diesen Entscheidungen spielen. Selbst, wenn sie eine Fernbeziehung führen könnten – er war Stuntman und setzte regelmäßig sein Leben aufs Spiel. Es war viel einfacher, den Weg zur Mutterschaft anzutreten, wenn man darauf vorbereitet war, ihn allein zu gehen. Ein Stuntman als Vater für ihr Baby? Allein beim Gedanken daran drehte sich ihr Magen um. Was, wenn er verunglückte?

Hailey unterbrach ihre dunklen Gedanken, als sie ihren Platz einnahm. „Heute habe ich eine neue Romanze mitgebracht. Etwas Paranormales, was bedeutet, dass Magie eine Rolle spielt."

„Wie bei Harry Potter?" Mad schüttelte den Kopf. Ihre feuerroten Haare waren zwischenzeitlich lang genug, um ihr dabei ins Gesicht zu fliegen. Energisch schob sie sie zurück hinter ihre Ohren. „Das ist nichts für mich. Ich brauche heiße Szenen. Jetzt, wo ich Parker habe, habe ich jemanden, mit dem ich das, was ich lese, ausprobieren kann."

Hailey winkte ab. „Es gibt heiße Szenen. Ein sexy Vampir mit einem riesigen … ähm … *du weißt schon.*" Sie wurde puterrot.

„Schwanz", beendete Mad den Satz.

Hailey warf ihre rotblonden Haare über ihre Schulter. „Ja, also, es ist sehr sexy."

„Du stehst auf extragroße Typen?", fragte Lauren und rümpfte die Nase. Sie war eine süße Grundschullehrerin und unterrichtete derzeit eine zweite Klasse. „Das kann nicht angenehm sein."

„Du musst nur ordentlich vorbereitet sein, um ihn aufzunehmen", erklärte Mad sachlich. Sie sah sich zustimmungsheischend um. Als alle sie nur anstarrten, zuckte sie mit den Schultern. „Parker ist gut bestückt."

Charlotte schluckte eine bissige Bemerkung hinunter. Mad konnte nicht aufhören, über ihren wunderbaren, romantischen, sexy, gut bestückten Parker zu reden. Natürlich freuten sich alle für sie und ihre Verlobung, doch langsam wurde es ein bisschen viel. Ty war auch gut bestückt, nicht dass sie in den Genuss gekommen war – Scheiße. Sie wurde scharf, wenn sie nur an ihn dachte. *Nein, nein, nein.* Auf gar keinen Fall. Sie war sich nicht einmal sicher, ob sie ihm je wieder in die Augen blicken konnte nach allem, was sie ihm anvertraut hatte. Es fiel ihr sogar schwer, seine Schwester Mad anzusehen, auch wenn sie Mad wirklich gern hatte, doch die Ähnlichkeit ihrer dunkelbraunen Augen und der Lippen war unleugbar, und nach allem, was Ty mit seinem Mund angestellt hatte, war ihr ein wenig flau beim Anblick seiner Schwester.

Hailey räusperte sich. „Also, das Buch heißt: *Versehentlich mit einem Vampir verheiratet.*"

„Versehentlich?", fragte Charlotte.

Die Frauen kicherten.

„Julia hat es empfohlen." Hailey starrte sie an und

forderte sie dazu heraus, Julia zu widersprechen. Julia war die internationale Bestsellerautorin, aus deren Feder die *Fierce* Trilogie stammte, die Serie, die sie alle zusammengebracht hatte. „Sie hat auch *Mein sexy Werwolf* empfohlen, doch das ist mir irgendwie zu viel Fell."

Die Frauen diskutierten angeregt über Vampirzähne vs. Fell und kamen zu dem Schluss, dass Vampirzähne erotischer waren.

Hailey klatschte in die Hände. „Okay, dann lasst uns mit Kapitel Eins anfangen. Aber zuerst muss Charlotte uns erzählen, wie ihre Sunset Cruise gelaufen ist."

Charlotte erstarrte, überrascht, dass sie plötzlich im Mittelpunkt stand, auch wenn sie versucht hatte, sich darauf vorzubereiten. Alle starrten sie an. Die Gruppe war kürzlich gewachsen, darum waren es mehr Augenpaare als zuvor. Heute waren alle da, die ursprünglichen Mitglieder – Hailey, Mad, Lauren, Ally und Carrie – plus die neuen Missy, Lexy und Sabrina.

„Ich kann nicht fassen, dass Ty diese Tanznummer abgezogen hat! Verdammt, das hätte ich zu gerne gesehen!", sagte Mad.

„Und er hat wirklich einen Rückwärtssalto gemacht?", fragte Hailey.

„Oh, das kann er. Er macht schon seit Jahren Rückwärtssaltos", erklärte Mad. „Dazu braucht man trainierte Bauchmuskeln. Aber tanzen habe ich ihn noch nicht gesehen."

Charlotte lächelte. „Er war fantastisch! Darum konnte ich seine Einladung auch nicht ablehnen. Ich meine, er hat vor allen Frauen aus meinem Yogakurs getanzt …"

Die anderen seufzten. „So romantisch", murmelte jemand. Sie hatte es eher für supersexy und weniger für romantisch gehalten. Vielleicht war es ja irgendwie romantisch gewesen.

„Vielleicht kann er Park ja ein paar Bewegungen beibringen", sagte Mad gedankenverloren.

Charlotte verdrehte die Augen. *Lass das Mädchen ihre Verliebtheit genießen*, schalt sie sich.

„Und wie war das Date?", bohrte Hailey. „Triffst du dich noch mal mit ihm?"

Charlotte konzentrierte sich auf die erste Frage. „Das Date war ein ziemliches Desaster. Er hat sich eine Yacht geliehen, hatte keine Ahnung, wie man die verdammte Karte liest, und am Ende sind wir im Schlamm steckengeblieben und mussten auf die Flut warten, bis die Wasserschutzpolizei uns retten konnte."

Den Frauen blieb der Mund offen stehen.

„Ihr musstet gerettet werden?", fragte eine.

„Du warst mit diesem heißen Typen gestrandet?", fragte Ally. „Was ist passiert?" Sie wackelte mit den Brauen, die unter ihrem blonden Pony verschwanden.

„Nichts ist passiert", log Charlotte. „Er war ein Gentleman." Nur, dass dieser Gentleman ihr einen fantastischen Orgasmus geschenkt und nichts als Gegenleistung verlangt hatte.

„Schade", bemerkte Mad. „Tut mir leid. Mein Dad hat allen meinen Brüdern diese Gentleman-Nummer eingebläut. Ich hätte nicht gedacht, dass das bei Ty gefruchtet hat. Normalerweise tut er, was er will."

Charlotte trank einen langen Schluck von ihrem grünen Tee und kämpfte gegen die Hitze an, die ihren Nacken empor kroch. „Wie auch immer, da wir im Schlamm festsaßen, musste er den Motor abstellen, was bedeutet, dass unser Abendessen ins Wasser gefallen ist. Er konnte die Spaghetti–"

„Spaghetti, ha!", rief Mad. „Ich wusste, dass er kein anständiges Abendessen kochen kann!"

„Er hatte alles vorbereitet", verteidigte Charlotte ihn ein

wenig zu aggressiv. Sie atmete tief durch. „Die Spaghettisauce war gefroren, darum konnten wir sie nicht essen." Sie hielt einen Moment lang inne, als sie das mitleidige Gemurmel hörte. Da wurde ihr bewusst, dass sie die Sauce ganz vergessen hatte, sobald sich die Atmosphäre zwischen ihr und Ty aufgeheizt hatte. Ihre Reaktion auf ihn war ungewöhnlich – ihr wurde schon heiß, wenn sie nur an ihn dachte. Ein Teil von ihr wünschte sich, sie hätte Gelegenheit zu ein bisschen mehr nacktem Spaß mit ihm gehabt. Sie war nie dazu gekommen–

„Lass mich raten", sagte Mad. „Ihr habt rohe Spaghetti zum Abendessen geknabbert."

Charlotte erzählte die Geschichte schnell zu Ende, da sie nicht zu lange ihren lüsternen Gedanken über Ty nachhängen wollte. „Wir haben eine Packung Geleebohnen gefunden. Ich hatte den ganzen Tag nichts gegessen, darum hat mein Blutzucker eine wahre Achterbahnfahrt hingelegt. Ich bin sogar eingeschlafen, und als ich aufgewacht bin, war die Wasserschutzpolizei da, um uns zu retten."

Hailey sah sie skeptisch an. „Ich habe das Gefühl, einen Teil der Geschichte verpasst zu haben. Ihr habt einfach nur stundenlang geschlafen, gestrandet auf einer Yacht, allein in der Dunkelheit?"

Charlotte schlug die Beine übereinander und konzentrierte sich darauf, ihre Tunika glattzustreichen. „Jupp." Sie hatten tatsächlich geschlafen, wenn auch nach langer Zeit, die sie nackt verbracht hatten, über die sie jedoch aus einer langen Reihe von erotischen und dunkleren Gründen nie wieder reden wollte.

„Und wirst du ihn wiedersehen?", fragte Hailey.

„Ich bin im Moment ziemlich eingespannt im Studio", erklärte Charlotte, die dabei den Blicken der anderen auswich. „Ich versuche, einen größeren Klientenstamm aufzubauen, und er ist auch beschäftigt und muss bald zurück nach L.A." Sie zwang sich zu einem Lächeln. „Es war ein verrücktes Date, doch das ist alles. Lass uns Kapitel Eins hören, Hailey."

Hailey, die immer gerne ein neues Buch gemeinsam anfangen wollte, stand sofort mit ihrem E-Reader auf und fing an zu lesen. Charlotte seufzte erleichtert auf.

Nach dem Buchclub-Meeting gingen sie über die Straße, um im Garner's einen zu trinken. Das war zwischenzeitlich ihre Donnerstagstradition geworden. Wie immer stand Josh hinter der Bar. Jetzt, nachdem Charlotte so viel Zeit mit Ty verbracht hatte, konnte sie ihn auch in seinem älteren Bruder Josh sehen. Ty war eine muskulösere, tätowierte Version von Josh, auch wenn Ty eine extrovertierte Persönlichkeit hatte, während Josh eher zurückhaltend war. Josh hatte Hailey eine Weile gegen Bezahlung auf die vielen Hochzeiten begleitet, die sie plante, doch seit sie sich zerstritten hatten, „würzte" er Haileys Nachos mit extrascharfer Sauce, und ihm fehlte „zufällig" immer eine Zutat für Haileys Lieblingscocktail, wann immer sie einen bestellte. Hailey war alles andere als unschuldig in dieser Angelegenheit, denn sie hatte das Gerücht in die Welt gesetzt, dass er impotent war. Ein Waffenstillstand vor ein paar Monaten zu Silvester war durch Josh zustande gekommen, als er ihr endlich ihren geliebten Mojito serviert hatte.

Hailey bestellte gut gelaunt. „Hi Josh, kannst du mir bitte einen Mojito machen?"

„Hab keinen", sagte Josh in leisem Ton, der überdeutlich sagte, dass er wütend auf sie war.

Hailey starrte ihn an. „Was ist?"

Er beugte sich vor, die Handflächen auf den dunklen Kirschholztresen gestützt, bis seine Nase praktisch Haileys berührte. „Alle Zutaten sind aus. Selbst die Minze ist *schlaff.*"

Ein leises Raunen ging durch die Gruppe. Alle wussten, was das hieß. Die Frauen nahmen unweit von Hailey Platz, denn sie wollten sich das Schauspiel aus nächster Nähe ansehen. Darauf hatten sie schon seit dem letzten Sommer gewartet. Fast zehn Monate hatte es gedauert, bis Josh hinter das Impotenz-Gerücht gekommen war. Natürlich hatte keine von ihnen etwas gesagt, und die flirtenden Frauen, die in die Bar kamen, waren besonders nett zu Josh gewesen. Charlotte konnte kaum erwarten zu hören, von wem er es erfahren hatte.

Hailey sah ihn aus blassblauen Augen unschuldig an. „Aber seit Silvester hattest du doch immer alles." Mit einem süßlichen Lächeln neigte sie den Kopf. „Ich dachte, wir hätten unser kleines Problemchen hinter uns gelassen."

Josh kniff die Augen zusammen. „Es scheint *größer* zu sein, als du dachtest."

Charlotte musste ein Lachen unterdrücken. Ihre Freundinnen verstummten.

„Dann nehme ich einen Chardonnay", sagte Hailey.

Josh richtete sich auf. „Hab keinen mehr."

„Dann eben einen Pinot Grigio", sagte sie, und als Josh sich nicht rührte, fügte sie hinzu: „Bitte."

„Auch keinen mehr", knurrte er.

„Sauvignon Blanc?"

Er schmunzelte. „Auch aus."

„Was kann ich dann haben?"

Er verschränkte seine Arme. „Du kannst ein Glas Wasser haben, in das ich vielleicht reingespuckt habe, vielleicht auch nicht."

„Josh!"

Er beugte sich vor und zischte mit einer Stimme, die ihr kalte Schauer über den Rücken gejagt hätte, hätte sie bereits begriffen, was vor sich ging. „Ich weiß, was du getan hast."

„Ich?", quietschte Hailey.

Er richtete sich auf und zeigte mit dem Finger auf Hailey. „Und weißt du, wie ich es herausgefunden habe? Weil Maggie O'Hare, diese liebenswerte *Großmutter* in ihren Siebzigern, heute eine Sextherapeutin für mich hierher geschleppt hat. Und besonders diskret hat sie sich auch nicht verhalten!"

Alle lachten. Oh, wenn sie doch nur dabei gewesen wären! Sie konnten sich vorstellen, wie Josh–

„Das ist nicht lustig!", blaffte Josh und warf ihnen einen finsteren Blick zu. Sie verstummten. Sein Blick blieb an seiner Schwester Mad hängen. „Und *du* hast die ganze Zeit davon gewusst?"

Mad rutschte auf ihrem Barhocker herum. „Ja, aber ich konnte dir nichts davon erzählen. Hailey ist meine Freundin." Sie stieß Hailey an, doch die schüttelte den Kopf. Scheinbar wollte sie immer noch die Unschuldige spielen. Mad wandte sich Josh wieder zu und sagte kleinlaut: „Es war nur ein Scherz."

Joshs Blick wanderte zurück zu Hailey, und Mad entspannte sich sichtlich. „Jetzt ergibt alles einen Sinn." Er ging hinter der Bar auf und ab. „Ich hatte kaum Dates, seit–" Er blieb stehen und blickte an die Decke, bevor er wieder Hailey anstarrte. „–seit letztem Juli, als mir die Zutaten für deinen Mojito ausgegangen sind!"

Hailey verzog keine Miene.

„Und die Dates, die ich hatte, waren zuckersüß. Und jetzt weiß ich auch warum – weil sie alle Mitleid mit mir hatten."

Hailey warf ihre Haare über ihre Schultern.

„Das *du* in die Welt gesetzt hast! Hör auf, es zu leugnen!"

Hailey fuhr fort, als hätte er nichts gesagt. „–keinen Glauben geschenkt, dich kennengelernt und gesehen, dass du fast normal bist.“

Josh zischte durch die Zähne. „Du hast die Grenze überschritten, Prinzessin. Ich habe mich die ganze Zeit gefragt, warum ich so viel Trinkgeld bekommen habe, aber kaum ein Date an Land ziehen konnte. Deinetwegen hatte ich seit Monaten keinen anständigen Sex mehr!“

„Aber du hattest Sex“, keifte Hailey.

„Beschissenen Blümchensex!“, blaffte Josh.

Hailey brauste auf. „Ach so? Für deinen beschissenen Blümchensex kann ich nichts, das ist dein Problem.“

Josh starrte sie finster an. „Du solltest besser auf dich aufpassen.“

Hailey setzte ein künstliches Schönheitsköniginnenlächeln auf. Das tat sie immer, wenn sie unter Druck stand – das war ihr in ihrer Teenagerzeit bei zahllosen Wettbewerben in Fleisch und Blut übergegangen.

„Dein *Problem* lässt sich richten.“ Sie drehte sich um. „Achtung, meine Damen!“ Sofort richteten ihre Freundinnen und auch ein paar andere Grüppchen am anderen Ende der Bar ihre Blicke auf sie. „Josh ist *nicht*, ich wiederhole, *nicht* impotent. Das war nur ein kleiner–“ Sie hielt Daumen und Zeigefinger hoch „–Scherz.“

Ihre Geste ließ jedoch den Eindruck entstehen, dass er nicht sonderlich gut bestückt war. Und ihr übertriebenes Zwinkern machte es noch schlimmer.

Kichern und amüsiertes Getuschel breitete sich aus. Charlotte schlug sich die Hand vor den Mund in einem vergeblichen Versuch, ihr Lachen zu unterdrücken.

„Nimm verdammt noch mal deine Hand runter!“, bellte Josh Hailey an. „Und was soll das dämliche Gezwinker?“

„Damit sie wissen, dass es ein Scherz war“, sagte Hailey mit einem strahlenden Lächeln. Entweder begriff sie wirklich nicht, oder sie war ein böses Genie. In Charlotte erwachte jedoch langsam der Verdacht, dass Letzteres zutraf.

Ein Muskel zuckte in Joshs Gesicht, doch seine Stimme war gefährlich ruhig. „Nein, wenn du sagst, dass ich nicht das *eine* bin, und dann zwinkerst, entsteht der Eindruck, dass ich etwas anderes bin.“

Hailey winkte ab. „Unsinn. Zwinkern heißt, dass es ein Scherz war. Wie als du mit diesem Glitzern in den Augen gesagt hast, dass du die Zutaten für meinen Mojito nicht hast.“

„Da war kein Glitzern“, knurrte er.

Hailey stemmte sich auf die Bar hoch und blickte dahinter. „Ich bin mir sicher, dass du die Zutaten–“

Josh beugte sich zu ihr vor. „Du *schuldest* mir heißen Sex!“

Hailey keuchte und zog sich so schnell zurück, dass sie das Gleichgewicht verlor. Josh reagierte blitzschnell, griff über den Tresen und packte sie bei den Oberarmen, sodass sie in einer Beinahe-Umarmung dastanden – nur von der Bar getrennt – und einander in die Augen starrten.

Hailey senkte die Lider. „Danke“, sagte sie leise.

Josh brummte und ließ ihre Arme los. „In Zukunft kannst du bei McGinty's trinken gehen.“ Das war eine Bar in Eastman, dem nächsten Ort.

Hailey lächelte zuckersüß. „Das werde ich sicher tun.“ Dann zwinkerte sie ihm zu.

Charlotte lachte laut auf. Hailey weigerte sich, ihre Stammkneipe zu verlassen. Hier netzwerkte sie mit den Leuten aus dem Ort für ihr Hochzeitsplanerbüro, ob nun ein angesäuerter Barkeeper sich weigerte, sie zu bedienen, oder nicht.

Josh murmelte ein paar Flüche.

„Da bist du ja!“, ertönte eine Männerstimme.

Charlottes Nackenhaare richteten sich auf, und als sie

sich langsam umdrehte, sah sie Ty, der mit einem Motorradhelm unter dem Arm, gekleidet in eine schwarze Lederjacke, schwarze Jeans und schwarze Stiefel, am Eingang stand. Er sah aus wie ein Racheengel.

„Kannst du einen Chardonnay für mich bestellen?", flüsterte Hailey Charlotte zu, doch sie war zu geschockt von Tys plötzlichem Auftauchen, um zu reagieren. Was wollte er hier? Er sollte in der Stadt sein und arbeiten. Ihr wurde heiß und jedes Nervenende prickelte. *Bleib cool.*

Ty sah ihr von der anderen Seite des Raumes aus in die Augen, dann kam er herüber. „Ich war im Café, doch ihr wart schon weg. Egal. Ich hab ein langes Wochenende. Lass uns auf die Bermudas fliegen, Sonne tanken und am Strand Piña Coladas trinken."

Ihr war schwindelig. Nicht nur von seinem plötzlichen Auftauchen und seiner dreisten Einladung. Er hatte ein blaues Auge. Mit zitternden Fingern berührte sie seine Wange. „Was ist passiert?"

„Hab mir bei einer Kampfszene einen Treffer eingehandelt. Ist nicht schlimm. Die Schwellung ist schon fast wieder weg. Hättest mich gestern sehen sollen." Er sah ihre Freundinnen an, die alle interessiert zusahen: „Hi Mädels", dann wandte er sich ihr wieder zu. „Also?"

Sie schüttelte den Kopf. „Ich komme nicht mit dir auf die Bermudas."

„Ich schon", sagten ihre Freundinnen einstimmig.

Ty grinste. „Danke, Ladys." Er drehte sich wieder zu ihr um. „Wie wäre es dann mit einem Steak?" Raffiniert, wie er mit einem geradezu unverschämten Angebot eröffnet hatte, damit das Angebot, sie zum Abendessen einzuladen, eine vergleichsweise leichte Entscheidung war.

„Ty, nein", sagte sie leise, da sie ihn nicht mit einer öffentlichen Zurückweisung demütigen wollte. Doch auch wenn seine Verletzung relativ harmlos war, war sie eine

Mahnung, dass er keine gute Wahl für eine Beziehung war. Sie wollte immer noch Mutter werden, bevor sich das Fenster schloss, und ein Stuntman konnte kein verlässlicher Vater sein.

Ty wandte sich ihren Freundinnen zu. „Ladys, bitte helft mir. Erzählt ihr bitte, was für ein toller Typ ich bin." So viel dazu, die anderen nicht hineinziehen zu wollen.

„Er ist schamlos", sagte Josh.

„Leichtsinnig", fügte Mad hinzu.

„Okay, vielleicht auch ein bisschen was Positives?", fragte Ty. Sein Blick fiel auf Lauren. „Komm her. Ich erinnere mich an dich von der Hochzeit. Lauren, nicht wahr?"

Lauren nickte und trat neben ihn. Ty legte seinen Arm um ihre Schultern. Lauren wurde rot und senkte den Kopf ein wenig, sodass ihr ihre langen, hellbraunen Haare ins Gesicht fielen. „Erzähl ihr davon."

Lauren lächelte Charlotte an und sagte: „Er mag Happy Ends."

Ty starrte Lauren an. „Wir haben nie … sie meint nicht, dass wir …"

„Und Romantik mit dem richtigen Mädchen", fügte Lauren mit einem warmen Lächeln hinzu. „Ty hat mir das bei Claires und Jakes Hochzeit anvertraut."

„Besser", sagte Ty. „Erzähl weiter."

„Mehr fällt mir nicht ein."

Ty nahm den Arm von Laurens Schulter und runzelte die Stirn.

Hailey meldete sich zu Wort. „Er ist tätowiert und muskulös." Sie drehte sich zu Charlotte um. „Du magst das." Ty zugewandt fuhr sie fort: „Sie mag das."

„Oh!" Lauren hob die Hand. „Mir ist gerade was eingefallen. Er kann deine Möbel umstellen."

Ty sah Lauren fragend an. „Sicher", sagte er langsam. „Wenn du das willst."

„Zieh dein Shirt aus und zeig ihr deine Muskeln", drängte Hailey.

Ty legte seinen Helm auf den nächsten Tisch, zog seine Jacke aus und hängte sie über eine Stuhllehne. Darunter trug er ein dunkelgraues T-Shirt, das über seiner breiten Brust spannte. Charlottes Mund wurde trocken. Er sah ihr in die Augen, als er nach dem Saum seines T-Shirts griff.

„Zieh das Shirt aus", knurrte Josh, „und ich schmeiß dich raus."

Charlotte wirbelte herum. „Wag es ja nicht!" Sie eilte zu Ty, und plötzlich wurde ihr bewusst, dass Josh sie nur hatte provozieren wollen. Er hatte noch nie jemanden rausgeschmissen, also würde er es auch ganz sicher nicht mit seinem eigenen Bruder tun. Selbst Hailey war noch da – wenn auch ohne Drink.

Ty lächelte sie an. „Hallo."

„Warum tust du das?", fragte sie leise.

„Weil es zwischen uns geklickt hat." Er tippte ihr auf die Nasenspitze als wäre sie niedlich oder so was. Als hätte er all das tiefschürfende Zeug vergessen, das sie ihm anvertraut hatte. „Und ich will mehr von dieser Verbindung. Kein Druck. Nur ein bisschen Spaß, solange ich hier bin. In zwei Wochen bin ich wieder weg."

Als sie sich auf die Zehenspitzen stellte, um ihm ins Ohr zu flüstern, legte er seinen Arm um ihre Taille und zog sie an sich. Sie schmolz an ihn, auch wenn sie wild entschlossen gewesen war, Distanz zu halten. „Willst du ein zweites Date, weil du dir Sex erhoffst?"

Er antwortete leise. „Weißt du, wie vielen unehrlichen Hühnern ich schon begegnet bin? Du bist echt. Die Art von Frau, die ich voll und ganz respektiere."

Sie wurde rot angesichts seines Kompliments. Es war

nicht das typische ‚du bist so hübsch‘ oder ‚du bist sexy‘, das sie von den meisten Männern zu hören bekam. Es ging um Respekt und darum, wer sie wirklich war. „Normalerweise bin ich nicht so offen. Das waren besondere Umstände.“

Er ließ sie los, und als sie sich von ihm wegbewegte, fehlte ihr die Wärme dort, wo er gerade noch gewesen war. „Sie brauchen mich erst am Montag auf dem Set wieder“, sagte er. „Langes Wochenende. Ich übernachte bei meinem Dad in Eastman. Wir können einfach ein bisschen Zeit miteinander verbringen.“ Er senkte seine Stimme und beugte sich zu ihrem Ohr hinunter. „Sex ist vom Tisch, es sei denn, du willst, dass ich es dir noch mal mache wie auf dem Boot, mit der Hand oder mit dem–“

„Schon verstanden.“ Sie sah sich um und hoffte, dass keiner es gehört hatte. Sie schüttelte den Kopf. „Also gut. Du hast gewonnen.“

„Ich gewinne immer.“ Seine braunen Augen tanzten amüsiert.

„Bist du sonst noch irgendwo verletzt?“, fragte sie.

„Nur ein paar blaue Flecken an den Rippen.“ Er deutete auf seine linke Seite.

Sie biss sich auf die Unterlippe und starrte auf sein T-Shirt, unter dem sich seine Rippen abzeichneten.

Er legte die Hand unter ihr Kinn. „Hey, wenn du dir solche Sorgen machst, verbring die nächsten zwei Wochen mit mir und halt mich von Ärger fern.“

Sie gab nach. Es ging nur um zwei Wochen, nicht um eine dauerhafte Beziehung. Er lächelte und schien bereits zu wissen, dass sie an Bord war.

Sie hob eine Hand, um ein paar Grundregeln festzulegen, als er sie ergriff und ihre Handfläche küsste. Ein Prickeln schoss ihren Arm hinauf, als sie das leichte Kratzen seines Stoppelbarts spürte. „Wir–“ Sie räusperte sich. „–können Zeit miteinander verbringen.“

„Großartig." Er drückte ihre Hand und hielt sie fest. „Was machst du am Wochenende, wenn du Spaß haben willst?"

Sie machte eine vage Geste in Richtung ihrer Freundinnen. „Zeit mit meinen Freundinnen verbringen. Hier oder bei jemandem zu Hause, und manchmal gehen wir essen."

„Soll ich dich dahin begleiten?"

„Das musst du nicht–"

„Das macht mir wirklich nichts aus. Frauen lieben mich."

„Ja, also …"

„War ein Scherz", sagte er, doch sein langsames Nicken sagte ihr, dass es nicht wirklich einer war.

„Was machst du zum Spaß?"

Er blickte an die Decke. „Lass mich nachdenken. Spaß, der dir auch gefallen könnte?"

„Jede Art von Spaß."

Er sah ihr in die Augen. „Feiern, lange Ausfahrten auf meiner Harley. Basketball mit den Jungs. Wonach ist dir?"

„Hm … ich glaube nicht, dass wir da viel gemeinsam haben."

„Jetzt kommst du mir nicht mehr aus. Such dir was aus."

„Wir gehen essen."

„Das ist alles?"

„Der Rest steht noch zur Debatte."

Er ergriff ihr Handgelenk und hob ihren Arm in die Luft. „Sie hat ja gesagt!", posaunte er heraus.

Ihre Freundinnen jubelten, und sie wurde rot, selbst wenn sie nicht der Typ war, der schnell errötete. Sie würde sich daran gewöhnen müssen, wie offen Ty mit allem umging. Doch irgendwie gefiel ihr, dass man bei ihm bekam, was man sah. Es war erfrischend anders. Er spielte Spielchen, ja, doch sie schienen harmlos zu sein. Er hatte sich für den einen Fehltritt entschuldigt, und seitdem war er nur gut zu ihr gewesen. Vorsichtig optimistisch freute sie sich auf ein bisschen Spaß in ihrem Leben, bevor sie die großen Entscheidungen treffen musste.

KAPITEL ZEHN

Am Freitagabend war Charlotte ein Nervenbündel. Ty würde jeden Moment mit dem Abendessen kommen. Selbst nach all der Intimität, die sie bei ihrem ersten Date geteilt hatten, dieses zweite *Wasauchimmereswar* ließ ihr Herz pochen. Er hatte etwas unerwartet Süßes an sich, das sie einfach berührte. Sie ging in ihrem Wohnzimmer, das sie gerade einer Grundreinigung unterzogen hatte, auf und ab, setzte sich schließlich aufs Sofa und starrte in Richtung Tür. Dann strich sie ein paar nichtexistierende Knitter ihres blassgrünen T-Shirts glatt. Sie hoffte, dass das Outfit – T-Shirt, schwarze Jeans und Stiefeletten – entspannt rüberkam. Es war einfach nur ein freundschaftlicher Abend zu Hause mit einem umwerfend sexy Mann.

Als die Türklingel schrillte, sprang sie auf. Pünktlich auf die Minute. Genau sieben Uhr.

Sie holte tief Luft und öffnete die Tür. Ty lächelte, und Lachfältchen tanzten in seinen Augenwinkeln. Sein blaues Auge sah ein bisschen besser aus. „Hey Charlie", sagte er mit warmer Honigstimme.

Sie schmolz dahin. „Hi", hauchte sie.

Er trug ein ebenso lässiges Outfit wie sie – weißes T-Shirt, ausgewaschene Jeans und Turnschuhe – und sie musste all ihre Selbstkontrolle aufbringen, um sich nicht in seine Arme zu werfen, so sehr sehnte sich ein Teil von ihr danach, wieder von seinen starken Armen gehalten zu werden. Er nahm sie in den Arm, und seine Umarmung schien sie förmlich zu verschlucken – doch auf eine wunderbare Art und Weise. Es war die beste Ganzkörperumarmung, die sie je gespürt hatte.

„Dein Abendessen", sagte er und hielt eine große Papiertüte hoch.

„Komm rein."

Er trat ein und brachte seinen holzig-frischen Outdoorsexduft mit. Sein Parfum war unglaublich erotisch, vielleicht lag es aber auch einfach nur an ihm. „Danke für die Einladung."

„Klar. Was gibt's zu essen?"

„Sushi."

„Ich liebe Sushi!"

Er lächelte. „Das wusste ich."

Sie stemmte eine Hand in die Hüfte und fragte mit gespielter Empörung: „Warum? Weißt du alles über mich?" Sofort presste sie die Lippen aufeinander, denn ja – er wusste alles über sie.

Er schien ihr plötzliches Unbehagen nicht zu bemerken, als er es sich auf dem Sofa bequem machte und die Tüte mit dem Abendessen auf dem Glastisch davor abstellte. „Was ich nicht weiß, schlussfolgere ich." Er hielt einen Finger hoch. „Ganz einfach. Wir halten uns beide fit, achten auf unsere Ernährung und ihren Proteingehalt. Ich hatte die Wahl zwischen Sushi und Steak, doch Steak ist nun mal am besten, wenn es frisch gegrillt ist."

Er ging so entspannt an alles heran, dass sie auch nicht anders konnte, als sich zu entspannen. Einfach nur zusammen Zeit zu verbringen, war keine große Sache. „Ist Wasser okay dazu?", fragte sie. „Ich hab leider kein Bier im Haus."

„Wasser ist perfekt. Hey, das ist unser zweites Treffen, bei dem wir Wasser trinken." Er zwinkerte ihr zu und erinnerte sie daran, dass sie bei seiner ersten Einladung zum Date darauf bestanden hatte, nicht mehr als ein Wasser zusammen zu trinken.

„Dann wird es ganz köstlich werden", antwortete sie und eilte in die Küche, bevor er sehen konnte, dass sie rot wurde.

Ein paar Minuten später aßen sie. „Was ist sonst noch in der Tüte?", fragte sie, denn sie war arg groß für zwei Portionen Sushi.

„Alles, was man für einen Martini braucht, für später. Josh hat mir verraten, dass das dein Lieblingscocktail ist."

„Oh." Ihr Herz schlug schneller, und wieder stürzte seine unerwartete Zuvorkommenheit sie in gefährlich schnulziges Gebiet. „Wie läuft's bei der Arbeit?"

Seine Miene hellte sich auf, als er angeregt über den Film zu erzählen begann, an dem er arbeitete – einen Spionagethriller. Er freute sich besonders darauf, sich von einem Wolkenkratzer abzuseilen, doch ihr wurde beim Gedanken daran schon schummrig.

„Wie hoch?", fragte sie.

Er kaute und schluckte. „Wirklich hoch. Zwanzig Stock. Das Ganze mit einem Klettergurt für militärische Sonderkommandos. Das Ziel ist Geschwindigkeit, je schneller, desto besser. Ist mehr wie Springen."

Sie schauderte.

„Natürlich trage ich das Geschirr und unten ist ein aufblasbares Stuntkissen, für den Fall, dass ein Seil reißt oder so was. Ist wie ein überdimensionales Luftkissen."

„Das ist alles? Ein Kissen?" Das klang nicht, als würde es reichen, einen Sturz aus dem zwanzigsten Stock abzufedern. Das mussten fast siebzig Meter sein. Allein bei dem Gedanken daran, dass Ty im freien Fall auf die Straße stürzen könnte, verging ihr der Appetit.

Sie musterte sein Profil einen Moment lang. Er war vollkommen entspannt und hatte offensichtlich kein Problem mit den Risiken, die er einging. „Ich glaube nicht, dass ich dir dabei zuschauen könnte.“

Er sah sie an. „Du siehst es andauernd in irgendwelchen Filmen.“

„Ich habe nie wirklich über die Person nachgedacht, die all das wirklich tut.“

Er neigte den Kopf. „Die Schauspieler machen das nie. Wir sind die echten Helden der Filme.“ Er griff mit seinen Essstäbchen nach einem weiteren Stück Sushi und schob es sich in den Mund.

„Ich schätze, ich habe immer gedacht, dass das meiste irgendwelche Kameratricks sind – wie Greenscreen oder so was.“

Nachdem er fertig gekaut hatte, antwortete er. „Manches schon, doch vieles eben nicht. Hängt alles vom Film und dem Budget ab. Natürlich ist es besser, es so realistisch wie möglich zu machen. Wie in meinem letzten Film. Da bin ich durch Feuer gegangen.“

Sie packte seinen Arm. „Nein!“ Seine wunderbar goldene Haut!

„Ja, und im Film sieht es hammermäßig aus.“

„Hat es wehgetan?“

„Angenehm ist es nicht. Wir tragen Schutzkleidung unter unseren Klamotten, und dann schmieren sie uns mit diesem schleimigen Zeug ein. Dann *Woosh!* Flammen. Aufs Ziel zustolpern, anhalten, auf den Boden werfen und rollen. Dann spritzen sie Löschmittel auf dich.“

Ihr war übel. „Wie kannst du so was tun? Bist du lebensmüde?“

Er zuckte mit den Schultern. „Ist alles kalkuliertes Risiko. Meine Firma ist die Beste. Keine Todesfälle in zwanzig Jahren–"

„Ich glaube nicht, dass ich mehr wissen will." Charlotte schluckte schwer. Ihre Brust war vor Angst wie zugeschnürt.

„Wir sind alle sehr gut ausgebildet. Ich habe sogar angefangen, neue Kollegen auszubilden."

„Ist irgendeiner deiner Kollegen verheiratet?"

Er zog eine Braue hoch. „Nur einer. Warum?"

Sie starrte ihr Abendessen an, schob ein Stück mit einem Stäbchen herum und dachte an die Frau dieses Stuntmans. *Wie konnte diese Frau es zulassen, jemanden zu lieben, der jederzeit sterben konnte? Der sich ganz bewusst täglich in Lebensgefahr begab für irgendwelche Filme? Beruhige dich. Du willst Ty ja nicht heiraten, nur ein bisschen Zeit mit ihm verbringen.*

Ty fuhr fort. „Am besten sind die Kampfszenen, dicht gefolgt von Verfolgungsjagden. Ich liebe Autos. Und Bikes. Motorräder meine ich, nicht Fahrräder. Einmal musste ich über ein Auto fahren, das mit voller Geschwindigkeit auf mich zugekommen ist." Sie atmete scharf ein, und er fuhr noch begeisterter fort. „Und ein andermal bin ich von einer Brücke auf ein fahrendes Auto gesprungen und dann runter gerannt."

„Ty." Sie schloss die Augen. „Allein die Vorstellung, dass du so was tust, macht mir Angst."

Er lachte. „Freut mich zu wissen, dass ich dir nicht egal bin. Keine Sorge. Ich bin schnell. Was mir mehr Angst machen würde wäre ein Schreibtischjob. Ich glaube, ich würde vor Langeweile sterben."

„Ich glaube nicht, dass irgendjemand jemals an Langeweile gestorben ist."

„*Sicherheit* wird überbewertet." Er legte seine Essstäbchen auf den Tisch und wandte sich ihr zu. „Du bist das Risiko eingegangen, dich noch mal mit mir zu treffen, und jetzt sitzen wir hier, essen gemeinsam und haben eine schöne Zeit."

„Hast du wirklich eine schöne Zeit?" Sie hatte befürchtet, dass ihm ein Abend zu Hause zu langweilig sein könnte.

Er lächelte sie zärtlich an. „Mit dir immer."

Sie blinzelte, ein wenig überrascht von seiner Offenheit. „Wow."

„Was?"

„Nichts."

„Ich meine es so."

„Sorry. Das bin ich einfach nicht gewohnt."

Er grunzte. „Dann gewöhn dich besser dran."

Sie antwortete nicht, sondern aß weiter, nachdem ihr Appetit zurückgekehrt war. Sie war einen Mann wie Ty einfach nicht gewohnt. Er ging ihr unter die Haut. Sie fühlte sich verletzlich und doch auf seltsame Weise glücklich. Sie war froh, dass sie sich entschlossen hatten, Zeit miteinander zu verbringen, und genauso froh, dass die Sache zeitlich begrenzt war, da er wieder nach L.A. zurückkehren würde. Sie konnte es genießen, ohne sich zu sehr zu verstricken.

Als sie aufgegessen hatten, stand Ty auf. „Ich mache das." Er sammelte die Plastikverpackung ein und ging in die Küche, um sie in den Müll zu werfen.

Sie folgte ihm. „Und was willst du jetzt machen?"

„Wir haben nie zusammen getanzt. Lass uns die Möbel aus dem Weg räumen, Musik auflegen und tanzen."

Ihr blieb der Mund offen stehen. „Meinst du das ernst?"

Er drehte sich zu ihr um. „Oder willst du lieber in einen Club gehen? Ich weiß, dass du gerne tanzt."

Sie strich ihre Haare aus dem Gesicht. „Wir können es hier tun." Sie wurde rot. „Ich meine hier tanzen."

„Dann tun wir es hier." Seine Lippen verzogen sich zu

einem wissenden Lächeln.

Sie konnte nicht anders, als es zu erwidern. Das köstliche Schmetterlings-Gefühl war zurück – Lust, Aufregung und Angst, alles auf einmal.

Dann fing er an, ihre Möbel zu rücken.

Sie sah amüsiert zu. „Lauren hat gesagt, dass du meine Möbel umstellen kannst."

Er lächelte sie an. „Ich habe eine Menge Talente."

„Da gehe ich jede Wette ein."

Er sah ihr in die Augen. „Ich denke, das weißt du."

Ihr wurde heiß – zwischen den Beinen. Ja, sie wusste es. „Ich dachte, wir wollten heute einfach nur ein bisschen rumhängen", krächzte sie.

„Tun wir doch", sagte er locker.

„Warum erinnerst du mich dann immer wieder an–"

„Deinen lange erwarteten Orgasmus?"

„Ich wollte sagen an das, was auf dem Boot passiert ist." Sie wedelte mit der Hand in der Luft. „Können wir bitte *nicht* darüber sprechen?"

Er hob den Sofatisch hoch und stellte ihn neben dem Sofa an die Wand. „Du hast angefangen."

„Nein, du hast es impliziert, als du deine vielen Talente angesprochen hast. Das war eindeutig zweideutig."

Als er die Möbel beiseite geräumt hatte, rollte er den Teppich zusammen. „Ich habe viele Talente." Er machte eine ausladende Geste. „Jetzt haben wir einen Tanzboden. Schönes Parkett übrigens. Und jetzt leg deine Lieblingsmusik auf und lass deine Moves sehen."

Plötzlich fühlte sie sich schüchtern. Es war so seltsam, schüchtern zu sein, was das Tanzen anging, doch normalerweise tanzte sie dort, wo man eben tanzte – in einem Club oder bei einer Hochzeit – nicht zu Hause vor einem Mann, der zu viel über sie wusste.

„Am besten was aus diesem Jahrhundert", fügte er

hinzu und zog seine Sneakers aus. Dann nahm er Anlauf und rutschte auf Socken über das Parkett.

„Willst du damit sagen, dass ich altmodisch bin?"

„Wenn du dich so bezeichnen willst." Er wedelte mit den Armen. „Ich habe deine Playlist gesehen."

„Nur weil ein Song alt ist, heißt das nicht, dass er nicht mehr gut ist", protestierte sie, ging hinüber zur Dockingstation und wählte auf ihrem iPod ihre Workout-Playlist – Clubmusik mit harten, pumpenden Beats.

Ty nickte im Takt zur Musik mit dem Kopf. „Bump and Grind, Baby!"

„Das tue ich nicht. Ich tanze."

Mit dem Finger machte er eine lockende Bewegung und fing an zu tanzen, während er sie mit sexy-loderndem Blick ansah. Aus irgendeinem Grund blieb sie wie angewurzelt stehen. Als bedeutete Tanzen plötzlich mehr als das. Als ob er sie mit irgendeinem Zauber einwickeln wollte.

Die Lichter flackerten, dann wurde es dunkel. Oh, Scheiße. Alles, nur kein Stromausfall. Sie wollte nicht noch einmal mit Ty im Dunkeln festsitzen. Es regnete nicht, doch manchmal reichte schon ein bisschen Wind, und der Strom war weg.

„Du siehst aus, als hättest du Angst", lachte Ty. „Was glaubst du, das passieren wird, wenn wir im Dunkeln sind? Du hast mir schon alle deine Geheimnisse verraten."

„Du hast gesagt, dass du mit niemandem darüber reden würdest." Das Licht ging wieder an.

„Komm schon, wir sind unter uns." Er ging zu ihr und ergriff ihre Hand, dann stellte er die Musik laut, schaltete die Deckenlampe aus, sodass nur noch eine Stehlampe auf einem Beistelltisch sanftes Licht warf, und führte sie auf die improvisierte Tanzfläche. Langsam drehte er sie im Kreis, ohne auf den schnellen, treibenden Beat der Musik zu achten. Ihr Herz raste. Sie musste ihre überschüssige Energie loswerden.

„Wir tanzen zu langsam", sagte sie.

Er zog sie an sich und bewegte sich schneller, während er auf sie herablächelte und weder ihre Vergangenheit noch ihr derzeit kompliziertes Leben beunruhigend zu finden schien. Wenn er sie so ansah, fühlte sie sich plötzlich leicht und sorgenfrei.

Sie hob die Arme über ihren Kopf und tanzte.

„Gut so, Charlie. Weiter", feuerte er sie an, und sie ließ tatsächlich los und hatte Spaß. Überraschenderweise hielt er mit ihr mit und hob sie sogar einmal hoch. Wow, sie könnten bei *Dancing with the Stars* mitmachen. Sie kicherte beim Gedanken daran.

Dann verlor sie sich in der Musik. Ein Song folgte dem anderen, und Ty lernte, sich mit ihr zu bewegen. Manchmal lachten sie, wenn sie unbeholfen zusammenstießen, und manchmal sahen sie einander mit lodernden Blicken an, so sinnlich bewegten sie sich.

Eine Stunde später endete ihre Playlist, und die darauffolgende Stille kam überraschend. Sie brauchte einen Moment, um sich daran zu gewöhnen. Sie strich sich ihre schwitzigen Haare aus den Augen und lächelte ihn an. „Das war ein ganz schönes Workout."

Er schmunzelte. „Du tanzt viel besser als ich, aber Spaß hat es trotzdem gemacht."

Sie stieß ihn mit der Hüfte an. „Hast ganz gut mitgehalten. Ich kenne wenige Männer, die überhaupt tanzen können."

Er zog sie an sich und drückte einen Kuss auf ihre Schläfe. „Lust auf einen Drink?"

„Ja, ich hole uns Wasser."

„Cool. Ich kümmere mich um den Martini." Er zog sein Shirt hoch und wischte sich den Schweiß vom Gesicht.

Seine Bauchmuskeln sahen zum Anbeißen aus. Ihr Blick blieb an ein paar blauen Flecken an seiner linken Flanke hängen, und sie wandte sich schnell ab.

Sie holte zwei Gläser Wasser und kehrte ins Wohnzimmer zurück, wo sie zusah, wie er ihre Möbel wieder an ihren Platz rückte. *Siehst du? Es geht ihm gut,* redete sie sich selbst zu. Seine blauen Flecken schienen ihn in keiner Weise zu behindern.

„Danke", sagte sie.

„Kein Problem." Als er fertig war, setzte er sich auf das Sofa und wühlte in der braunen Papiertüte.

„Hier, trink erst mal einen Schluck." Sie reichte ihm das Glas.

Er trank es in einem Zug aus und gab es ihr zurück. „Danke."

„Gern geschehen", murmelte sie und trank selbst einen langen Schluck.

Dann fing er an, einen Shaker zu füllen, schloss ihn, schüttelte und goss zwei Drinks ein. Er hatte sogar zwei Plastik-Martinigläser mitgebracht.

„Du denkst aber auch an alles", sagte sie.

„Warte", sagte er und holte eine Packung Zahnstocher und ein kleines Glas grüne Oliven aus der Tüte. „Jetzt haben wir alles." Er warf die Oliven in die Gläser. „Zum Wohl."

Sie nahm das Glas und nippte daran. „Der ist gut."

Er trank einen Schluck und schnitt eine Grimasse. „Das Zeug magst du?"

Sie musste lachen. „Du hast ihn gut gemixt."

Er streckte die Zunge hinaus und stellte das Glas ab. „Nächstes Mal bringe ich Bier mit."

„Klingt gut." Sie schlürfte ihren Drink, glücklich und entspannt. Das Tanzen musste wirklich für einen Endorphinschub gesorgt haben.

Die Zeit verging wie im Flug, während sie sich entspannt unterhielten. Ty erzählte ihr von seinem Haus in L.A. und davon, wie sehr er seine Arbeit liebte, auch wenn er seine Brüder und Brüder ehrenhalber – die Jungs, mit denen er aufgewachsen war – vermisste. Da sie als Einzelkind aufgewachsen war, fiel es ihr schwer, das nachzuvollziehen. Doch für ihn waren seine Brüder ein Teil von ihm, und er hatte das Bedürfnis, sie regelmäßig zu sehen, sonst fehlte ihm etwas. Er vertraute ihr an, dass er besonders die große Klappe seiner kleinen Schwester Mad vermisste.

„Erzähl der kleinen Knalltüte nichts davon", sagte er in verschwörerischem Ton, „aber sie ist mein Liebling. Stark und dickköpfig. Und Hut ab vor ihrem 4. Dan."

Charlotte lächelte, dieses süße Bekenntnis wärmte ihr das Herz. „Absolut." Sie dachte daran, wie Ty Mad neckte, doch er umarmte sie auch oft und zerzauste ihr das Haar. Er war ihr ein guter großer Bruder, doch das wusste sie bereits.

Schließlich wurde es spät, und sie konnte ein Gähnen nicht mehr unterdrücken. Sie hatte vor ihrem Date im Studio gearbeitet und neben ein paar Zumba-Kursen auch ein paar Einzeltrainings mit ihren Klienten gehabt – und das Tanzen in ihrem Wohnzimmer spürte sie auch.

„Du bist müde", sagte Ty. „Dann mach ich mich mal auf den Weg."

„Du kannst bleiben, wenn du magst", platzte sie heraus. Sie war noch nicht bereit, sich zu verabschieden.

Er sah sie lange an, dann schien er eine Entscheidung zu treffen und packte die Zutaten für die Martinis ein. „War ein schöner Abend." Er stand auf. „Danke, dass ich vorbeikommen durfte."

„Du gehst? Im Ernst?"

„Im Ernst. Ich hatte ja gesagt, kein Druck, nur ein bisschen Abhängen. Willst du morgen zu meinem Basketballspiel mit den Jungs kommen?"

„Meinst du zuschauen oder spielen?"

Er klemmte die Tüte unter seinen Arm. „Du kannst zuschauen oder spielen. Ich sorge schon dafür, dass niemand dich ummäht."

„Ich schau lieber zu." Sie war keine sonderlich gute Spielerin, und der Gedanke, mit einem Haufen verschwitzter, aggressiver Typen zu spielen, reizte sie nicht wirklich.

„Okay. Ich hol dich um zwölf ab. Wir spielen im Park nicht weit von hier."

„Okay." Sie stand auf und begleitete ihn zur Tür. „Danke fürs Abendessen und alles."

Er senkte den Kopf, küsste sie auf die Wange und flüsterte ihr ins Ohr. „War mir ein Vergnügen."

Ein Schauer lief ihr über den Rücken. Sie griff nach seinen Oberarmen, schloss die Augen und hob den Kopf für einen Kuss–

Nichts.

Als sie die Augen öffnete, lächelte er kurz, dann ging er.

Sie konnte es nicht fassen. Kein heißer Abschiedskuss?

Und auch keine *verirrte* Hand beim Tanzen.

Das war seltsam.

Überaus seltsam. Nach dem Boot und ihrem Orgasmus … Sie nackt und er nur im Handtuch? Er verhielt sich fast – wie ein Gentleman. O mein Gott! Er war ein Gentleman! Seine Erziehung machte sich bemerkbar. Aber warum jetzt und nicht zuvor? Wollte er etwa nichts mehr von ihr, jetzt, da er so viel über sie wusste, oder war es das Gegenteil, dass er sie so sehr wollte, dass er sie ganz besonders zuvorkommend behandelte?

Sie seufzte und rieb sich die Oberarme. Sie konnte sich nicht erinnern, sich jemals so gut und doch so unbefriedigt gefühlt zu haben. Vielleicht war das sein Spiel. So viel Verlangen in ihr zu wecken, dass sie den ersten Schritt machte. *Guter Spielzug, Ty.* Wenn es sein Spiel war, funktionierte es. Sie konnte es kaum erwarten, ihn wiederzusehen, und sie konnte es definitiv nicht abwarten, ihn wieder Haut an Haut zu spüren. Und mit dem Gedanken traf sie spontan die Entscheidung, die Samenspende-Idee erst einmal ruhen zu lassen. Sie sehnte sich nach ein bisschen Spaß in ihrem Leben, und es wäre gut, den zu haben, bevor sie sich dafür entschied, ein Baby zu bekommen. Ein oder zwei Monate Verzögerung konnten ja nicht schaden. Dann würde sie ihre Zukunft planen – mit klarem Kopf und ohne Reue.

Sie ging ins Bad, holte die Packung mit den Antibabypillen, die schon seit zwei Monaten unangetastet dort lag, aus dem Medizinschrank und nahm eine.

KAPITEL ELF

Charlotte war geradezu lächerlich glücklich, dass Ty am nächsten Tag superpünktlich erschien. Dadurch weckte er den Eindruck, verlässlich zu sein, was heutzutage eine seltene Eigenschaft war, besonders bei den Männern, mit denen sie normalerweise ausging. Er trug ein schwarzes T-Shirt und schwarze Basketballshorts zu roten Basketballschuhen.

„Bereit?", fragte er.

„Bereit." Sie stellte sich auf Zehenspitzen und küsste seine stoppelige Wange.

Er lächelte. „Wofür war das denn?"

„Freue mich einfach, dich zu sehen."

„Vermisst du mich etwa schon? War ja auch ein ziemlich tolles Date." Er drehte sich um und ging zum Gehsteig.

„Ich dachte, wir haben nur rumgehangen?", sagte sie, während sie die Haustür abschloss.

„Habe ich ja gesagt."

Sie schmunzelte, drehte sich um und blieb wie angewurzelt stehen, als sie die Harley in ihrer Auffahrt sah.

„Bist du schon mal auf einer gefahren?", fragte er.

„Nein. Wo ist dein Auto?"

„Der Mustang gehört Parker, und den hat er mir nur

für das Date geliehen. Ich habe meine alte Harley hier, damit ich einen fahrbaren Untersatz habe, wenn ich hier bin. Hast du sie gestern nicht gehört?“

Sie schüttelte den Kopf. Nach dem Rumhängen/tollen Date, war sie zu aufgewühlt gewesen.

„Ist nur eine kurze Fahrt“, sagte er. „Glaub mir. Ich hab sie unter Kontrolle. Bei meinen Stunts gehe ich mit Maschinen wie meiner hier bis an die Grenzen.“

Ihr Herz pochte, als sie sich mit Schrecken seinen Körper blutverschmiert auf dem Asphalt vorstellte. Plötzlich war ihr schwindelig.

Ty legte einen Arm um ihre Taille. „Bist du okay? Du siehst blass aus.“

Sie holte tief Luft. „Jedes Mal, wenn du von deinem Job sprichst, wird mir schwindelig.“

Er küsste sie auf die Schläfe. „Aw, du machst dir Sorgen um mich. Wie süß du bist!“

Niemand hatte sie je süß genannt. „Ich versuche nicht, süß zu sein.“

„Das bist du von Natur aus. Bereit für eine Spritztour?“

Sie fing an zu schwitzen. „Willst du irgendwas Riskantes probieren?“

Er nahm ihr Gesicht in beide Hände und sah ihr in die Augen. „Mit dir, niemals.“

Sie fühlte sich atemlos angesichts der Intensität seines Blicks, doch sie glaubte ihm. „Okay.“

Sie folgte ihm zu seinem Bike, wo er ihr einen Helm aufsetzte und sich versicherte, dass er auch richtig saß.

„Niedlich“, erklärte er.

Er schwang ein Bein über das Bike, setzte sich in den Sattel und nickte hinter sich. „Stell deine Füße auf die Fußrasten und lass sie da.“

„Verstanden.“ Sie stieg auf und schlang ihre Arme um seine Taille. Die solide Wärme seines breiten Rückens beruhigte ihre Nerven. Der Sitz war überraschend bequem.

„Wenn wir in die Kurve gehen, stemm dich nicht dagegen", sagte er über seine Schulter. „Entspann dich einfach und folge meinen Bewegungen."

„Okay."

Er ließ den Motor an und fuhr langsam aus ihrer Einfahrt hinaus. Es war ein schöner sonniger Frühlingstag mit einer sanften Brise. Es dauerte überraschenderweise nicht lange, bis Charlotte bemerkte, dass sie vollkommen entspannt war. Tys Wärme und die Vibrationen des Motorrads zwischen ihren Beinen machten die Fahrt *sehr* angenehm.

Kaum mehr als zehn Minuten später bogen sie in eine Parkstraße ein. Ein paar Kurven weiter hielten sie an. Sie stiegen ab, und nachdem er seinen Helm abgenommen hatte, drehte er sich zu ihr um. „Wie war es für dich?", fragte er in verführerischem Ton.

„Wunderbar", antwortete sie mit einem erotischen Schnurren.

Er lächelte und griff nach ihrem Helm. Nachdem er ihn am Bike befestigt hatte, nahm er ihre Hand und ging mit ihr zum Basketball Court. „Ich bin mir ziemlich sicher, dass du alle bei Claires und Jakes Hochzeit kennengelernt hast, darum nur schnell zum Auffrischen." Er deutete aufs Spielfeld, wo drei Männer Korbleger trainierten. „Das ist Marcus. Er ist immer der erste hier, auch wenn er die weiteste Anfahrt hat. Er wohnt in Lower Manhattan. So sehr liebt er uns. Da ist Logan; und Josh kennst du ja. Parker, Mad, Alex und Ethan sind noch nicht da, kommen aber noch.

„Ich finde es cool, dass Mad mit euch Jungs mithalten kann", sagte sie. „Ich meine, sie ist so ein zierliches Ding." Mad war kaum größer als einen Meter sechzig.

„Machst du Witze? Sie ist einer unserer besten Spieler.

Was ihr an Größe fehlt, macht sie mit Geschwindigkeit wett. Davon abgesehen spielt sie, seit sie einen Ball halten kann."

„Sind das alles deine Brüder?"

„Jake fehlt natürlich." Das war Joshs eineiiger Zwillingsbruder. Er war mit seiner Frau Claire am Drehort für ihren neusten Film. „Hast du gehört, dass er sich jetzt an Claires Produktionsfirma beteiligen will?" Claire Jordan war ein gefragter Filmstar und gehörte zu ihrem Buchclub, auch wenn sie nicht regelmäßig an ihren Treffen teilnehmen konnte. Jake hatte bisher schon beim Marketing für Claires Firma mitgeholfen.

„Du meinst, er will einen Film produzieren?", fragte sie.

„Er denkt darüber nach. Er spielt auch mit dem Gedanken, ein paar Fernsehshows vorzuschlagen."

„Das ist wirklich cool."

„Ja, wir werden sehen. Hängt davon ab, was er sich einfallen lässt." Er blieb am Spielfeldrand stehen und beobachtete die anderen. „Ben muss arbeiten, und Zach hat auch gespielt, doch er ist im Niemandsland und hat keinen Kontakt."

„Du meinst, er ist im Knast?"

Ty starrte sie an.

„Ty!", rief Josh und hob die Hand zum Gruß. „Hey Charlotte, spielst du auch?"

„Nein, bin nur zum Zuschauen da. Danke für den Martini. Ty hat mir erzählt, dass es dein Vorschlag war."

Josh dribbelte den Ball zwischen seinen Beinen. „Musste ihm doch wenigstens einen kleinen Vorteil verschaffen, nachdem du ihn derart hast abblitzen lassen."

„Bist du je auf die Idee gekommen, dass es vielleicht einen Grund dafür gibt?", fragte sie.

Josh straffte seine Schultern und hielt den Ball unter einem Arm. „Ist mir nie in den Sinn gekommen."

„Jetzt ist sie bis über beide Ohren in mich verknallt", prahlte Ty laut genug, dass alle es hören konnten. Bevor sie erwidern konnte, dass es vielleicht andersherum war, umarmte er Josh, und die beiden Männer klopften einander auf die Schultern.

Dann nahm Ty Josh den Ball ab, machte drei lange Schritte auf den Korb zu und warf.

„Beeindruckend", sagte Charlotte.

Ty zeigte auf sie. „Das war für dich, Baby."

Charlotte wurde rot. „Danke!"

„Angeber", brummte Josh.

„Ich setz mich hier drüben hin", sagte sie und deutete auf die Bank. Ja, sie würde definitiv nicht mitspielen, wenn die Jungs *so* gut spielen konnten. Sie würde ihnen nur im Weg stehen. Sie hatte seit der Highschool nicht mehr gespielt.

Einer nach dem anderen trudelten die Jungs ein und stellten ihre Wasserflaschen oder Thermoskannen auf der Bank ab. Sie wärmten sich alle auf ähnliche Weise auf, wahrscheinlich, weil sie es meistens zusammen taten. Sie schienen auf jemanden zu warten, bevor sie mit dem Spiel anfingen, darum versuchte sie, sich an alle zu erinnern. Die Campbells ähnelten einander sehr. Alle hatten dunkelbraune Haare, dunkelbraune Augen und waren ähnlich muskulös gebaut. Nur Logan hatte hellbraune Haare. Oh, Alex fehlte. Er war der alleinerziehende Vater mit der zweijährigen kleinen Maus. Das war sicher der Grund, weshalb er sich verspätete.

Ty blieb vor der Bank stehen und nahm eine beliebige Flasche Wasser. Sie wusste, dass er keine mitgebracht hatte. „Alles okay bei dir? Ist dir auch nicht langweilig?"

„Alles okay."

„Bist du sicher, dass du nicht spielen willst? Ich finde, es macht mehr Spaß, mitzumachen, als am Rand rumzusitzen.“

„Nein, schon okay.“

„Wenn Alex nicht bald auftaucht, brauchen wir dich vielleicht, damit die Teams gleich stark sind. Keine Sorge, ich decke dich.“

Sie hatte keine Ahnung, wie er sie decken wollte. Die meisten Jungs spielten aggressiv – natürlich, sie wollten ja auch gewinnen, darum hoffte sie, dass Alex bald auftauchen würde. Zumindest trug sie Jeans und Turnschuhe, auch wenn sie ihre hübsche bestickte Bluse lieber nicht durchschwitzen wollte.

Ty drehte sich um. „Hey, da bist du ja endlich!“

Alex schob den Buggy mit Vivian darin vor sich her. Als sie näher kamen, sah Charlotte, dass Vivian schlief. „Tut mir leid, dass ich so spät dran bin. Vivs Nanny hat gekündigt.“

„Schon wieder?“, fragte Ty.

„Ich weiß“, sagte Alex müde. „Ich wollte nur ein bisschen zuschauen, dann gehe ich wieder. Ich will sie nicht allein am Rand stehenlassen.“

„Ich kann auf sie aufpassen“, sagte Charlotte. „Ist kein Problem. Ich bin sowieso nur zum Zuschauen hier.“

„Das würdest du tun?“, sagte Alex, und Hoffnung erhellte seine Miene. „Danke. Wenn sie aufwacht, sag ihr bitte einfach, dass Daddy hier ist und Ball spielt.“

„Glaubst du, sie erinnert sich noch an mich von der Hochzeit?“, fragte Charlotte. Die Feier war jetzt schon fast vier Monate her.

„Keine Ahnung“, sagte Alex. „Darum zeig ihr gleich, wo ich bin. Wenn sie mich nicht gleich sieht, wird sie sonst grantig.“

„Okay.“

Er stellte eine Windeltasche neben ihr ab. „Da sind ihre Lerntasse und ein paar Kekse drin.“

„Alles klar.“

„Viv ist in guten Händen“, sagte Ty und legte den Arm um Alex' Schultern. „Charlie liebt Kinder.“

Bei seiner beiläufigen Bemerkung zuckte sie zusammen und blickte ihm nach, als er auf den Platz ging.

Es war nicht so, dass Ty sie schon mit Kindern gesehen hatte. In der Schule hatte sie ein bisschen gebabysittet, doch seitdem nicht mehr. Ein Baby war eine ferne Fantasie für sie. Sie hatte keine Ahnung, ob sie überhaupt gut mit Kindern umgehen konnte. Sie betrachtete Vivian, die friedlich unter einer dünnen hellblauen Decke schlief, die an den Ecken ein wenig ausgefranst war. Eine gelbe Fleecedecke lag über ihren Beinen. Ihre Wangen waren rosig, ihre Lippen ein wenig geöffnet, und ihre hellbraunen Haare waren deutlich länger als beim letzten Mal, als sie sie gesehen hatte. Ihre Babylöckchen wuchsen langsam heraus, und ihre Haare waren nun mehr wellig. Charlotte wurde weh ums Herz. Vivian sah aus wie ein Engel.

Ein paar Minuten später kamen Parker und Mad an, und Charlotte begrüßte sie kurz. Keiner von beiden schien sonderlich überrascht zu sein, sie zu sehen.

Schließlich waren alle da, und das Spiel begann, doch Charlotte bekam kaum etwas mit. Stattdessen beobachtete sie Vivian für den Fall, dass sie aufwachte.

Sobald sie ihre Augen aufschlug, beugte sich Charlotte vor und flüsterte: „Dein Daddy ist da drüben und spielt Ball.“ Sie zeigte in seine Richtung.

Das kleine Mädchen verzog das Gesicht, als wollte es weinen.

„Siehst du?“ Schnell drehte sie den Buggy um, damit sie besser sehen konnte. „Da ist er. Schau, er spielt Ball mit deinen Onkels und deiner Tante.“

Vivian setzte sich langsam auf und sah sich um.

„Willst du deine Tasse und einen Keks?“

Als Vivian nickte, reichte sie sie ihr. Das kleine Mädchen trank, dann stellte sie die Tasse in den Buggy und öffnete ohne große Mühe den Plastikdeckel. Charlotte entspannte sich. Das würde gar nicht so schwer werden. Fünf Minuten später waren die Kekse aufgegessen und Vivian drückte ihr die leere Verpackung in die Hand. Leichtes Spiel. Was für ein unabhängiges kleines Ding.

Dann versuchte Vivian, aus dem Buggy zu klettern.

„Warte! Ich helfe dir." Charlotte zog die Decken beiseite und sah, dass sie darunter angeschnallt war. Sie öffnete den Gurt und hob das kleine Mädchen aus dem Wagen. Vivian griff nach Charlottes Haaren und zog daran, doch das störte sie nicht.

„Schaukel", sagte Vivian.

Charlotte sah sich um und fand einen Spielplatz nicht weit entfernt. „Lass mich deinen Daddy fragen gehen."

„Schaukel!"

„Erst fragen wir Daddy."

„SCHAUKEL!"

Das kleine Mädchen hatte schon eine starke Stimme. Und eine Hartnäckigkeit, die wohl den Campbell-Genen zuzuschreiben war. Sie blieb mit Vivian auf dem Arm am Rand des Spielfeldes stehen und winkte Alex zu.

„Auszeit!", rief Alex und joggte schweißtriefend zu ihr hinüber. „Hey Pumpkin." Er küsste Vivian auf den Kopf. „Erinnerst du dich an Charlotte? Sie ist Tante Mads Freundin. Und Onkel Tys auch." Er zwinkerte Charlotte zu.

Vivian interessierte das nicht. „Schaukel."

„Kann ich mit ihr rüber zum Spielplatz gehen?", fragte Charlotte.

„Wenn es dir nichts ausmacht? Lass sie nur keinen Moment aus den Augen. Sie ist verdammt schnell und kennt keine Angst."

„Verstanden."

„Du musst sie nicht tragen." Er zerzauste Vivians Haar. „Du bist jetzt ein großes Mädchen, nicht wahr, Vivian? Mein starkes Mädchen." Er hob eine Hand zum High Five.

Vivian schlug ein. „Starkes Mädchen."

Charlotte lächelte, denn das gefiel ihr. Es war gut, ihnen schon ganz jung beizubringen, stark zu sein. Kein Wunder, dass Mad so eine selbstbewusste, starke Frau war. Als einziges Mädchen in einem Männerhaushalt war sie wahrscheinlich genauso aufgewachsen.

Charlotte stellte Vivian auf den Boden, und das kleine Mädchen rannte in Richtung Spielplatz los. Wow, selbst mit ihren kleinen Beinchen war sie verdammt schnell. Charlotte musste sich beeilen, sie einzuholen.

~ ~ ~

Ty machte eine kurze Trinkpause nach der ersten Halbzeit des Spiels und sah Charlotte, die mit Vivian auf dem Spielplatz spielte. Seine Nichte quietschte vergnügt, während Charlotte sie herumjagte. Er beobachtete sie eine Weile, wie hypnotisiert von dem schönen Anblick. Charlotte war ein Naturtalent.

„Erde an Ty!", rief Parker vom Spielfeld aus.

Ty schüttelte den Kopf, hob die Hände und ging zurück aufs Spielfeld.

Sein zwei Jahre jüngerer Bruder Logan versetzte ihm einen Stoß mit dem Ellbogen. „Siehst du? Darum bringt man keine Frauen zum Spiel mit. Jetzt spielst du scheiße."

Ty stieß ihn zurück. „Ich spiele nicht scheiße. Mach dich bereit zu verlieren."

Während der zweiten Hälfte schaffte Alex es nicht, sich aufs Spiel zu konzentrieren. Sein Blick wanderte immer wieder zu Charlotte und Vivian, die sich wunderbar amüsierten. Sein Team verlor, und die Jungs gaben ihm die

Schuld dafür. Es störte ihn nicht einmal, und das war untypisch für ihn.

„Nächstes Mal gewinnen wir", sagte er und wischte sich mit dem Shirt den Schweiß vom Gesicht. Als er sich umdrehte, sah er, dass Charlotte und Viv Hand in Hand auf ihn zukamen. Beide lächelten.

Das ist die Frau, die ich heiraten werde.

Der Gedanke schockte ihn. Schnell wandte er den Blick ab. *Whoa, immer langsam, Junge.*

Alex erschien neben ihm und kurz darauf blieben Charlotte und Vivian immer noch Hand in Hand vor ihnen stehen, scheinbar glücklich, einander gefunden zu haben. Beim Anblick der Frau, die sich so nach einem Kind sehnte, und seiner mutterlosen Nichte, glücklich zusammen, wurde ihm weh ums Herz. Er wandte seinen Blick Alex zu, der Vivian in den Arm nahm.

„Na, hast du Spaß gehabt mit Tante Charlie?" Sie nickte und drehte sich zu Charlotte um.

Charlotte lächelte. „Wir hatten eine Menge Spaß. Sie ist verdammt schnell. Hat mich immer wieder überrascht." Vivian streckte die Arme nach Charlotte aus, und als Alex sie ihr reichte, schlang Vivian die Arme fest um Charlottes Hals.

Dann streichelte das kleine Mädchen Charlottes Wange. „Kommst du mit?"

„Heute nicht", sagte Alex. „Wir haben noch ein paar Sachen zu erledigen."

„Nächstes Mal", nickte Charlotte.

Vivian griff mit beiden Händen in Charlottes Haare, hob sie hoch und beobachtete, wie sie wieder herunterfielen, als sie sie losließ. Charlottes Haare waren lang und seidig. Vivian war es nicht gewohnt, lange Haare zu sehen, da sie sonst nur Mad kannte, und deren Haare waren gerade einmal schulterlang. Vivian hatte ihre Mutter nie kennengelernt. Tammy war bei der Geburt gestorben und Vivian per Kaiserschnitt gerettet worden.

Charlotte löste vorsichtig Vivians Finger aus ihren Haaren und gab sie Alex zurück.

„Danke, Charlotte", sagte Alex. „Bis demnächst."

„Gern geschehen." Charlotte lächelte ihnen hinterher. Dann kehrte ihr Blick zu Ty zurück. „Gutes Spiel?"

Einen Moment lang brachte er keinen Ton heraus. Seine Brust schmerzte unter der Last der Gefühle. Das konnte noch nicht Liebe sein. Dafür war es zu früh. Sie kannten einander doch erst ein paar Wochen. Zuvor hatte er sich nur ein einziges Mal verliebt und sich dabei gehörig die Finger verbrannt. Seine Ex hatte ihn nur benutzt, um ein Treffen mit einem Regisseur zu bekommen. Sie hatte Ty zwei Monate lang etwas vorgespielt, nur, um ihn als Sprungbrett für ihre eigene Karriere zu benutzen. Doch was er für diese Frau empfunden hatte war nichts im Vergleich zu den Gefühlen, die er jetzt für Charlotte empfand.

Wenn er auch nur einen Hauch von Selbsterhaltungstrieb besaß, sollte er sie nach Hause bringen und sie nie wiedersehen.

„Bist du okay?", fragte Charlotte.

Das war verrückt. „Ja", murmelte er.

Sie betrachtete sein blaues Auge und blickte in Richtung seiner Rippen unter seinem T-Shirt und schien sich daran zu erinnern, dass er sich verletzt hatte.

„Bist du sicher?", fragte sie leise.

Hoffnung füllte sein Herz – eine gefährliche Sache.

„Ja, sicher." Er küsste sie, unfähig zu widerstehen, bevor ihm einfiel, dass er vor Schweiß triefte. „Ich sollte nach Hause gehen und mich duschen. Hast du Lust auf Dinner heute Abend?"

Offensichtlich hatte er keinen Selbsterhaltungstrieb.

„Wie wäre es mit heute Nachmittag?", fragte sie, und er

verliebte sich noch ein bisschen mehr in sie. Sie wollte so viel Zeit wie möglich mit ihm verbringen. Es schien keine Bremsen zu geben. „Ich dachte, wir würden das Wochenende über zusammen abhängen.“

Er musste lächeln – über das ganze Gesicht. „Du willst so bald schon mehr von mir?“

„Du bist nur noch zwei Wochen hier, warum also Zeit verschwenden?“

Er küsste sie auf die Nasenspitze. „Du bist verdammt süß.“

Sie schüttelte den Kopf, doch er wollte nicht diskutieren. Stattdessen verabschiedete er sich von allen und ging zu seinem Bike. Er freute sich, später mehr Zeit allein mit Charlotte verbringen zu können.

„Du bist ein Naturtalent mit Vivian“, sagte er auf dem Weg zu seinem Bike zu ihr. „Ich glaube, sie hatte eine Menge Spaß.“

Sie wurde ernst. „Ich auch.“

Seine Intuition war nicht sonderlich gut ausgeprägt, doch nach allem, was Charlotte ihm zuvor erzählt hatte, wusste er, dass sie sich Sorgen machte. „Weißt du, mein Dad war ein Mentor für viele Kinder, und sie waren wie Familie. Man muss nicht blutsverwandt sein, um eine Verbindung zu spüren.“

Sie schnitt eine Grimasse. „Du weißt, dass das nicht gerade mein Lieblingsthema ist. Lass uns bitte nicht darüber reden, ja?“

„Okay. Also der Plan für heute Nachmittag ist der – wir fahren nach Hause, ich dusche und ziehe mich um, dann bringe ich dich zu dir nach Hause, und wir können tun, was immer du willst.“

„Hast du Lust, zusammen zu kochen? Ich könnte dir ein Rezept für gegrilltes Hühnchen zeigen.“

„Klingt großartig.“

„Du hättest zu allem ja gesagt, nicht wahr?"

„Jupp."

Sie kamen zu seinem Bike, und er reichte ihr den Helm. Sie setzte ihn auf und schien sich auf die Fahrt zu freuen. Offensichtlich hatte er bereits einen guten Einfluss auf sie, da sie offen für neue Erlebnisse war. Welche Frau konnte einem Mann widerstehen, der ihr Orgasmen bereitete und Motorrad fuhr?

Sie fuhren zum Haus seines Vaters, wo er Charlotte im Wohnzimmer ließ und nach oben ging. Oben war das Badezimmer verschlossen. Sein Dad duschte. Er arbeitete Nachtschicht als Wachmann und schlief in der Regel bis in den Nachmittag, bevor er sich duschte und zur Arbeit ging. Darum warf Ty ein paar Klamotten in einen Rucksack und ging wieder hinunter.

„Dusche ist belegt", sagte er. „Macht es dir was aus, wenn ich bei dir dusche?"

„Nein, überhaupt nicht."

Als sie zu Hause bei Charlotte ankamen, machte sie es sich mit einem E-Reader auf dem Sofa bequem. Er hoffte, dass sie eines dieser sexy Bücher aus ihrem Buchclub las, dann wäre sie schon erregt, wenn er wieder aus der Dusche kam. *Lass den Scheiß.* Ja, er wollte sie. Sehr sogar, doch er wollte nicht, dass es mit Charlotte nur körperlicher Natur war. So verrückt und schnell auch alles ging, er wusste, dass sie die Eine für ihn war – und das mit einer Sicherheit, die er zuvor in keiner Beziehung gespürt hatte. Das einzige, was er bereute, war, dass er ihre erste Begegnung bei Claires und Jakes Hochzeit verbockt hatte. Sie hatten Zeit verloren, und das hatte er seinem dummen Spielchen zuzuschreiben. Von jetzt an wollte er alles richtig machen. Er wollte sie langsam kennen lernen, eine starke Freundschaft als Fundament aufbauen. Der Rest würde schon von selbst passieren, wenn die Zeit reif war – und nicht wegen seiner üblichen raffinierten Flirttricks. Sie würden mit einer Fernbeziehung zurechtkommen müssen, doch das war kein unüberwindbares Hindernis. Regelmäßige Besuche, Anrufe, SMS, Skypen und all das erleichterte es einem heute.

Er drehte das Wasser an und wartete ein bisschen, bis es warm wurde. Das Badezimmer war sehr feminin. Alles passte – Handtücher, Seifenspender, Zahnbürstenhalter, sogar der kleine Mülleimer – alle weiß mit kleinen roten Blüten an einem Ast. Vielleicht Kirschblüten, nur nicht pink. Alles in allem war das Bad gemütlich. In seinem Haus in L.A. war alles schwarz-weiß mit Edelstahlakzenten.

Das Wasser begann zu dampfen. Er zog sich schnell aus, schob die Glastür auf und trat hinein. Er ließ das Wasser über seine Haare laufen und nahm das Shampoo. Granatapfel? Er schnupperte daran. Na wunderbar, jetzt würde er wie Obstsalat riechen. Er hätte sein eigenes Shampoo mitbringen sollen …

„Gleich rieche ich wie du!", rief er nach draußen.

Kurz darauf öffnete sie die Tür. „Was war das?"

„Ich rieche gleich wie du." Er schloss die Augen, wusch sich die Haare und spülte schnell das Shampoo aus, damit er nicht auf die Idee kam, sie in die Dusche einzuladen. Als er die Augen wieder öffnete, stand Charlotte nur ein paar Schritte weit entfernt und starrte ihn durch die Scheibe an. Heilige Scheiße, sie knöpfte ihre Bluse auf. Sofort wurde er hart. Wem zum Teufel versuchte er etwas mit diesem Kennenlernkram vorzumachen? Er hätte wissen müssen, dass es dazu kommen würde. Die Anziehung war zu intensiv, um sie zu ignorieren.

Wieder hatte er keine Kondome dabei. Er hätte welche in seinen Rucksack schmeißen sollen. Vielleicht hatte sie ja welche da. Nein, sie sollten warten. Mit jemand Besonderem wie Charlotte sollte es nicht ums Körperliche gehen. Das war für den schnellen Spaß, nicht für ernste

Beziehungen.

„Komm nicht näher", sagte er.

Sie kam einen Schritt auf ihn zu.

Er schluckte. Er konnte dieser Versuchung nicht widerstehen.

Doch er war fest entschlossen, sie kennenzulernen und sie nicht nur um den Verstand zu ficken. Er sollte einen Preis für seine Selbstbeherrschung bekommen. Er schob die Tür der Dusche gerade weit genug auf, um den Kopf durch den Spalt zu stecken. „Baby, warte da auf mich."

Sie benetzte ihre Lippen. „Du bist verdammt gut ausgestattet."

„Natürlich bin ich das. Alles perfekt proportioniert. Geh und warte draußen auf mich."

Sie zog ihre Bluse aus und ließ sie zu Boden fallen. Nur ein weißer Spitzen-BH bedeckte ihre schönen, vollen Brüste. Ihre Nippel darunter waren hart und zeichneten sich deutlich sichtbar ab.

Er zwang sich, ihr in die Augen zu sehen. „Ich sehe, dass du heiß bist. Ich mach es dir mit der Hand, sobald ich aus der Dusche komme. Versprochen." Sie schob die Träger von ihren Schultern und seine Verzweiflung wuchs. „Baby, bitte. Ich mache es dir auch gerne mit dem Mund, nur–"

Sie öffnete den Verschluss und ließ den BH sinken, während sie ihn von oben bis unten musterte.

„Zieh ihn wieder an", verlangte er.

Sie hob ihre Bluse auf und hängte den BH und die Bluse an die Tür. Er bewunderte die Kurven ihres Rückens und ihre Hüften in ihren engen Jeans.

Sie wandte sich ihm wieder zu und begann, ihre Hose aufzuknöpfen.

Er holte tief Luft und startete einen letzten Versuch, das langsame Kennenlernen auch langsam weiterzubetreiben. „Sex kommt nicht in Frage. Wir verbringen nur Zeit miteinander, oder hast du das schon vergessen?" Seine Stimme war ein wenig brüchig am Ende, genau wie seine Selbstkontrolle, die nicht mehr lange standhalten würde, wenn sie nicht aufhörte.

Sie strich sich mit den Händen durchs Haar, schüttelte sie aus und ließ die Hände dann ihren Hals hinunter und über ihre Brüste gleiten, schob sie zusammen und hob sie an. Sein Schwanz pochte, als sie ihre Hände ihren Bauch hinunter gleiten ließ und am Bund ihrer Jeans innehielt. Wenn diese Jeans fielen, wäre es um ihn geschehen.

„Ich habe nichts dabei", sagte er eindringlich. „Hast du ein Kondom?"

Sie schüttelte den Kopf und öffnete den Reißverschluss.

„Gib mir nur ein paar Minuten, bis ich angezogen bin. Warte im Schlafzimmer auf mich, okay?"

Sie schob ihre Jeans hinunter und entblößte ein weißes Spitzenhöschen. Seine Finger prickelten, so groß war das Bedürfnis, sie zu berühren.

„Ich habe wieder mit der Pille angefangen", sagte sie. *Bye-bye Höschen.* Sie fiel neben ihrer Jeans zu Boden. *Game over.*

„Komm her, Mädchen. Das hast du für mich getan?"

Sie zuckte mit den Schultern und ging zu ihm. „Ich bin zu dem Schluss gekommen, dass ich im Moment keine alleinerziehende Mutter sein will."

Er lächelte. „Weil du in mich verknallt bist."

„Vielleicht."

Sie trat in die Dusche, und er nahm sie in den Arm. Es wärmte sein Herz, dass sie sich eine andere Zukunft vorstellte – seinetwegen!

Sie küsste seinen Hals. „Du bist unglaublich süß."

Er streichelte ihren Rücken und genoss das Gefühl, sie an sich gepresst zu spüren. Er drehte sich ein wenig, damit sie auch etwas von dem warmen Regen abbekam. „Wer sagt das? Dem breche ich das Genick.“

„Ich sage das.“

„Oh, dann musst du dich irren.“ Er küsste sie und knabberte an ihrer Unterlippe und sie stieß einen sexy Laut aus. Dann küsste er sie tief und leidenschaftlich und grub seine Finger in ihre seidigen, langen Haare.

Sie unterbrach den Kuss und lächelte ihn an. „Ich kann es kaum erwarten, dich in mir zu spüren.

Und dann gab es keine Worte mehr. Nur einen heißen Nebel von Gefühlen, während er nahm, was sie ihm anbot. Sie war aggressiv und küsste ihn grob. Ihre Hände waren überall. Er schob seine Finger zwischen ihre Beine, um zu sehen, wie bereit sie war. Verdammt, war sie feucht. Sie stöhnte in seinen Mund und bestieg ihn geradezu. Er hob sie hoch, presste ihren Rücken gegen die Wand und drang mit einem Stoß in sie ein. Beide stöhnten, als sie endlich vereint waren. Ihr Kopf sank in den Nacken, die Augen geschlossen. Er küsste ihren Hals und stieß tief in sie hinein.

„Ja“, stöhnte sie. „Mehr.“

„Du fühlst dich so gut an. Ich will es auskosten.“ Er bewegte sich langsam, da er ihr so viel Genuss bereiten wollte wie möglich. Dann schob er seine Hand zwischen seinen und ihren Körper und begann, sie zu liebkosen. Sie stieß gierige Laute aus, die ihn noch dicker und härter werden ließen, während ihr Blick den Fokus verlor. Er beobachtete, wie sie sich der Lust hingab, viel schneller als beim ersten Mal. Ihre Miene entspannte sich, und ihre Pupillen weiteten sich. Er liebte es. Er war so verdammt stolz darauf zu wissen, dass sie ihm genug vertraute, um derart loszulassen. Dann kam sie mit einem spitzen Schrei, und er nahm sich, was er brauchte, stieß immer wieder tief in sie hinein. Er legte eine Hand an ihre Wange, und sie öffnete die Augen, ihr Atem rau und wie seiner. Ihr Blick war sanft.

Der Rausch von Genuss und Gefühlen traf ihn wie eine Springflut. Er packte ihre Hüften und pumpte mit einem explosiven Erguss in sie hinein, dann sank er gegen sie, tief in ihr.

Als er den Kopf wieder hob, hätte er schwören können, dass sie von einer beinahe göttlichen Aura umgeben waren – alles strahlte, ihre Körper, der Dampf um sie herum, ja sogar die weißen Fliesen.

Sie klammerte sich mit Armen und Beinen an ihm fest und drückte ihn, bevor sie ihren Kopf an seiner Schulter ruhen ließ.

Er wollte sie nie wieder loslassen.

Kapitel Zwölf

Charlotte tippte nervös mit ihrem Fuß, selbst umgeben von ihren Freundinnen für ihren Drink im Garners nach dem Buchclubtreffen am Donnerstagabend. Wie konnte sie sich entspannen, wenn sie wusste, dass Ty sich heute Abend von einem Wolkenkratzer abseilen würde? Nichts fühlte sich richtig an; selbst ihr Martini schmeckte bitter. Sie schob ihren Drink von sich. Sie war zu weit gegangen. Sie hatte zugelassen, dass sie zu viel fühlte. Jetzt lebte sie jedes Mal, wenn er zur Arbeit zurückkehrte in einem quälenden Zustand der Angst, bis sie wusste, dass er sicher war. Sie zwang sich, an die glücklichen Momente mit Ty zu denken.

An ihrem ersten Wochenende zusammen in ihrem Haus hatten sie zusammen gekocht und so oft Liebe gemacht, dass sie den Überblick verloren hatte. Ihr wurde heiß, wenn sie nur daran dachte. Er gab sich *immer* Mühe, ihr das größtmögliche Vergnügen zu bereiten. Und auf seine für ihn typische Art alles auszusprechen, hatte er das auch gesagt. Er sorgte dafür, dass sie vollkommen entspannt war, und sie ließ ihn gewähren. Auch er ließ sie tun, wonach ihr war, und sie bewegten sich in perfektem Einklang miteinander, als wäre es ein Tanz. Würde sie jemals wieder einen solchen Einklang erleben?

Außerhalb des Schlafzimmers hatte sie gedacht, dass er

mit seiner lauten Stimme und seiner Attitüde dominant wäre – schließlich war er es gewohnt, dass die Frauen ihm hinterher hechelten, doch er war fast das Gegenteil: entspannt und zuvorkommend. Oft bot er an, einen ihrer Lieblingsfilme anzusehen. Einmal hatte sie *Vom Winde Verweht* eingelegt, nur um zu testen, ob er es auch ehrlich meinte, und es schien ihm sogar gefallen zu haben. Jeder Mann, der einen Frauenfilm über sich ergehen lassen und sogar zugeben konnte, dass er ihm gefallen hatte, war ihrer Meinung nach Beziehungsmaterial. Letztes Wochenende hatten sie in seinem Hotel in der Stadt verbracht, und er war mit ihr shoppen gegangen, denn sie liebte es, in Manhattan shoppen zu gehen. Ein Mann, der mit ihr shoppen ging!

Sie stützte ihren Kopf auf ihre Hand und seufzte. Er war so liebevoll und aufmerksam. Umwerfend und sexy. Sie hatte wirklich nicht geglaubt, dass es Männer wie ihn gab.

Und beinahe wäre ihr das alles entgangen. Wären sie nicht mit dem Boot gestrandet, was letzten Endes zu den intimen Momenten in der Dunkelheit geführt hatte, die sie sonst nur ganz selten zuließ. Wäre er nicht so hartnäckig gewesen und hätte sie überredet, mehr Zeit mit ihm zu verbringen, hätte sie ihn nie so kennengelernt. Sie hätte ihn weiter für den aufgeblasenen Typen gehalten, der Spielchen spielte. Was sie jetzt hatten, wusste sie darum nur umso mehr zu schätzen.

Es war lange her, seit sie sich erlaubt hatte, so viel für einen Mann zu empfinden, doch irgendwie hatte Ty all ihre Verteidigungsmechanismen überwunden und sich in ihr Herz geschlichen. Wenn er diesen Stunt nicht überlebte, würde er nie erfahren, wie viel sie für ihn empfand. Sie ballte ihre Hände, bis sich ihre Fingernägel in ihre Handflächen gruben. *Denk nicht so! Das bringt nur Unglück!*

Vielleicht wusste er ja bereits, was sie fühlte. Wie er

ihren Kopf hielt, während er ihr in die Augen sah, machte es ihr unmöglich, ihre Gefühle zu verbergen. Er hielt sie oft so, wenn er sie küsste, wenn sie Liebe machten, nach seinen überschwänglichen Begrüßungsumarmungen. Und sie spürte die Liebe auch von ihm, gerade so, als ob sie bei beiden wuchs. Auch wenn Ty über die Zukunft sprach, als würden sie dann immer noch zusammen sein, und beiläufig Orte erwähnte, die er ihr in L.A. zeigen wollte, oder Dinge, die sie im Sommer, der noch Monate entfernt war, zusammen tun konnten, hing für sie der Tag, an dem er nach L.A. zurückkehren würde, wie ein Damoklesschwert über ihren Köpfen. Er war nicht mehr fern.

Mad versetzte ihr einen Knuff. „Bist du okay?"

Charlotte drehte sich um. „Ja, ja. Mache mir nur Sorgen um Ty. Er seilt sich heute Abend aus dem zwanzigsten Stock irgendeines Wolkenkratzers ab."

„Mach dir keine Sorgen. Die haben so viele Sicherheitsmaßnahmen da, da kann gar nichts passieren."

„Ich kann nicht anders", antwortete Charlotte angespannt. „Mir wird jedes Mal ganz schlecht, wenn er von seinen Stunts erzählt."

„Du magst ihn wirklich, nicht wahr?", fragte Mad.

Charlotte nickte, und der Kloß in ihrem Hals machte ihr das Sprechen schwer.

Mad stieß ihr gegen die Schulter – genau wie Ty es in diesem Moment wahrscheinlich getan hätte. „Lass mich wissen, wenn er irgendwas Dummes tut, wie dir das Herz zu brechen. Dann trete ich ihm in den Arsch."

Ein zögerndes Lächeln zupfte an ihren Mundwinkeln. „Danke, Mad."

„Oh", kicherte Mad. „Schau! Hailey hat ein Friedensangebot für Josh mitgebracht."

Charlotte lächelte Mad an, dankbar für die Ablenkung. „Sie muss ihre Mojitos wirklich lieben." Sie lachten. Jetzt war das Gerücht, dass das Gerede von Impotenz nur ein Versuch gewesen war, von seinem tatsächlichen Problem abzulenken – seiner kleinen Banane. Hailey beharrte darauf, dass sie nichts getan hatte, um dieses Gerücht in die Welt zu setzen, und schwor bei ihrem Leben, dass es nicht stimmte, auch wenn sie immer schnell hinzufügte: „Nicht, dass ich aus persönlicher Erfahrung sprechen würde." Josh war wenig amüsiert, doch wie sollte er den vielen Frauen, die seine Bar besuchten, seine Männlichkeit beweisen, ohne blankzuziehen? Seine einzige Genugtuung bestand darin, Hailey die kalte Schulter zu zeigen und sich zu weigern, sie zu bedienen.

Hailey stellte einen durchsichtigen Plastikbehälter vor Josh auf den Tresen, der randvoll mit ihren Schokoladenkeksen war. Alle wussten, wie köstlich ihre Kekse waren.

Josh sah sie nur mit zusammengekniffenen Augen an.

Hailey lächelte. „Ich habe dir ein Geschenk mitgebracht, um unserem winzigen … Disput … ein Ende zu setzen."

„Er ist *nicht* winzig", zischte Josh.

Die Frauen kicherten.

„Komm schon. Ich weiß, dass du ein Gourmet bist", fuhr Hailey fort, auch wenn ihr die Röte den Hals empor kroch. Sie öffnete den Deckel und streckte ihm den Behälter entgegen. Nimm einen. Wenn du ihn magst, schicke ich dir das Rezept mit der Geheimzutat per E-Mail zu."

Josh sah sie argwöhnisch an. „Erst isst du einen, Prinzessin."

Hailey lächelte künstlich. „Aber es ist dein Geschenk." Sie hob ihm den Behälter entgegen. „Die sind für dich."

„Sie sind köstlich", mischte Mad sich ein, und die anderen Frauen stimmten zu.

„Dann iss einen“, sagte Josh zu Mad.

Mad zögerte. „Aber die sind für dich.“

„Josh, die sind nicht vergiftet!“, protestierte Hailey. „Ich will unser kleines Problem wiedergutmachen.“

„Es ist nicht klein, das kann ich dir versichern“, knurrte Josh.

Haileys Wangen waren leuchtend rot. „Bitte nimm sie in dem Sinne an, in dem ich sie dir schenke. Das Verhältnis von braunem und weißem Zucker ist das Geheimnis. Sie schmelzen förmlich im Mund. Wenn du sie magst, maile ich dir gerne das Rezept.“

Josh ließ sich nicht einwickeln. „Erst du.“

Charlotte sah zu – es schien, dass alle in der Bar verstummt waren, um zuzusehen – als Hailey einen winzigen Bissen abknabberte und kaute. Hailey nickte und summte.

„Iss den ganzen Keks“, verlangte Josh.

„Kann ich ein Wasser haben?“, fragte Hailey.

„Erst schluckst du“, sagte Josh.

„Ich brauche wirklich ein Wasser“, beharrte Hailey, die Hand am Hals.

Josh senkte kurz den Blick, um nach einem Glas zu greifen. Hailey nutzte die Gelegenheit, den Keks in eine Serviette zu spucken.

Josh blickte abrupt auf und füllte das Glas, während er die anderen Frauen ansah. „Hat sie geschluckt?“

„Das wollte er auch wissen“, feixte Mad.

„Ja“, versicherte Charlotte ihn, und alle nickten – Freundinnen eben.

Josh schob Hailey das Wasser hin, und sie strahlte. „Danke.“ Sie trank einen Schluck und schob Josh den Behälter zu. „Hier. Ich bin mir sicher, dass sie dir schmecken werden.“

„Erst, wenn du den ganzen Keks vor meinen Augen

aufgegessen hast", beharrte Josh.

Hailey warf ihre Haare über die Schulter. „Von allen undankbaren–"

„Ich nehme einen", sagte Travis O'Hare, ein attraktiver Mann Anfang vierzig, vom anderen Ende des Tresens. Travis war im Ort recht bekannt. Er war Landschaftsarchitekt und mit der Tochter des Eigentümers des Garner's verheiratet. Charlotte wusste, dass Hailey besonders vorsichtig sein musste, wenn es um ein so gut vernetztes Mitglied der Gemeinde ging.

„Ich auch", sagte ein umwerfender, dunkelhaariger Typ neben ihm.

„Ricos Frau hat allen Zucker aus seinem Haus verbannt", schmunzelte Travis. „Er ist verzweifelt."

Josh sah Hailey verschlagen an. „Gib ihnen welche."

„Siehst du?", sagte sie von oben herab. „Nicht jeder ist so paranoid wie du."

Josh bedeutete ihr mit einer Geste, ihnen einen Keks zu geben.

Hailey drehte sich zu Travis und Rico um. „Die hier habe ich speziell für Josh gemacht. Die sind ein Geschenk."

Travis und Rico schmunzelten.

Josh stützte seine Hände auf den Tresen und beugte sich zu Hailey vor. „Du wirst dich schon ein bisschen mehr anstrengen müssen, wenn du mich verarschen willst. Ich kenne dich."

Hailey schluckte.

Josh richtete sich auf und fuhr fort. „Hinter deiner zuckersüßen Fassade bist du ein hinterhältiges Biest. Weißt du was, Prinzessin? Ich kann das auch."

Hailey fing sich schnell. „Du solltest nicht von dir auf andere schließen. Meine Absichten sind rein."

„Rein bösartiger Natur", konterte Josh.

Hailey hob ihr Kinn. „Herrgott, ich versuche, mich

wieder mit dir zu vertragen, und das ist der Dank dafür?"

Josh drückte Hailey den Behälter wieder in die Hand. „Du kannst mir gerne das Rezept mailen – ohne das Gift, das du da außerdem reingemischt hast."

Hailey blieb der Mund offen stehen. „Gift! Ich würde niemals–"

„Was war es dann? Käfer, Spucke, Abführmittel?"

Alle verstummten, denn alle wollten wissen, was sie in den Teig gemischt hatte.

Hailey sah sich um, dann blickte sie Josh wieder in die Augen. „Es sind Rosinen, okay? Ich habe Rosinen anstelle der Schokoladenchips benutzt, und es schmeckt falsch und widerlich!"

Josh prustete vor Lachen. „Vielleicht bist du doch nicht so bösartig, wie ich dachte."

Hailey zog die Nase hoch, offensichtlich verärgert, dass sie die Sache mit den Rosinen hatte zugeben müssen, ohne in den Genuss von Joshs angewidertem Gesicht zu kommen, das er sicher gezogen hätte, wenn er einen Keks probiert hätte.

Josh griff nach einem Lappen und wischte die Bar ab. „Einen Mojito bekommst du von mir trotzdem nicht."

Hailey schnaubte. „Dann sind wir scheinbar wieder am Nullpunkt angelangt."

Josh hielt inne und sah ihr in die Augen. „Oh nein, da sind wir ganz bestimmt nicht. Wenn ich du wäre, würde ich gut auf meinen hübschen Hintern aufpassen, Prinzessin."

Sie hob ihr Kinn. „Warum sollte ich?"

Josh schmunzelte. „Hast recht, da hab ich ja schon ein Auge drauf."

„Das hast du sowieso immer", antwortete Hailey. Sie stand auf, ließ die Kekse stehen und winkte den anderen zu. „Kommt, Mädels. Zu Hause habe ich das gute Zeug.

Karamellbrownies.“

Charlotte nickte, und alle folgten. Lass dem Mädel ihren dramatischen Abgang. Davon abgesehen war der unterhaltsame Teil des Abends sowieso vorbei.

Hailey schlenderte hinaus, und als Charlotte sich umdrehte, sah sie, dass Josh tatsächlich wie versprochen ein Auge auf Haileys Hintern hatte.

~ ~ ~

Ty war die ganze Woche in Hochstimmung bei der Arbeit. Sowohl weil er bis über beide Ohren in Charlotte verliebt war als auch weil er in einem Klettergurt hoch über dem Boden hing und das Abseilen von einem Wolkenkratzer übte, während der Regisseur und die Kameraleute noch an den Einstellungen bastelten. Es war Donnerstagabend, der vorletzte Tag für ihn hier in New York. Morgen Nacht würde er abreisen. Er würde sich mit Charlotte noch zum Abendessen treffen, bevor er sich zu unchristlicher Zeit auf die Heimreise machen würde. Das wäre es dann für eine Weile. Er hoffte, dass sie sich bald ein paar Tage freinehmen konnte, um ihn zu besuchen, denn gleich nach seiner Rückkehr war er sechs Wochen für ein Projekt in L.A. gebucht.

„Okay. Wenn du soweit bist, wir sind bereit“, rief der Regisseur. „Meld dich bei Gary, und dann geh nach oben.“ Es war eine Nachtszene, die schwierigste im ganzen Film, doch der Regisseur wollte die Lichter der Stadt haben. Ein extra aufgebautes Gerüst sorgte für angemessene Beleuchtung.

„Alles klar.“ Er seilte sich das letzte Stück ab und hakte das Sicherheitsseil von seinem Geschirr los. Dann sprach er mit Gary, dem Stuntkoordinator, und sprach die Szene noch einmal von dem Moment an durch, in dem er sich aus dem Fenster fallen ließ und so tun würde, als verlöre er den

Halt am Seil, während er sich mit einer Hand festhielt, bevor er es wieder mit beiden Händen ergriff und sich schnell und leise abseilte. Wenn irgendetwas schiefginge, was jedoch selten geschah, wartete unten ein gigantisches Luftkissen auf ihn.

Er ging mit dem Hollywoodstar, dessen Double er war, ins Gebäude und fuhr mit ihm im Aufzug nach oben. Der Mann liebte Stunts und hätte gerne mehr gemacht, doch das Studio wollte kein Risiko eingehen.

Sobald sie im zwanzigsten Stock waren, blickte er aus dem Fenster. Sein Adrenalin schoss in die Höhe. Er liebte diesen Rausch. Er wünschte sich, Charlotte wäre hier und könnte ihn sehen, doch sie zuckte jedes Mal zusammen, wenn er von seiner Arbeit sprach. Früher oder später würde sie sich jedoch daran gewöhnen müssen. Er war jung genug, um noch viele Jahre im Geschäft vor sich zu haben. Sein Boss hatte bis zu seinem Fünfzigsten Stunts gemacht.

Letzter Sicherheitscheck. Das Kletterseil war getestet und gesichert. Sein Sicherheitsseil – dasselbe, mit dem er vorhin geübt hatte, war ebenfalls eingehakt und gesichert. Er streckte seine Finger in den schwarzen Handschuhen und ging sein übliches Ritual durch – ein paar tiefe Atemzüge und ein paar lockere Sprünge. Dann signalisierte er, dass er breit war, und bekam das ‚Go‘. Er rannte los, kletterte durchs Fenster, drehte sich um und ließ sich fallen, eine Hand am Seil, die andere rudernd wie geplant. Irgendetwas riss. Das Sicherungsseil schoss an seinem Gesicht vorbei, und dann schwang er unkontrolliert mit nur einer Hand am Seil. Verzweifelt versuchte er, beide Hände ans Seil zu bekommen, um die Kontrolle über den Abstieg zurückzubekommen und die Aufnahme noch zu retten. Schließlich schaffte er es, hielt das Seil mit beiden Händen, schwang jedoch zu schnell auf das Gebäude zu. Seine Füße trafen in einem ungünstigen Winkel gegen das

Glas, und ein scharfer Schmerz schoss von seinem linken Knöchel aus durch sein Bein. Er stieß sich ab und schwang zurück. Diesmal traf er mit dem Rücken gegen die Scheibe und war einen Moment lang atemlos. Wieder verlor er den Halt, und das Seil glitt durch seine Hände. Der Panik nahe versuchte er, einen besseren Halt zu finden. Scheiße. Er blickte hinab und sah, wie nah das Luftkissen war. Gary rief ihm zu, er solle einfach nur irgendwie runterkommen. Eine kontrollierte Landung im Luftkissen war immer besser als eine in Panik. Ein Schalter in seinem Kopf legte sich um, und er tat, was er in seiner Ausbildung gelernt hatte. Er ließ das Seil los. Ein paar Sekunden freier Fall folgten. Der Wind pfiff in seinen Ohren und dann – Schhhhh! Weiche Landung auf dem riesigen Luftkissen, das ihn sofort einschloss.

Mit wild pochendem Herzen lag er einen Moment lang vollkommen still. Vorsichtig bewegte er seinen linken Knöchel und atmete zischend ein, als der Schmerz sein Bein hinauf schoss. Verdammte Scheiße. Das Team kam, um ihm vom Luftkissen zu helfen.

„Langsam", keuchte er. „Ich glaube, mein linker Knöchel ist gebrochen."

„Wir haben dich, Ty", sagte Gary ruhig.

Sie hievten ihn vom Luftkissen in aufrechte Position. Als Ty versuchte, seinen Knöchel zu belasten, zuckte er zusammen, und Gary half ihm zu einem Stuhl, während die Sanitäter schon angerannt kamen.

Kapitel Dreizehn

Ty wartete mit seinem Anruf bis kurz bevor sie aus Clover Park losfahren wollte, um ihn an seinem letzten Abend in New York zu treffen. Sein Knöchel war nur unangenehm verstaucht, nicht gebrochen. Das waren gute Nachrichten, doch seinen Gig in L.A. konnte er dennoch vergessen. Zu viel Klettern und Sprünge für seinen derzeitigen Zustand. Als sie ihm am Vorabend geschrieben hatte, dass sie an ihn dachte, hatte er nur geantwortet: „Ich auch an dich. Bin vollkommen erledigt. Schlaf gut.“

Jetzt musste er es ihr schonend beibringen. Als sie sich meldete, sagte er sofort: „Ich hab gute Nachrichten.“

„Und die wären?“, fragte sie ein wenig argwöhnisch.

„Sieht aus, als würde ich ein bisschen länger bleiben. Wir müssen uns noch nicht verabschieden.“

„Was ist los?“

„Ich hab ein bisschen frei.“

„Ty! Bist du im Krankenhaus?“

„Entspann dich. Bin im Hotel.“

„Oh, einen Moment lang habe ich schon gefürchtet, dass irgendwas Schlimmes passiert ist. Warum hast du plötzlich frei? Ist dein anderes Projekt gecancelt worden?“

„Nichts Schlimmes. Hab mir nur den Knöchel verknackst.“

Totenstille.

„Bist du noch da?“

„Ja.“ Er hörte sie zittrig einatmen. „Was ist passiert?“

„Als ich mich abgeseilt habe, ist eins der Seile gerissen, und ich bin in einem blöden Winkel gegen das Gebäude gestoßen. Da ich deshalb meinen Gig in L.A. nicht machen kann, bleibe ich eine Woche länger, dann muss ich allerdings zurück. Mein Boss will, dass ich ein paar Neue trainiere. Komm rüber. Ich sitze hier und warte darauf, deinen sexy kleinen Hintern zu sehen.“

„Okay. Ich brauche nur einen Moment, um wieder zu Atem zu kommen.“

„Trainierst du gerade?“

„Nein! Ich versuche, nicht zu hyperventilieren, wenn ich daran denke, dass ein Seil gerissen ist, als du dich von einem *Wolkenkratzer* abgeseilt hast. Wie hoch warst du, als es passiert ist?“

„Keine Ahnung, vielleicht achtzehnter Stock?“

Sie atmete scharf ein.

„Aber ich bin noch ein ganzes Stück an meinem Seil runtergerutscht und hab mich erst viel weiter unten ins Luftkissen fallen lassen. Mir geht’s gut. Versprochen. Komm und sieh selbst nach.“

„Das werde ich“, murmelte sie. „Bis dann.“

Das war gar nicht so schlecht gelaufen, dachte er. Vielleicht würde sie sich bald an seinen Job gewöhnen. Nach einer Weile bestellte er beim Zimmerservice Abendessen, da er annahm, dass sie bald kommen würde. Alles würde gut werden. Sie würden noch ein bisschen mehr Zeit miteinander verbringen können, und sein verletzter Knöchel war definitiv kein Hindernis im Bett.

Als er jedoch die Tür für Charlotte öffnete, fiel ihr Blick auf seine Krücken und die Schiene an seinem Bein, und ihre Unterlippe begann zu zittern.

„Nicht weinen, Baby", sagte er schnell. „Mir geht's gut. Wirklich. Die Krücken sind nur für die ersten achtundvierzig Stunden. Nur noch einen Tag."

Sie sah ihn mit glänzenden Augen an. Er hoppelte ein Stück beiseite, damit sie hereinkommen konnte, unsicher, ob sie weinen oder ihm die Hölle heiß machen würde.

Ihre Stimme war leise und kontrolliert. „Ich kann das nicht, Ty."

Sein Magen wurde flau. „Was kannst du nicht?"

„Ich kann mir nicht dauernd Sorgen machen, weil du Leib und Leben für irgendeinen Film riskierst."

„Das ist mein Job."

Sie wischte sich über ein Auge. „Und ich kann es nicht ertragen, einen Anruf zu bekommen, dass du im Krankenhaus oder tot bist."

„Komm her. Lass uns reden." Er ging hinüber zu seinem Bett, legte die Krücken auf den Boden und setzte sich, dann klopfte er auf das Laken neben sich.

Sie setzte sich, faltete die Hände auf ihrem Schoß und starrte ihn beklommen an. „Tut mir leid. Ich kann nicht so tun als würde ich mich freuen, dass du länger bleibst, weil du verletzt bist."

„Du musst nicht ausflippen. Es hätte viel schlimmer sein können."

„Ich weiß! Du könntest tot oder gelähmt sein. Gott, Ty, ich versuche, verständnisvoll zu sein, doch ich kann es nicht ertragen. Mir wird jedes Mal übel, wenn du zur Arbeit gehst."

Sie krallte ihre Hände so fest ineinander, dass ihre Fingerknöchel weiß wurden. Er zog ihre Hände auseinander und hielt sie fest. „Baby, ich habe mir schon alle möglichen Knochen gebrochen. Rippen, Handgelenk, mein anderes Bein. Sie zahlen mir eine Menge Geld, damit der Star des Films kein Risiko eingehen muss. Der Arzt hat gesagt, dass ich in sechs Wochen wieder so gut wie neu bin."

Sie schniefte, als versuchte sie, nicht zu weinen.

„Und *etwas* Gutes hat es doch. Jetzt haben wir eine ganze Woche länger zusammen."

Sie nickte, starrte jedoch zu Boden.

„Danach muss ich allerdings zurück nach L.A., doch du kannst mich besuchen, sobald du dir freinehmen kannst. Du kannst bei mir wohnen. Ich zahle deine Flüge. Sag einfach nur wann."

Sie blickte an die Decke und wischte unter ihren Augen entlang.

Er befürchtete, dass sie die Fassung verlieren würde, dabei war das Letzte, was er wollte, sie zum Weinen zu bringen. „Wir haben eine Zukunft zusammen."

Sie presste ihre Lippen aufeinander.

Dann klopfte es an der Tür.

„Das ist der Zimmerservice", sagte er und bückte sich nach seinen Krücken.

Sie stand auf. „Ich geh schon."

Sie brachte alles herein und stellte es auf den kleinen runden Tisch mit den zwei Stühlen. Schweigend aßen sie die gegrillte Hühnerbrust und das gedämpfte Gemüse, das er bestellt hatte. Sie mochten sogar dasselbe Essen, dachte er, sprach den Gedanken jedoch nicht aus. Sie schien sogar für leichte Konversation zu aufgewühlt.

Als sie aufgegessen hatten, ergriff er ihre Hände und drückte sie sanft. „Du wirst mir jetzt nicht verschwinden, nur weil du dir Sorgen machst, oder?"

„Ich habe Angst, dass du verschwindest."

„Niemals."

„Nicht absichtlich. Ich meine, wenn dir irgendwas passiert."

Er schüttelte langsam den Kopf. „Mir wird nichts

passieren. Und wir kriegen das schon hin. Du musst nicht sofort antworten, doch wie wäre es, wenn du zu mir nach L.A. ziehen und dort als Personal Trainer arbeiten würdest? Denk einfach mal darüber nach. Ich kenne jede Menge Leute in der Branche, die gerne mit dir arbeiten würden."

„Warum arbeitest *du* dann nicht als Personal Trainer für sie?" Ihre Stimme klang begeistert. „Sie kennen dich. Du hast sie früher auch schon trainiert."

„Weil ich Stuntman bin! Das bin ich nun einmal. Du versuchst, mich zu ändern."

Sie zog ihre Hände zurück. „Ich kann nicht mit jemandem zusammen sein, der jeden Tag sein Leben für irgendeinen dummen Film riskiert."

„Dann soll ich mein Leben aufgeben, damit du dich besser fühlst?"

„Dein Job ist nicht dein Leben, Ty. Ich will, dass du *du* bist, nur nicht mit so viel Risiko."

Das gefiel ihm überhaupt nicht. Stuntman zu sein, definierte ihn. Er lebte und atmete seinen Job. Er kniff die Augen zusammen. „Du kannst es so nett verpacken, wie du willst, doch unterm Strich willst du, dass ich meinen Traumjob aufgebe, nur weil du dir Sorgen machst."

„Ich will dich in meinem Leben. Unsere Zukunft–"

„Du meinst *deine* Version unserer Zukunft! Warum bist du plötzlich so? Ich dachte, du wärst anders. Aber du bist wie jede andere Frau, die versucht, ihren Mann nach ihrem Ideal zurechtzubiegen–"

„Wage *nicht,* mich mit deinen anderen Weibern über einen Kamm zu scheren. Ich sage das–" Sie hielt inne, holte tief Luft, und als sie seinem Blick begegnete, spürte er eine kühle Distanz. „Lass uns nicht streiten. Wir haben eine Woche. Wer weiß schon, was danach passiert."

Er runzelte die Stirn. Es klang, als glaubte sie nicht, dass es auf lange Sicht zwischen ihnen funktionieren würde, doch er wollte sich nicht streiten und schon gar nicht immer wieder über dasselbe Thema. Er würde definitiv *nicht* die Karriere aufgeben, die er liebte. Charlotte wollte er auch nicht aufgeben, doch wie konnte er mit jemandem zusammen sein, der seinen Traum nicht unterstützte?

~ ~ ~

Nachdem Tyler eine Woche lang bei ihr gewohnt hatte, wusste Charlotte ohne jeden Zweifel, dass sie ihn liebte, und war den Tränen viel zu oft viel zu nahe gewesen beim Gedanken daran, ihn zu verlieren. Nicht, weil er nicht mit ihr zusammen sein wollte, sondern weil er ihr genommen wurde. Wer wusste schon, was sein Job als nächstes mit sich bringen würde? Was auch immer der nächste verdammte Regisseur sich einfallen ließ. Und Ty würde das Risiko eingehen. Sie wünschte, sie könnte es vergessen, doch es war unmöglich.

Ihre letzte gemeinsame Nacht war bittersüß. Ihr war zum Weinen zumute, als sie zu Bett gingen, auch wenn Ty in diesem Moment bei ihr war. Vielleicht war es auch, *weil* sie wusste, dass sie ihn loslassen musste. Ihr Verstand sagte ihr, dass er für die nächsten sechs Wochen wegen seines Knöchels sicher war, doch das änderte nichts an ihrer Sorge um seine Gesundheit.

Sie ging in ihr Schlafzimmer, wo Ty bereits ohne Hemd im Bett lag und seine tätowierte Brust zur Schau stellte. Sie schaltete das Licht aus und kroch unter die Decke. Er zog sie an sich und schlang seine Arme und ein Bein um sie. Er war vollkommen nackt, und seine Hitze strahlte durch ihr T-Shirt und ihr Höschen.

„Ich werde dich vermissen, Charlie. Ich wünschte, du könntest früher freibekommen."

Sie drückte ihn. „Ich auch." Erst im Juli hatte sie Urlaub. Es war besser so. Es würde ihr den Abstand erlauben, den sie brauchte, um über ihn hinweg zu kommen. Doch im Augenblick, an ihn geschmiegt, empfand sie eine überwältigende Liebe zu ihm.

Er streichelte ihre Haare und legte eine Hand an ihre Wange. „Wenn ich es schaffe, fliege ich in zwei Wochen nach Hause."

„Selbst nach all der Zeit, die du schon in L.A. lebst, ist Connecticut für dich *zu Hause*?"

„Du bist jetzt mein Zuhause."

Tränen stiegen ihr in die Augen.

„Es ist wirklich so", sagte Ty, dann küsste er sie. Er war großartig darin, sie mit Küssen abzulenken. Sie ließ es zu, denn sie wollte nur zu gern ihren dunklen Gedanken entkommen. Sie war süchtig nach den Gefühlen, die er in ihr weckte, und wollte immer mehr davon, wenn sie bei ihm war. Es überraschte sie, wie sehr er ihre Emotionen wahrzunehmen schien, denn er wurde zärtlicher, wann immer sie es brauchte.

Er zog sie aus und küsste sie überall, dann legte er seine Hände auf ihre Brüste. Sie schloss die Augen und gab sich dem puren Genuss seiner Liebkosungen hin. Er senkte den Kopf und saugte an einer ihrer Brüste. Schiere Lust verdrängte ihre Sorgen. Er war jetzt hier, real und für sie da, und tat köstliche Dinge mit ihrem Körper. Er wechselte zur anderen Brust, während seine Hände über ihre Rippen, ihren Bauch und ihre Hüften wanderten, bevor er eine zwischen ihre Beine schob. Seine Finger streichelten sie und wussten genau, was sie wollte, bis sie vor Genuss erschauerte und Funken von ihrer Weiblichkeit durch ihren ganzen Körper schossen. Es dauerte nicht lange, bis sie am Rand des Orgasmus' stand. Sie spannte sich an, da sie wusste, dass ein gigantischer Höhepunkt bevorstand, und sie nicht wusste, ob er ihn ihr erlauben würde. Dann wich er zurück.

Sie riss die Augen auf. Er liebte es, sie zum Orgasmus

zu bringen, doch er brachte sie auch gerne an den Rand und spielte dann mit ihr, bis sie ihn praktisch anschrie. So brachte er sie zu höchsten Höhen. Und so trieb er sie in den Wahnsinn.

„Spiel nicht mit mir", sagte sie. „Nicht heute Nacht."

Er lächelte träge und richtete sich auf. „Warum nicht heute Nacht?"

Weil heute Nacht vielleicht unsere letzte gemeinsame Nacht ist.

Sie behielt den Gedanken für sich, kletterte auf seinen Schoß und schlang ihre Beine um ihn. Er hielt sie bei ihren Hüften, hob sie an und ließ sie auf seiner Erektion nieder. Sie blickten einander in die Augen und stöhnten angesichts der überwältigenden Nähe, als sie ihn ganz in sich aufnahm. Er gab ihr einen Moment, bevor er ihre Hüfte für den ersten Stoß kippte, und streichelte dabei ihren G-Punkt. Sie schrie auf und grub ihre Nägel in seinen Rücken, geschockt, wie schnell er ihre erogenen Zonen fand. Er stieß zu, immer wieder, während er sie an den Hüften festhielt. Glühende Lust. Ihr Gehirn schmolz. Wie im Fieber wimmerte sie unzusammenhängende Worte, verloren in einer alles vertilgenden Lust.

„Charlotte, Baby, sieh mich an."

Sie begegnete seinem Blick, und ihr Herz pochte wild, als sie die Liebe darin sah, auch wenn er die Worte bisher noch nie ausgesprochen hatte. Das musste er auch nicht, es war auch so klar.

Seine Stimme war rau und heiser. „Ja, du weißt es, ganz tief drin." Er legte eine Hand an ihre Wange, während seine andere auf ihrer Hüfte blieb. Ein weiterer, tiefer Stoß ließ sie keuchen. „Du fühlst das, oder?"

„Ja."

„Was fühlst du?"

Wieder stieß er zu. Sie war dem Höhepunkt so nah. Sie

brachte kein Wort heraus, und ihr Atem kam keuchend. *Keine Spiele mehr*, dachte sie.

„Du spürst die Liebe", sagte er.

Sie nickte und schrie auf, als er erneut tief zustieß.

„Soll ich dir mein Geheimnis verraten?" Er hielt sie fest, eine Hand an ihrem Kopf, eine an der Hüfte und wiegte sie in einem langsamen Rhythmus. Sie spürte, wie sie die Kontrolle verlor. Es war zu viel. Ein unglaublicher Druck baute sich in ihr auf. Er besaß ihren Körper – voll und ganz.

Seine Stimme war leise und tief, das einzige, das sie noch zusammenhielt. „Hier ist mein Geheimnis ..." Sie zitterte unkontrolliert, als er wieder zustieß. „Eine Minute noch. Ich will dir mein Geheimnis erzählen, dann lasse ich dich kommen."

Er hielt inne, und sie stieß einen leisen Protestschrei aus.

„Sei nicht böse, Baby. Vor mir hat keiner dir einen gegeben. Jetzt bekommst du es mehrmals pro Nacht."

Sie starrte ihn finster an.

Er küsste sie und stieß erneut zu. Sie keuchte, auf Messers Schneide. Er hob den Kopf. Hier ist mein Geheimnis. Hörst du zu?"

„Ja, ja, ja", keuchte sie und rieb sich an ihm.

Mit einer Hand an der Hüfte hielt er sie fest. „Ich habe dich geliebt seit der Nacht, in der du alle deine Geheimnisse mit mir geteilt hast. Ich will dich heiraten, ich will Kinder mit dir, Hunde, alles, was dazugehört. So sehr liebe ich dich."

Zutiefst geschockt starrte sie ihn an.

„Und jetzt darfst du kommen", sagte er.

Sie bekam nicht einmal mit, was er tat. Im einen Moment starrte sie ihn fassungslos an, im nächsten schoss ein Schauer durch ihren Körper, und sie kam hart und lange, während Ty sie durch eine Welle der Lust nach der anderen führte. Dann stieß er einen heiseren Schrei aus und explodierte in ihr, während er sie fest an sich presste.

Wenige Augenblicke später half er ihr, ihre Beine zu entknoten, und legte sich zurück, wobei er sie auf sich zog. Er schlang seine Arme um sie, und sie seufzte, dann schmiegte sie ihren Kopf an seine Brust und lauschte dem Pochen seines Herzens.

„Habe ich dich jetzt abgeschreckt?"

„Ich kann mich nicht bewegen."

„Gut, das war so geplant. Ich könnte dir unmöglich hinterher jagen, wenn du jetzt die Flucht ergreifen würdest."

Sie lachte.

Er streichelte ihre Haare. „Wir haben eine gute Zukunft vor uns."

Noch nie hatte ein Mann so von Herzen zu ihr gesprochen. Sie schloss ihre brennenden Augen und wünschte, sie könnte es auch glauben.

~ ~ ~

Charlotte versuchte, sich zusammenzureißen, nachdem Ty nach L.A. zurückgekehrt war. Sie gab sich größte Mühe. Sie ging zur Arbeit. Sie verbrachte Zeit mit ihren Freundinnen. Sie trainierte sogar mehr in der Hoffnung auf einen Endorphinschub, doch sie war nur müde und den Tränen nahe. Sie hasste es, sich so zu fühlen, so emotional, so niedergeschlagen von seiner Abwesenheit nach nur einem Monat zusammen. Doch was für ein Monat das gewesen war. Sie versuchte, ihre Traurigkeit zu verbergen, wenn er sie jeden Abend anrief, doch er kannte sie gut. Als am dritten Tag das erste Mal ihre Stimme gezittert hatte, hatte er ihr gesagt, dass er definitiv in zwei Wochen nach Hause fliegen würde.

„Trag es in deinen Kalender ein", sagte er. „Du kannst

darauf zählen. Bin gerade dabei, die Flüge zu buchen. Lass uns sehen … ich kann am Samstagnachmittag da sein. Die Zeitverschiebung ist ausnahmsweise mal zu was gut.“

„Ich muss es nicht in meinen Kalender eintragen. Ich werde die Tage zählen.“

„Wie süß ist das denn?“

„Es ist süß von *dir*, dass du hierher fliegst, nur weil ich übermäßig emotional bin.“

„Ich tue es nicht für dich. Hatte seit drei Tagen keinen Orgasmus. Du kannst dir vorstellen, dass ich ohne meine Lieblingsreiterin gezwungen bin, es mir selbst zu machen.“

Sie lachte. Irgendwie schaffte er es immer, sie zum Lachen zu bringen.

Jetzt war der Tag endlich gekommen, ein wunderschöner Tag im frühen Mai. Die Sonne schien, die Vögel sangen und alles war wunderbar. Sie war fast trunken vor Glück. Er hatte einen Fahrer vom Flughafen zu ihr nach Hause gebucht, darum konnte sie nur warten. Sie ging joggen, da sie ein wenig aufgestaute Energie loswerden musste. Sie rannte in Richtung Hauptstraße von Clover Park. Sie mochte es, an den Schaufenstern im Zentrum vorbei zu laufen und dann den Schlenker in Richtung Baldwin Park zu machen.

Sie dachte an den Monat, den sie mit Ty verbracht hatte, das Date auf dem Boot, sein verrücktes Angebot, mit ihr nach Bermuda zu fliegen, das dann als Wochenende im Bett mit jeder Menge Sex geendet hatte. Und Liebe auch. Sie liebte ihn so sehr. Und er liebte sie so sehr, dass er sie heiraten wollte. Sie hielt diesen Gedanken in ihrem Herzen, und er gab ihr den Mut, den sie brauchte, um alles mit ihm zu teilen. Sie hatte ihm so viel zu erzählen, so viele Pläne für ihre gemeinsame Zukunft zu schmieden, doch am meisten wollte sie einfach nur wieder in seinen Armen liegen.

Nach dem Laufen duschte sie, putzte das Haus, duschte

ein zweites Mal, und dann war es endlich so weit. Am sonnigen Nachmittag öffnete sie der Liebe ihres Lebens die Tür, um ihn mit offenen Armen und strahlendem Gesicht willkommen zu heißen.

Ihr Lächeln gefror. Sie schlug sich die Hand vor den Mund, und ihr Magen rebellierte.

Ty ging an Krücken mit einer Schiene an seinem rechten Bein.

KAPITEL VIERZEHN

Ein Blick in Charlottes aufgerissene Augen genügte, und er wusste, dass es richtig gewesen war, ihr am Telefon nichts von seinem Missgeschick zu erzählen. Jetzt konnte er sie persönlich trösten.

„Flipp nicht aus", sagte er. „Hab mir nur das Wadenbein gebrochen, doch in zwei Wochen bekomme ich schon eine Gehschiene. Geht nur bis zum Knie, siehst du?"

Sie ließ die Hand sinken. „Ty! Was ist passiert? Warum hast du mir nichts davon erzählt? Wir reden jeden Abend!"

„Kann ich reinkommen?"

Sie trat beiseite, und er schwang seinen fahrbaren Koffer hinein, bevor er auf seine Krücken gestützt eintrat. Er wandte sich ihr zu, und sie biss sich auf die Unterlippe, den Blick auf die Schiene gerichtet.

„Die gute Nachricht ist, dass ich die nächsten sechs Wochen frei habe", sagte er. „Und mein linker Knöchel ist wieder so gut wie neu." Er deutete auf sein linkes Bein, um sie daran zu erinnern, wie schnell er heilte. Der verstauchte Knöchel war allerdings nichts im Vergleich zu einem gebrochenen Knochen.

Sie blinzelte. „Was ist passiert?"

„Ein Sprung mit dem Motorrad ist schiefgegangen. Ich wollte einem Neuen zeigen, wie es geht. Vielleicht war ich ein bisschen arg ehrgeizig mit dem Sprung.“

„Warst du im Krankenhaus?“, fragte sie leise.

„In der Notaufnahme, aber nur rein und wieder raus. Wirklich keine große Sache.“

„Es *ist* eine große Sache. Ich kann nicht fassen, dass du mir nichts erzählt hast!“

„Können wir uns hinsetzen und reden?“, sagte er und ging zum Sofa. Er wollte sie halten und ihr alles erklären, doch im Stehen war das schwierig. Er legte seine Krücken ab und setzte sich. Sie nahm neben ihm Platz, starrte jedoch geradeaus. „Ich verstehe nicht, warum du nichts erwähnt hast.“

Er legte einen Arm um ihre Schultern. „Ich weiß, dass du dir Sorgen machst. Ich wollte warten und es dir persönlich erzählen, damit du selbst siehst, dass es mir gut geht.“ Er zog sie an sich und küsste ihre Schläfe. „Und ich wollte dich im Arm halten, für den Fall, dass es dich erschreckt.“

Sie straffte ihre Haltung und wischte sich mit einer schnellen Handbewegung über die Augen.

„Ja, es hat mich erschreckt.“

„Ich weiß.“ Er zog sie in eine Umarmung. „Tut mir leid, dass ich es dir nicht erzählt habe, als es passiert ist.“

„Wann *ist* es passiert?“

„Dienstag.“

Sie machte sich von ihm los. „Dann haben wir vier Tage telefoniert und geschrieben, und du hast so getan, als wäre alles gut?“

„Alles war gut.“ Sie funkelte ihn an. „Okay. Nicht 100% gut. Ich habe mich scheiße gefühlt und wollte nicht, dass du dir Sorgen machst. Ich wäre früher gekommen, doch der Arzt hat gesagt, dass ich ein paar Tage warten soll, bevor ich mich in einen Flieger setze. Irgendwas wegen Gips und Schwellung.“

„Ty, wir müssen ehrlich zueinander sein. Du hast gesagt, dass ich bei dir bekomme, was ich sehe, und das mag ich an dir."

„Okay, okay, nächstes Mal rufe ich dich direkt aus der Notaufnahme an."

Sie schnitt eine Grimasse.

„Ich habe das nicht böse gemeint", sagte er und strich ihr übers Haar. „Ich wollte dich nur nicht beunruhigen. Wie auch immer, sieh's positiv. Jetzt haben wir sechs Wochen zusammen."

Ihr Blick war in die Ferne gerichtet, ihre Hände lagen verkrampft auf ihrem Schoß.

Er spürte, dass sie sich zurückzog, und wollte die schlagfertige, glückliche, verliebte Charlotte zurück. Nicht, dass sie je gesagt hätte, dass sie ihn liebte, doch er war sich ziemlich sicher, dass dem so war. Warum sonst würde es sie so mitnehmen, dass er sich das Bein gebrochen hatte?

„Entspann dich", sagte er. „Hätte viel schlimmer sein können."

Sie wirbelte zu ihm herum. „Warum sagst du das immer? Soll ich mich deswegen besser fühlen?"

„Mir wird schon nichts passieren", sagte er. „Zumindest nichts Ernstes."

Totenstille. Wieder blickte sie in die Ferne.

„Charlie, bitte sieh mich an. Sag was."

Sie schluckte, und eine Träne lief ihr über die Wange. Er wollte sie wegwischen, doch sie zuckte zurück und wischte sie selbst energisch weg.

„Char–"

„Ich liebe dich."

Sein Herz pochte ihm bis zum Hals. Es war das erste Mal, dass sie es auch gesagt hatte, doch er fürchtete, dass sie damit schlechte Nachrichten einläuten könnte, denn glücklich klang sie nicht.

„Ich liebe dich auch", antwortete er vorsichtig.

„Ich möchte, dass du auch in Zukunft noch da bist. Für unsere Zukunft", sagte sie ernst. „Ich möchte, dass du *für uns* über einen weniger gefährlichen Job nachdenkst. Ich habe dich gerade erst gefunden und will dich nicht verlieren." Ihre Stimme brach. „Du bist mir zu wichtig, als dass ich dich verlieren wollte."

Er runzelte die Stirn. „Du wusstest von vornherein, wer ich bin. Denk einfach nicht an meinen Job."

„Ich kann aber nicht aufhören, daran zu denken!" Sie stieß ihm den Finger gegen die Brust. „Und erzähl mir bloß nicht, dass du sicher bist. In den sechs Wochen, die wir zusammen sind, hast du ein blaues Auge, einen verstauchten Knöchel und ein gebrochenes Wadenbein mit nach Hause gebracht. Sicher ist das nicht."

„Das war nur Pech. Normalerweise habe ich höchstens mal eine Beule oder ein paar blaue Flecken. Ein Eisbeutel hier und da, und ich bin so gut wie neu."

Sie warf ihm einen skeptischen Blick zu. „Du hast mir alle deine verheilten Verletzungen gezeigt."

„Die stammen aber aus *zehn Jahren*. Das ist nicht schlecht. Ich bin gut in meinem Job."

„Und wie lange glaubst du, dass du weiter Glück haben und mit gebrochenen Knochen und blauen Flecken davonkommen wirst?"

„Mein Boss hat Stunts gemacht, bis er fünfzig war."

„Warum fünfzig?"

„Er hat sich ein paar Wirbel gebrochen." Sie keuchte, doch er fuhr fort. „Das ist er, nicht ich. Baby, du wirst dich daran gewöhnen müssen, dass ich ab und an ein bisschen ramponiert bin. Das kommt nun mal mit meinem Job."

„Ein paar gebrochene Wirbel ist mehr als nur ein bisschen ramponiert!" Sie gestikulierte wild. „Sag nicht, dass ich mich daran gewöhnen muss! Ich habe es versucht, und ich *kann* es nicht!"

Er zog eine Braue hoch. „Glaubst du nicht, dass du ein bisschen überreagierst?"

Sie sprang auf und stürmte in Richtung Schlafzimmer ihrer Suite.

„Verdammt noch mal, Charlotte! Was zum Teufel soll das?" Er seufzte entnervt. „Ich kann dich auf Krücken schlecht jagen, und ich bin zu müde, um die verdammte Tür einzubrechen!", rief er ihr hinterher.

Sie verschwand im Schlafzimmer. Er ließ sich zurück aufs Sofa sinken und dehnte seinen Nacken. „Können wir wenigstens zu Ende reden?"

Er wusste, dass das ein Dealbreaker war, und er wollte sie an seiner Seite. Er wollte weder sie noch seinen Job aufgeben. Er musste es ihr einfach besser erklären und sie überzeugen.

Als sie wieder auftauchte, kam sie mit entschlossenem Blick auf ihn zu. Sein Herz pochte schneller, angetörnt, aber auch besorgt, dass sie mit ihm Schluss machen könnte.

Sie blieb vor ihm stehen. „Weißt du noch, wie du gesagt hast, dass du mich heiraten willst, mit Kindern, Hund und allem Drum und Dran?"

Ihm wurde warm ums Herz. Sie würde antworten. *Endlich.* „Ja."

„Ich will das auch."

Er lächelte. „Wunderbar."

Und dann streckte sie ihm die Hand entgegen, die sie die ganze Zeit hinter ihrem Rücken versteckt hatte. Sie hielt einen weißen Plastikstab mit zwei leuchtendroten Linien darauf. „Ich bin schwanger."

KAPITEL FÜNFZEHN

„Nein.“

„Ja“, nickte Charlotte. „Ich habe es heute Morgen erfahren.“ Sie starrte den Test an und strahlte angesichts der leuchtenden Linien. „Es ist ein Wunder.“

Ty ergriff ihre Hand und zog sie auf seinen Schoß. „Aber du hast gesagt, dass du die Pille nimmst.“

Sie legte den Test auf den Sofatisch und wandte sich ihm zu. „Ich habe wieder angefangen, sie zu nehmen, als wir angefangen haben … doch ich wusste nicht, dass es am Anfang nicht 100% sicher ist. Ich meine, wenn man wieder anfängt, sie zu nehmen.“ Sie biss sich auf die Lippe und wartete nervös auf seine Reaktion. Sie hatte selbst ein bisschen gebraucht, bis sie begriffen hatte, was passiert war. Sie hatte keine Periode gehabt, was auch schon früher vorgekommen war, doch diesmal hatte sie das Gefühl gehabt, einen Test machen zu müssen. Während sie auf das Ergebnis gewartet hatte, hatte ihr eine schnelle Onlinesuche gezeigt, dass man schwanger werden konnte, wenn man gerade erst angefangen hatte, die Pille zu nehmen. Sie hatte sie seit der OP nicht mehr genommen, da sie ja mit dem Gedanken gespielt hatte, sich in vitro befruchten zu lassen.

Ty war ungewöhnlich still und starrte geschockt geradeaus. Vielleicht hätte sie es ihm schonender beibringen sollen, doch sie wollte, dass er verstand, dass er wichtig für sie und die Zukunft ihres Babys war. Sie versuchte nicht, ihn zu verändern. Sie wollte nur, dass er lebendig und gesund mit ihr in die Zukunft ging.

„Ty?"

Langsam schüttelte er den Kopf. „Ich dachte, du kannst nicht schwanger werden."

„Die Chance dazu war gering. Ein Prozent. Es ist ein Wunder!" Sie lächelte angespannt, ein wenig besorgt, dass er nicht so glücklich darüber war wie sie.

Plötzlich zog er sie an sich. Sie lächelte, froh, dass er den Schock überwunden hatte.

„Heilige Scheiße!", sagte er. „Das ist … der Wahnsinn!"

Sie hob den Kopf und sah ihn an. „Bist du glücklich?", fragte sie.

„Und ob ich das bin. Machst du Witze? Ich habe mir immer Kinder gewünscht. Schau dir meine Großfamilie an, und jetzt bekomme ich meine eigene. Unsere Familie." Er lächelte. „Ha! Ich bin das eine Prozent. *Boom!* Muss an all den Orgasmen liegen. Habe meinen Schwimmern eine Menge gute Schwingungen mitgegeben."

Sie lachte. „Ich bin so glücklich. Ich … ich kann es nur immer noch nicht fassen."

Er zog sie erneut an sich, und sie schmiegte ihren Kopf an seine Schulter.

„Ich habe dir gegeben, was du dir am meisten gewünscht hast", sagte er nicht ohne Stolz.

„Das hast du." Sie strahlte wieder. „Das beste Geschenk aller Zeiten."

„Was glaubst du, wann es passiert ist?"

„Keine Ahnung. Wir hatten eine Menge Sex."

„Ich wette, es war das erste Mal in der Dusche. Danach hat alles irgendwie geleuchtet."

Sie kicherte. Er war so romantisch.

„Es war so!" Er küsste sie. „Komm mit mir nach L.A."

„Ich will hier bleiben. Mein Arzt ist hier, meine Freundinnen–"

„Ich bin in L.A.", unterbrach er barsch.

Sie holte tief Luft und wollte schon etwas erwidern, als er in sanfterem Ton fortfuhr.

„Du kannst während und nach der Schwangerschaft sowieso nicht so viel arbeiten. Lass mich für dich sorgen. Ich möchte, dass wir ein Team sind."

„Absolut. Ich möchte, dass wir ein Team sind. Okay, lass mich erklären–"

„Wir heiraten sofort. Sag Hailey, dass sie ganz schnell was Supercooles planen soll. Warte. Lass es mich richtig machen. Scheiße. Mit dem Gips kann ich nicht auf ein Knie gehen, und einen Ring habe ich auch noch nicht. Tu einfach so, als wäre alles perfekt, okay?" Er nahm ihr Gesicht in beide Hände und blickte in ihre Augen. „Willst du mich heiraten?"

„Ja", sagte sie, ohne zu zögern.

Er lächelte, dann küsste er sie leidenschaftlich. Seine Hände begannen zu wandern. Als er ihr Shirt aus dem Bund ihrer Jeans ziehen wollte, hielt sie ihn auf. Sie musste erst mit ihm reden.

Sein Mund wanderte zu ihrem Ohr und küsste sie dort, bevor er anfing, an ihrem Ohrläppchen zu knabbern. „Zieh es aus, Baby", flüsterte er. „Ich kann es nicht erwarten, mit dir zusammen zu sein."

„Wir müssen reden."

„Später." Er grub eine Hand in ihre Haare und zog ihren Kopf in ihren Nacken, damit er ihren Hals küssen konnte. Verlangen loderte in ihr auf, auch wenn ihr Verstand sie anschrie, ihn dazu zu bringen, ihre Situation zu verstehen.

„Ty, es ist wichtig." Er ließ ihre Haare los und sie

begegnete seinem erhitzten Blick. „Kannst du mir bitte zuhören?"

Er strich mit dem Daumen über ihre Unterlippe, dann küsste er sie. „Was ist?"

Die Worte schossen nur so aus ihr heraus. „Der Arzt hat mich gewarnt, dass es eine Risikoschwangerschaft ist wegen der Endometriose. Ich würde wirklich gerne hier bei meinem Arzt und in der Nähe des Krankenhauses in der Stadt bleiben. Es hat die beste Neugeborenenstation. Und meine Freundinnen sind hier. In L.A. würde ich nur rumsitzen, darauf warten, dass du nach Hause kommst und mir Sorgen um dich machen."

Er hielt sie fester. „Was ist das mit der Risikoschwangerschaft?"

Charlotte streichelte seinen Arm. „Ich will nicht, dass du dir Sorgen machst. Wahrscheinlich–"

„Was ist das Risiko?"

Sie wählte ihre Worte vorsichtig, da sie wusste, dass die Frau seines Bruders während der Geburt gestorben war. „Früh einsetzende Wehen ist das, worüber ich mir die größten Sorgen mache. Darum ist die Neugeborenenstation so wichtig. Babys, die zu früh auf die Welt kommen, haben auf der Neugeborenen-Intensivstation die besten Überlebenschancen."

„Dann könnten wir … das Baby verlieren?"

„Wie gesagt, wahrscheinlich–"

„Was sonst noch?", fragte er angespannt.

Sie holte tief Luft. „Ich könnte hohen Blutdruck bekommen, Blutungen und vielleicht brauche ich einen Kaiserschnitt."

„Nein, nein, NEIN", sagte er so energisch, als könnten allein seine Worte das verhindern.

„Mein Arzt wird die Schwangerschaft eng begleiten. Auf das Ende zu muss ich vielleicht liegen. Da wäre ich gerne zu Hause, wo ich meine Freunde habe. Sie sind die Familie, die ich mir ausgesucht habe."

„Dir wird nichts passieren. Nicht mit mir." Er umarmte sie lange, dann streichelte er ihr Gesicht, ihren Hals und ihre Arme. Es war nicht sexueller Natur. Er schien eher das Bedürfnis zu haben, sich zu versichern, dass sie okay war. Dann ließ er eine Hand über ihren Rücken wandern.

„Charlie", sagte er mit gequälter Miene. „Ich hatte keine Ahnung, dass das so gefährlich für dich sein könnte. Jetzt habe ich das Gefühl, dass es meine Schuld ist."

„Es war ein glücklicher Unfall", sagte sie. „Niemand hat Schuld daran."

Seine Augen wurden glasig. „Ich könnte es nicht ertragen, wenn …"

Sie streichelte sein stoppeliges Kinn. „Nein. Lass uns positiv denken." Sie presste einen Moment lang ihre Lippen aufeinander und wählte ihre Worte wieder vorsichtig. Sie wollte nicht, dass er wegen Alex' Frau in Panik geriet. „Ich kannte die Risiken. Ich habe sie akzeptiert. Sonst bin ich gesund, und die Chancen auf eine gesunde Schwangerschaft stehen gut. Am Montag gehe ich zum Arzt. Du kannst gerne mitkommen und alle Fragen stellen, die du vielleicht hast."

Er legte seine Hand an ihre Wange. „Ich will nicht, dass du ein Risiko eingehst."

Sie legte ihr Hand auf seine und hielt sie da. „Ich auch nicht. So ist es nun mal."

Er blinzelte gegen die Tränen an. „Jetzt weiß ich, wie du dich gefühlt hast, als du gesagt hast, dass du meinen gefährlichen Job nicht magst."

„Fühlt sich scheiße an, nicht wahr?"

Er atmete langsam aus. „Und wie."

„Jetzt verstehst du, warum ich will, dass du kein Risiko

eingehst." Sie legte die Hand auf ihren Bauch. „Für uns."

Er lehnte seine Stirn an ihre. „Wir brauchen einen Plan für alle Eventualitäten."

„Was meinst du?"

„Ich kümmere mich um alles." Er schob sie von seinem Schoß.

„Sollten wir Pläne nicht zusammen machen?"

Er hob seine Krücken auf. „Beweg dich nicht", sagte er. „Ich will, dass du dich so gut wie möglich schonst."

„Ty, lass den Unsinn. Ich fühle mich gut. Ich bin heute Morgen joggen gewesen."

Er starrte sie an. „Nein. Ich möchte, dass du die nächsten neun Monate auf deinem Hintern sitzt, damit du da drin nicht unnötig irgendwas durcheinanderschüttelst."

„Ist das dein Ernst?"

Er deutete mit einer Krücke in ihre Richtung. „Bleib sitzen."

Sie verdrehte die Augen. „Das ist lächerlich."

„Ab jetzt koche und putze ich."

Sie verbarg ihr Amüsement mit einer gerunzelten Stirn. „Ich weiß nicht–"

„*Ich* weiß", sagte er mit einer Stimme, die keine weitere Diskussion zuließ. „Entspann dich. Das ist jetzt dein Job."

Sie legte die Füße auf den Sofatisch. „Wenn du darauf bestehst."

Er sah sie entschlossen an – so sexy! „Das tue ich."

„Danke."

Er starrte sie einen Moment lang an, als wäre er nicht sicher, ob sie tatsächlich nachgegeben hatte, dann ging er zurück zu ihr und küsste sie. „Danke *dir*. Du hast mir das schönste Geschenk aller Zeiten gemacht."

Sie hatte das Gefühl, dass sie einander noch lange gegenseitig dafür danken würden.

~ ~ ~

Charlotte sah sich eine Kochshow im Fernsehen an, als die Türglocke kurz nach ihrer Unterhaltung mit Ty klingelte. Sie öffnete und fand ihre Freundinnen, die auf ihrer Terrasse standen. „Hi", sagte sie, überrascht sie zu sehen. Gestern Abend waren sie zusammen im Kino gewesen, und am Abend zuvor hatten sie sich zum Buchclub getroffen.

Hailey meldete sich zuerst zu Wort. „Ty hat mir eine SMS geschrieben. Ich zitiere: „Notfall Porno-Buchclub-Meeting in Charlottes Haus." Sie spitzte die Lippen. „Nennt er unseren Buchclub etwa so? Bitte erkläre ihm, dass wir Frauen mit Stil sind."

„Jaja", sagte Mad. „Ich hatte ja SLUTS vorgeschlagen." Das war ihr Namensvorschlag für den Buchclub gewesen. Ein abstruses Akronym für Superliebhaber unterbewerteter toller Storys oder so was in der Art.

Hailey wirbelte herum. „Würdest du bitte aufhören, alle an diesen furchtbaren Vorschlag zu erinnern?" Sie wandte sich wieder Charlotte zu. „Dürfen wir reinkommen?"

Charlotte trat beiseite. „Natürlich." Sie hatte vorgehabt, ihren Freundinnen die fantastische Neuigkeit zu erzählen, doch sie hatte Ty als ersten einweihen wollen. Sie platzte vor Freude und konnte es kaum erwarten, es ihnen zu erzählen. In dem Augenblick, in dem sie gesehen hatte, dass sie schwanger war, hatte sich ein Schalter in ihr umgelegt. Jetzt ging es um etwas, das größer war als sie selbst, und sie hatte das Bedürfnis, sich ihren Freundinnen gegenüber zu öffnen. Sie hatten viel Spaß miteinander, doch Charlotte hatte sich nie ganz geöffnet, was zum Teil ihrer wenig angenehmen Vergangenheit geschuldet war. Doch jetzt drehte sich alles um ihre Zukunft.

Ty kam aus der Küche ins Wohnzimmer. „Hallo, Ladies." Er ging zu Charlotte. „Komm, geh du wieder aufs Sofa." Er nickte.

„Was ist denn mit dir passiert?", zischte Mad Ty zu.

Ty klemmte seine Krücken unter einen Arm und schob Charlotte in Richtung Sofa. „Motorradsprung hat nicht so funktioniert, wie er sollte", antwortete Ty. „Sechs Wochen, und ich bin wieder so gut wie neu."

„Wie weit war der Sprung?", fragte Mad.

„Offensichtlich zu weit", sagte Ty. Er ging hinüber zu Charlotte, die jetzt auf dem Sofa saß. „Wie fühlst du dich? Kann ich dir irgendwas bringen?"

Sie lächelte. „Gut, und nein danke."

Er nickte kurz. „Ich bin dann mal im Schlafzimmer und mache ein paar Anrufe." Er humpelte aus dem Weg, damit ihre Freundinnen sich zu ihr gesellen konnten. Hailey setzte sich links neben sie, Mad rechts, und alle anderen – Lauren, Carrie, Ally, Missy, Sabrina und Lexi – setzten sich auf den Boden um den Sofatisch herum.

Lauren riss die Augen auf, als ihr Blick auf den Schwangerschaftstest fiel. „Oh mein Gott! Bist du schwanger?"

Charlotte lachte und tauschte einen glücklichen Blick mit Ty aus, dann antwortete sie: „Ja."

„Du solltest sie in den Plan mit einbeziehen", sagte Ty, dann ging er den Flur hinunter in ihr Schlafzimmer.

Die Frauen plapperten durcheinander, und nachdem sie ihr gratuliert hatten, bombardierten sie sie mit Fragen, bis sie die Hand hochhob. „Bitte! Eine nach der anderen."

Hailey schoss sofort los. „Hat er dir einen Antrag gemacht? Bitte lass mich eure Hochzeit planen!"

Mad beugte sich vor und warf Hailey einen finsteren Blick zu. „Was sie damit sagen will ist *Herzlichen Glückwunsch*." Sie starrte Charlotte an. „Wow, ich kann nicht fassen, dass Ty Vater wird."

„Ja, herzlichen Glückwunsch!" Hailey umarmte Charlotte. „Ich wusste, dass da was war. Ihr beide seid so sportlich, ihr trainiert gerne und habt einen gesunden Lebensstil. Ich habe vorausgesagt, dass ihr ein Paar werden würdet!" Sie hob einen Finger. „So betrachtet glaube ich, dass ich sogar ein bisschen mitgeholfen habe, da ich Ty in höchsten Tönen gelobt habe, nicht wahr?"

Charlotte schmunzelte. „Sicher."

„Wir freuen uns so für dich", sagte Lauren und wickelte eine Haarsträhne um ihre Hand. „Ist Ty auch glücklich?"

Charlotte nickte und strahlte über das ganze Gesicht. „Das ist er." Sie blickte in Richtung ihres Schlafzimmers, wo Ty wahrscheinlich gerade Pläne für ihre gemeinsame Zukunft schmiedete. Dann sah sie ihre Freundinnen an. „Er ist so süß und zärtlich. Ich bin noch nie einem Mann wie ihm begegnet."

„Warte, mein Bruder Ty?", fragte Mad. „Derselbe, der Parker angedroht hat, ihm in den Arsch zu treten, wenn er mich anfasst? Derselbe Typ?"

„Er hat nur auf dich aufpassen wollen", sagte Charlotte. „Er liebt Parker wie einen Bruder, das weißt du. Er wollte nur sichergehen, dass Parker es wirklich ernst meint, und das hat er bewiesen."

Mad schüttelte den Kopf. „Hätte gut auf seine Einmischung verzichten können."

„Dann sind wir deshalb hier?", fragte Hailey. „Das sind tolle Neuigkeiten! Ich muss zugeben, ich hatte mir ein bisschen Sorgen gemacht, weil er von einem Notfall geschrieben hat."

Charlotte wurde ernst.

Hailey legte die Hand an ihren Arm. „Muss ich mir Sorgen machen?"

Charlotte holte tief Luft. „Ich möchte ehrlich zu euch sein. Es fällt mir schwer, mich anderen gegenüber zu öffnen, doch ich habe das Bedürfnis, es zu tun."

Hailey riss die Augen auf. „Was ist? Geht's dir gut?"

„Mir geht's wunderbar." Charlotte lächelte. „Okay … lasst mich am Anfang beginnen. Als ich im Februar nicht zum Buchclubtreffen gekommen bin, war es, weil ich mich von einer OP erholt habe."

„Einer OP!", echote Hailey.

„Warum hast du uns nichts davon erzählt? Wir hätten dir helfen können!", protestierte Lauren.

„Weil ich es nicht gewohnt bin, mich auf andere zu verlassen", erklärte Charlotte. „Es war eine Laparoskopie, minimalinvasiv also. Ich hatte Endometriose. Meine Periode war furchtbar schmerzhaft. Sie haben jede Menge Narbengewebe und ein paar Zysten entfernt. Danach hat der Arzt mir erzählt, dass die Wahrscheinlichkeit, dass ich auf natürlichem Wege schwanger werden würde, gering sei. Gegen 1%. Er hat empfohlen, dass ich es eher früher als später mit einer IVF versuche. Ich bin ja einunddreißig und damit ein bisschen älter als ihr."

„Das ist nicht alt!", sagte Lauren, und die anderen nickten.

Charlotte schüttelte den Kopf. „Danke, doch was Fruchtbarkeit angeht, macht das Alter einen großen Unterschied. Ich hatte eine IVF mit einem Samenspender in Erwägung gezogen, weil ich mein Fenster dafür nicht verpassen wollte, doch dann bin ich Ty begegnet." Wieder lächelte sie. „Und er ist einfach … wunderbar. Ich kann immer noch nicht glauben, wie sehr ich ihn liebe. Selbst bevor ich von der Schwangerschaft wusste – davon weiß ich übrigens erst seit heute –, hat er mir gesagt, dass er sich eine Zukunft mit mir wünscht, heiraten, Kinder, Hund, das volle Programm."

Die Frauen reagierten begeistert. „Schwestern!", rief Mad und gab Charlotte ein High Five.

„Seid ihr verlobt?", fragte Hailey aufgeregt.

„Ja, und wir wollen, dass du unsere Hochzeit so schnell

wie möglich planst", sagte Charlotte.

Hailey quietschte und holte ihr Handy hervor. „Ich mache gleich einen Termin für euch."

„Kannst du noch kurz warten?", fragte Charlotte. „Ich muss euch noch mehr erzählen."

Hailey hob den Kopf und ihr Lächeln schwand. „Was? Bist du okay?"

Charlotte starrte die roten Linien des Schwangerschaftstests an. So viel Hoffnung lag darin. Sie hob den Kopf. „Ich freue mich unglaublich über die Schwangerschaft, doch ich brauche euch alle. Es ist eine Risikoschwangerschaft. Ich will hierbleiben und weiter zu meinem Arzt gehen, und sein Belegkrankenhaus ist das beste. So gerne ich auch mit Ty zusammen sein will, ich will nicht nach L.A. ziehen, solange ich schwanger bin. Ich könnte jederzeit Bettruhe verordnet bekommen, und ich kenne niemanden dort."

„Du kennst Ty", sagte Mad. „Er wird dir helfen."

„Ja, aber er muss auch arbeiten", sagte Charlotte. „Und ich brauche eure Hilfe nur, wenn ich …" Ein Kloß bildete sich in ihrem Hals und machte ihr das Reden schwer. „Ich habe noch nie jemanden um Hilfe gebeten, doch jetzt muss ich, und ich hoffe, dass ihr alle für mich da sein werdet, was auch immer diese Schwangerschaft mit sich bringt."

Die anderen versicherten ihr sofort, dass sie gerne bereit waren, ihr zu helfen.

„Gruppenumarmung!", sagte Mad, stand auf und zog alle zu einer Gruppenumarmung zusammen. Dann hielt sie eine Hand in den Kreis. „Hand drauf, wir sind für dich da, auf drei." Sie zählte rückwärts.

„Wir sind für dich da!", johlten die Frauen.

Charlotte stiegen Tränen in die Augen. Das musste der Grund gewesen sein, warum sie die letzten zwei Wochen so emotional gewesen war. Hormone. Es war also nicht nur Tys Rückkehr nach L.A. schuld gewesen. Dann sprach sie aus, was sie normalerweise nie ausgesprochen hätte. „Ihr Mädels seid wie die Schwestern für mich, die ich nie hatte. Ich hab euch alle so lieb.“

Die Tränen mussten ansteckend gewesen sein. Bald weinten alle, umarmten sie überschwänglich und gratulierten ihr. Schließlich setzten sich alle wieder, alle lächelten und schienen sich mit ihr zu freuen.

Hailey legte eine Hand auf ihren Arm. „Hast du Angst?“

„Ein bisschen schon“, gab Charlotte zu. „Aber das Glücksgefühl überwiegt.“

Carrie, eine hübsche Blondine mit Brille, meldete sich zu Wort. „Vergiss nicht, dass ich Kinderkrankenschwester bin. Wenn ich nicht gerade Nachtschicht habe, kann ich bei dir übernachten. Sag einfach nur, was du brauchst, Charlie.“

„Danke“, antwortete Charlotte, wieder den Tränen nahe.

„Klopf auf Holz, dass sie uns nicht braucht“, sagte Lauren und klopfte auf den Sofatisch, auch wenn der aus Glas war. „Doch wenn sie dir Bettruhe verordnen, wechseln wir uns in Schichten ab, bringen dir Essen und leisten dir Gesellschaft.“

„Danke, das ist so lieb von euch“, sagte Charlotte. Irgendwie fiel es ihr jetzt, da sie wusste, dass da ein anderer kleiner Mensch in ihr heranwuchs, leichter, anderen zu sagen, was sie brauchte. „Was mir allerdings am meisten Angst macht, ist Tys Job. Der ist so gefährlich. Ich will, dass er sein Kind aufwachsen sieht.“

„Es ist nur ein gebrochenes Bein“, sagte Mad. „Das ist nicht das erste Mal.“

„Leute sterben, wenn ein Stunt schiefgeht“, sagte Charlotte.

„Du willst, dass er seinen Job aufgibt, jetzt, da er Vater

wird?", fragte Mad. „Das klingt nicht nach einer guten Idee."

„Ich will nicht, dass er ganz aufhört", sagte Charlotte. „Ich möchte nur, dass er irgendwas tut, das weniger riskant ist. Wie als Personal Trainer zu arbeiten. Er kann sowieso nicht ewig als Stuntman arbeiten."

Mad schüttelte den Kopf. „Er hat früher als Personal Trainer gearbeitet und sich zu Tode gelangweilt. Du willst ihn ganz sicher nicht in einen Job zwingen, den er hasst und in dem er sich langweilt, oder?"

Charlotte dachte darüber nach. Sowohl sie als auch Ty waren jetzt Risikofälle. Sie war bereit, das Risiko für sich zu akzeptieren, weil sie als Belohnung am Ende ein Baby in ihren Armen halten würde. Er liebte es, als Stuntman zu arbeiten, und war bereit, für einen Job, den er liebte, Risiken einzugehen. Das war so ziemlich dasselbe. Scheiße. Jetzt begriff sie. Sie verlangte von ihm, sie zu lieben und das Risiko zu akzeptieren, das sie einging, darum hieß das, dass sie dasselbe auch für ihn tun musste. Sie musste ihn bedingungslos lieben und akzeptieren, dass er sterben konnte, während er dem Beruf nachging, den er liebte. Sie war nicht glücklich darüber, doch so war es nun einmal. Sie wollte nicht der Grund dafür sein, dass er seinen Traumjob aufgab und deshalb womöglich einen Groll gegen sie und das Baby entwickelte.

Plötzlich wurde ihr bewusst, dass alle sie erwartungsvoll ansahen. „Natürlich will ich, dass Ty glücklich ist. Ich mache mir nur Sorgen, weil wir beide Risiken eingehen. Wir werden schon eine Lösung finden."

„Besteht das Risiko, dass du … stirbst?", flüsterte Mad.

„Ich weiß nicht", sagte Charlotte. „Vielleicht. Aber das Risiko besteht immer. Außerdem habe ich noch nicht mit dem Arzt gesprochen."

„Wie kannst du das nicht wissen?", blaffte Mad.

Charlotte wandte sich Mad zu, geschockt vom Ton ihrer Freundin. „Schwangerschaft und Geburt sind immer mit einem gewissen Risiko verbunden."

„Nein, *du* hast gesagt, dass es eine Risikoschwangerschaft ist", schoss Mad zurück. „Was bedeutet das?"

Charlotte fuhr vorsichtig fort, da sie Mad nicht alarmieren wollte angesichts dessen, was Alex' Frau zugestoßen war. „Die Risiken, von denen ich bisher weiß, sind überschaubar. Ich könnte Präeklampsie bekommen, das ist hoher Blutdruck. Das Baby könnte zu früh zur Welt kommen. Vielleicht wird ein Kaiserschnitt nötig. Ich könnte viel Blut verlieren–"

Mad holte scharf Luft.

Charlotte fuhr fort: „Aber mit guter ärztlicher Betreuung und meinen Freundinnen um mich, wird schon alles gut werden. Und dank euch habe ich beides."

„Kaiserschnitt", sagte Mad leise. „Tammy ist gestorben als sie Viv per Kaiserschnitt geholt haben."

Lauren schluckte. „Vivian hat ihre Mutter nie kennengelernt? Armes Ding." Die Frauen murmelten mitfühlend.

„Ty muss am Ausflippen sein", sagte Mad. „Oh Charlotte." Ihre Stimme versagte, und sie wischte schnell die Tränen von ihren Wangen.

Ihre Freundinnen starrten Charlotte ernst an.

„Aber ich kann immer noch eine gesunde Schwangerschaft haben", versicherte Charlotte ihnen. „Ich muss nur öfter zur Kontrolle." Sie hatte Tammy nicht gekannt und war viel zu aufgeregt angesichts ihres kleinen Wunders, um zu lange über die Risiken nachzudenken. Sie würde Vorsichtsmaßnahmen treffen, ja, doch sie hatte auch vor, jeden Moment zu genießen. Das könnte ihre einzige Schwangerschaft sein.

„Charlotte hat recht, die Chancen stehen gut, dass alles

gut geht", sagte Hailey in beruhigendem Ton. „Wir sorgen dafür, dass dein Risiko so gering wie möglich bleibt und das von Ty auch."

„Wie willst du das anstellen?", fragte Mad.

Hailey beugte sich vor, um sich direkt an Mad zu wenden. „Ich bin viel mehr als nur eine kuppelnde Hochzeitsplanerin. Ich habe Verbindungen in alle möglichen Branchen. Wir werden uns etwas einfallen lassen, um einen Job für Ty zu finden, den er liebt und der mit weniger Risiken verbunden ist als sein derzeitiger. Und um Charlotte kümmern wir uns alle gemeinsam."

Ein gewisses Unbehagen stieg in Charlotte auf. „Macht euch keine Sorgen um Ty. Ich werde mit ihm reden."

Hailey fuhr fort, als hätte Charlotte nichts gesagt, bereits voll im Planungsmodus. „Wir holen Claire und Julia auch dazu. Ich will, dass alle mitmachen!" Beide Frauen hatten einmal zum Buchclub gehört. Julia kam nicht mehr, seit sie ihre Tochter Grace zur Welt gebracht hatte. Jetzt verbrachte sie all ihre Zeit damit, sich um Grace zu kümmern und ihre erotischen Romane während der Mittagsschläfchen ihrer Tochter zu schreiben. Claire war wegen ihrer Dreharbeiten nur selten da.

Hailey nahm ihr Handy und ging in die Küche, um zu telefonieren. Charlotte hoffte wirklich, dass Hailey nichts zu Verrücktes tun würde. Charlotte hatte noch nicht einmal Gelegenheit gehabt, sich wirklich mit Ty zu unterhalten. Sie wollte, dass er wusste, dass sie sich ihm nicht in den Weg stellen würde, wenn er tun wollte, was er liebte, auch wenn es ihr schwerfiel. Mehr als alles andere wollte sie, dass er glücklich war. Jetzt, wo sie an ihn dachte, wen rief Ty eigentlich gerade an?

Zehn Minuten später kam Hailey aus der Küche, um ihr zu sagen, dass Hailey Julia jederzeit anrufen oder bei ihr vorbeikommen konnte, und sie hatte sogar angeboten, dass ihre Schwiegermutter babysitten konnte.

„Mrs. Marino ist wunderbar mit Kindern", sagte Missy. „Sie ist auch die Schwiegermutter meiner Schwester. Sie hat oft alle Enkel auf einmal zu Besuch. Du solltest unbedingt zum Sonntags-Familienessen kommen. Ich wette, sie würde dir gerne helfen."

„Aber ich kenne Julias Familie doch nicht einmal", sagte Charlotte.

„Doch, du kennst sie", sagte Mad. „Nico Marino ist Parkers Boss. Jetzt, da du meine Schwester wirst, gehörst du quasi auch zu Julias Familie."

Charlotte war sich nicht sicher, inwieweit man das noch als Familie betrachten konnte, doch da sie selbst keinerlei Familie hatte, auf die sie sich verlassen konnte, war sie dankbar, irgendeine Art von Familie in ihrem Leben zu haben.

„Du wärst überrascht", sagte Missy. „Die Marinos, die ‚adoptieren' dich einfach und geben dir das Gefühl, zur Familie zu gehören."

„Das macht meine Familie auch", sagte Mad, gerade so, als wäre es ein Wettbewerb. „Du wirst Teil unserer Familie. Sobald Ty endlich in die Gänge kommt und es offiziell macht."

Charlotte lachte. „Mach ihm bitte nicht die Hölle heiß. Ich habe das Gefühl, dass er schon irgendwas plant."

Hailey kam erneut aus der Küche und deutete auf Charlotte. „Claire möchte mit dir reden."

Charlotte nahm das Handy. „Hey Claire, wie geht's dir? Wie fühlst du dich so als verheiratete Frau?"

„Ich liebe es", antwortete Claire mit heiserer Stimme. „Wenn ich nicht hier oben in Vancouver wäre, würde ich dir jetzt um den Hals fallen. Ich freue mich so für dich. Hailey hat mir erklärt, was für ein Wunder es ist, und es hätte keinem schöneren Paar passieren können."

„Danke." Sie war ein wenig überrascht, dass Claire so positiv über Ty sprach, nachdem Charlotte bei ihrer Hochzeit so wütend auf ihn gewesen war.

Claire fuhr fort, als hätte sie Charlottes Gedanken gehört. „Ty ist ein guter Kerl. Und lass dich nicht von seinen Muskeln und seiner lauten Stimme täuschen. Darunter steckt ein kuscheliger Teddybär. Kannst du dir vorstellen, dass er Jake am Abend vor unserer Hochzeit mit seinen einfühlsamen Glückwünschen zu unserer Hochzeit zu Tränen gerührt hat? Und Jake ist nicht gerade nahe am Wasser gebaut! Doch was er gesagt hat, hat uns beide mitten ins Herz getroffen. Ich wünschte, du wärst dabei gewesen. Es war so was in der Art, dass er immer zu Jake als seinem älteren Bruder und als Mann aufgeblickt hat, und dass er ihm durch sein Beispiel gezeigt hat, seinem Herzen zu folgen, und was für ein riesiges Vorbild Jake in jeder Hinsicht ist. Doch er hat sich *so* viel besser ausgedrückt!"

Charlotte lächelte. „Ja, das kann er."

„Ich weiß, dass ich nicht so oft bei euch sein kann, wie ich das will, doch ich werde tun, was ich kann, um zu helfen."

„Danke, das weiß ich zu schätzen."

„Du musst eine Wunschliste für das Baby online stellen. Du bekommst alles von mir, was du willst, und ein Nein akzeptiere ich nicht."

Charlotte lächelte. „Okay."

„Siehst du? Du weißt, dass man sich mit mir nicht streitet. Okay, und jetzt sei stark, Schwester. Zum letzten Drittel deiner Schwangerschaft und zur Geburt bin ich wieder in Connecticut. Du hast es gerade erst erfahren, oder? Wie weit bist du? Vierte Woche, oder so was?"

„Ja, so in etwa."

„Wunderbar. Ich komme im September zurück, um

den letzten Film der Fierce Trilogie zu filmen, und ich werde mich jeden freien Moment versichern, wie großartig es dir geht. Oh! Ich werde auch ein bisschen rumtelefonieren und sichergehen, dass du Termine bei den besten Spezialisten für dich und dein Baby bekommst."

„Danke, Claire, das bedeutet mir viel. Mehr als du glaubst." Sie mochte ihren Arzt, doch es wäre gut, noch andere bereitstehen zu haben, falls sie sie brauchte.

„Ich bin so froh, dass wir an diesem riesigen Moment in deinem Leben teilhaben dürfen. Glaub mir, ich weiß, wie schwer es ist, andere an sich heranzulassen. Du bist mir da sehr ähnlich. Ich werde mit Jake und Ty reden und sehen, was uns einfällt, um sein Risikoprofil auf ein Niveau zu reduzieren, mit dem alle leben können."

„Oh, Claire, das musst du nicht tun. Ich werde mit ihm reden. Ich will nicht, dass er das Gefühl hat–"

„Du entspann dich einfach. Deine Schwestern kümmern sich um alles. Ciao Bella!", sagte sie und legte auf.

Oh Mann. So viele Leute schmiedeten Pläne ohne ihre Beteiligung. Sie wusste, dass alle nur das Beste im Sinn hatten, doch irgendwann würde sie dafür sorgen müssen, dass alle am gleichen Strang zogen. Sie schüttelte den Kopf und lächelte vor sich hin. Wenn es ein gutes Problem gab, dann, dass zu viele Freunde ihr helfen wollten. Sie hatte ihr ganzes Leben lang alles allein getan, doch jetzt hatte sie mehr als genug Hilfe. Alles würde gut werden.

Dann stand Ty plötzlich vor ihr. „Ich bleibe in Connecticut, bis das Baby da ist. Habe gerade Urlaub genommen."

„Wirklich? Das ist wunderbar!" Sie schlang ihre Arme um seinen Hals.

„Hey, keine ruckartigen Bewegungen. Immer schön

langsam machen, ja? Und jetzt ab zurück aufs Sofa.“

Sie unterdrückte ein Lachen, da sie wusste, dass er es gut meinte. Sie würde ihm später erklären, was sie tun konnte und was nicht.

Kapitel Sechzehn

An diesem Abend erledigte Ty nach dem Abendessen den Abwasch, damit Charlotte die Füße hochlegen konnte. Alles an ihrer Schwangerschaft fühlte sich zerbrechlich und zart an. Vorhin hatte er nicht einmal Sex mit ihr haben können. An Charlotte hatte es nicht gelegen, sie hatte es gewollt und versucht, ihn zu verführen, nachdem ihre Freundinnen gegangen waren. *Er* hatte es unterbrochen, denn alles, woran er hatte denken können, war, dass er das Baby herumstoßen würde. Charlotte hatte gelacht und gesagt, dass er dringend mehr über Schwangerschaft lernen musste, was ihn irritierte, denn für sie war es genauso neu wie für ihn, doch dann hatte sie ihn wunderbar mit dem Mund liebkost. Wenn sie sich um ihrer Sicherheit Willen auf Blowjobs beschränken mussten, konnte er damit leben.

Er war bereits auf dem besten Weg, ein guter Ehemann zu werden.

Als er mit dem Abwasch fertig war, humpelte er auf seinen Krücken zu Charlotte, die auf dem Sofa saß und sich eine Reality-Show über eine schwangere Frau ansah. Er warf einen Blick auf diese Frau, die kugelrund mit einer Infusion im Arm den Krankenhausflur entlangwatschelte, und sofort wurde ihm übel. Es war zu leicht, sich Charlotte so vorzustellen. Und was würde er tun? Er würde hilflos im

Krankenhaus sitzen und warten, ohne zu wissen, ob alles gut werden würde. Er nahm die Fernbedienung und schaltete um.

„Hey!", protestierte Charlotte. „Gerade, wo's interessant wird."

Die schrille Stimme der Nachrichtensprecherin auf dem anderen Kanal war mehr, als er jetzt ertragen konnte. Er schaltete den Fernseher aus und streichelte ihre Arme. Er brauchte jetzt einfach ihre Nähe. „Was kann ich tun, damit du sicher bist?"

„Ich bin sicher."

Er ergriff ihre Hände und drückte sie. „Ich meine du und das Baby. Sicher und gesund, das ist alles, was ich für euch will."

Sie lächelte. „Du bist so süß. Alles ist gut. Das Risiko steigt erst später an. Wir haben ein paar sorgenfreie Monate vor uns."

Das änderte jedoch nichts an der nervösen Energie, die durch seinen Körper pulsierte. Er wollte auf und ab gehen oder jemanden in den Arsch treten. Natürlich ging das nicht mit einem gebrochenen Bein. Er trommelte mit den Fingern auf seinem Oberschenkel.

„Ich weiß, was ich tun kann, damit du dich besser fühlst", sagte sie mit verführerischem Unterton in der Stimme.

„Ich will jetzt keinen Blowjob." Er strich sich mit den Händen durchs Haar. „Ich bin zu nervös, falls du das nicht sehen kannst." Er hatte ein paar Telefonate geführt und versucht, einen Plan zusammenzuschustern, der ihm sinnvoll erschien, doch da waren zu viele offene Fragen, zu viele Eventualitäten.

„Du bist am Durchdrehen, seit du hergekommen bist. Ich weiß, es war ein Schock. Lass mich dir helfen." Sie schenkte ihm ein sexy Lächeln und wollte ihr Top ausziehen.

Er jedoch griff nach dem Saum und zog es wieder hinunter. „Lass es an. Keinen Sex mehr bis nach der Geburt des Babys, und dann auch erst, wenn der Arzt grünes Licht gibt.“

„Ist das dein Ernst?“, fragte sie fassungslos.

„Mein voller Ernst.“

Sie schmunzelte. „Aber Kuscheln und Küssen geht noch, oder?“

Er sah sie argwöhnisch an. Das klang wie Vorspiel für ihn.

Sie zuckte mit den Schultern und seufzte. „Okay, lass uns einfach Zeit zusammen verbringen.“

„Oh nein, mit der *Zeit zusammen verbringen* Nummer kriegst du mich nicht. Das ist meine Masche. Was denkst du, wie wir hier gelandet sind? Das ist nur eine Umschreibung für *lass uns uns nackig machen*.“

Sie lachte und schlang ihre Arme um ihn. „Das habe ich nicht gewusst.“

„Das ist nicht lustig! Ich bin … schau … verhalte dich einfach ruhig, okay? Keine plötzlichen Bewegungen. Für den Rest deiner Schwangerschaft entspannst du dich auf dem Sofa, und ich kümmere mich um alles andere.“

Sie runzelte die Stirn. „Du weißt, dass ich am Montag nach dem Arzttermin arbeiten muss.“

„Baby, du gehst nicht zum Sport. Du tust *nichts*. Absolut nichts, außer ein gesundes Baby in dir heranwachsen zu lassen.“

Sie küsste ihn. „Lass uns mit dem Arzt darüber sprechen. Soweit ich weiß, bist du nämlich kein Mediziner …“

Er zog sie langsam an sich und achtete vorsichtig darauf, ihren Bauch nicht zu drücken.

„Du musst mich nicht behandeln, als wäre ich

zerbrechlich." Sie drückte ihn fest an sich. „Komm schon, umarm mich, wie du es immer tust."

Er drückte sie vorsichtig. „Wie schnell können wir heiraten?"

„Sobald Hailey einen Termin für uns hat, denke ich. Ich bin mir nicht sicher, was wir alles brauchen, doch sie wird es schon wissen. Sprich du mit ihr, sie kann es nicht erwarten, alles für uns zu organisieren. Wir müssen nur das Datum festlegen und dann die Leute einladen. Zwischen meiner Mutter und mir herrscht Funkstille, darum werde ich nur meine Freunde und meine Chefin einladen." Sie strahlte. „Das Leben ist schön, lass es uns genießen."

Sein Herz beruhigte sich, und er fühlte sich besser, nachdem sie zumindest die Hochzeit im Griff hatten. „Ich lade meine Familie ein. Hoffentlich können Claire und Jake kommen."

„Macht es dir was aus, auf Krücken zu heiraten? Die werden auf allen Bildern zu sehen sein."

„In zwei Wochen bekomme ich diese Gehschiene. Das ist immer noch besser als wenn du auf unseren Hochzeitsfotos kugelrund bist."

„Das stört mich nicht. Ich bin so glücklich. Mein eigenes kleines Wunder."

„Unser Wunder", sagte er und streifte ihre Lippen sanft mit seinen, bevor er seine Hand an ihre Wange legte und sie zärtlich mit dem Daumen streichelte.

Sie schmiegte sich an ihn. „Mein Mann", flüsterte sie, fuhr ihm mit den Händen durchs Haar und küsste ihn. Er entschied, dass das nichts schaden konnte, und küsste sie leidenschaftlich.

Es dauerte nicht lange, und sie flehte ihn an, mit ihr zu schlafen. Das war *immer* so. Er war ein ausgezeichneter Küsser. Vielleicht hatte er seine Hände ein bisschen zu sehr wandern lassen.

Er sah ihr in die Augen. „Komm schon, Baby. Ich habe dir gesagt, dass wir das eine Weile nicht tun werden … Wie wäre es, wenn ich dich stattdessen ein bisschen da unten koste?“

„Wir haben wochenlang Liebe gemacht, bevor wir es wussten. Hast du vergessen, wie hart du mich das letzte Mal rangenommen hast? Immer wieder …“ Sie seufzte. Langsam begann sie, mit ihren Händen über ihre Brüste, ihren Hals und ihre Haare zu streichen. Sexy Worte und sich selbst berühren – diese Frau war unglaublich verschlagen.

Und er war dermaßen heiß.

Sie sprach mit heiser-verführerischer Stimme weiter und ließ ihre Hand ihren Hals hinabgleiten. „Und du hast *so tief* zugestoßen.“

Sein Schwanz pochte. „Okay, okay, aber ganz sanft. Ganz langsam. Ich gebe das Tempo vor.“

Sie schmunzelte. „Okay.“

Er zog sie sanft mit sich ins Schlafzimmer. Dort angekommen, zogen sie einander in Rekordzeit aus. Er zog sie auf sich, um sie nicht versehentlich mit seinem Gips zu stoßen. Sie stöhnte leise, als sie ihn langsam Zentimeter für Zentimeter in sich aufnahm. Er wiegte sie sanft und hielt sie in aufrechter Position – seine Lieblingsreiterin. Sie stieß sexy gierige Laute aus, und er musste darum kämpfen, nicht die Kontrolle zu verlieren, da ihr letztes Mal schon eine Weile her war. Als er das Bedürfnis verspürte, hart zuzustoßen, legte er die Hände um ihre Taille und versuchte, sie von sich zu heben, doch sie klammerte sich mit Händen und Schenkeln fest.

„Ich will alles“, verlangte sie. „Gib mir, was ich brauche. Nur du kannst das.“

Sie war so sexy, wenn sie ihm sagte, was sie wollte. „Ja, Baby. Ich gebe dir, was du brauchst.“ Er massierte ihre

Weiblichkeit, wiegte sie und übte schließlich mehr Druck mit den Fingern aus. Sie keuchte.

Er machte langsamer. „Normal weiteratmen, gleichmäßig, gleichmäßig."

Sie packte sein Handgelenk und presste seine Finger gegen sich. „So ist's gut", stöhnte sie.

Er liebkoste sie mit festem Druck weiter, so wie sie es mochte. Sie schloss die Augen, legte den Kopf in den Nacken und schien sich zu entspannen.

„Ja, so ist gut", sagte er. „Ruhig und entspannt." Er wiegte sie sanft, und seine eigene Lust wuchs, angetrieben von ihrem leisen Stöhnen.

Sie fing an, sich schneller zu bewegen, und das Verlangen stieg. Er spürte, wie sie sich um ihn herum anspannte, und wusste, dass sie gleich kommen würde; darum hielt er inne, damit er nicht instinktiv zustoßen würde. Er hielt auch sie still, eine Hand an der Hüfte, während er sie mit der anderen schneller und intensiver massierte. Er beobachtete ihr Gesicht, ihren leicht geöffneten Mund und dann den wunderschönen Anblick purer Ekstase, als ihre Muskeln um ihn herum zu zucken begannen. Er spürte, wie er dicker und härter wurde. Sie erschauerte und stöhnte, und er hielt sie die ganze Zeit fest, während er sie so still wie möglich hielt und alles kontrollierte.

Langsam öffnete sie die Augen und lächelte ihn schief an. „Du bist der Wahnsinn."

Er grinste. „Ich weiß."

„Darf ich mich jetzt bewegen?"

„Langsam und kontrolliert."

„So?" Sie wiegte ihr Becken schneller, als er es zuvor zugelassen hatte, und es fühlte sich so verdammt gut an, dass er es zuließ.

„Ja, genau so ..." Und dann kam er. Er hielt sie an den

Hüften und stieß zu, unfähig, seine Bewegungen zu kontrollieren. Schließlich war er erschöpft. Er begegnete ihrem Blick. „Geht's dir gut?"

Sie lächelte. „Mir geht's großartig."

Er hob sie von sich und rollte sich vorsichtig auf die Seite. Er zog sie sanft in seine Arme und hielt sanft ihren Kopf an seine Brust, während sie ihre Arme um seine Taille schlang und ihn fest an sich drückte.

„Ich will eine richtige Umarmung", sagte sie. „Es ist gut für unser Baby zu wissen, wie sehr wir einander lieben."

Er hielt sie ein wenig fester, und sie seufzte. Er streichelte über ihre Haare, ihren Rücken hinunter.

Nach dem Sex hatte er das Gefühl, dass sein Herz nackt und unverhüllt außerhalb seines Körpers lag, und er wünschte sich, sein Herz – sie – irgendwo sicher verstauen zu können. Eine Glaskugel auf einer schönen Wiese, umgeben von Ärzten und Schwestern.

Er verlor den Verstand.

„Ich glaube, ich werde mich besser fühlen, nachdem ich mit deinem Arzt gesprochen habe", sagte er.

„Das glaube ich auch." Sie hob den Kopf und blickte ihm in die Augen. „Oh Ty, ich bin noch nie im Leben so glücklich gewesen. Ich habe nie gedacht, dass ich jemals so viel für jemanden empfinden würde, und die Schwangerschaft macht alles noch besser."

„Ich bin auch glücklich", sagte er, denn er *war* glücklich. Doch er hatte auch in seinem ganzen Leben noch nie solche Angst empfunden, dabei hatte er jede Menge gefährliche Stunts durchgezogen. Sie schmiegte ihren Kopf an seine Schulter, und er hielt sie fest in seinen Armen.

Das einzige, womit er sich besser fühlen würde, war rund um die Uhr Pflege für Charlotte. Er konnte es kaum erwarten, seinen Plan am Montag nach ihrem Arzttermin in die Tat umzusetzen. In der Zwischenzeit würde er sich morgen mit Alex treffen, um sich von seinem Bruder alles erklären zu lassen. Schließlich hatte er eine Risikoschwangerschaft miterlebt und seine Frau verloren.

~ ~ ~

Am nächsten Abend war Ty erschöpft, nachdem er sich den ganzen Tag bemüht hatte, Charlotte davon zu überzeugen, sich auszuruhen. Für ihren Zustand war sie unglaublich energiegeladen. Sie ruhte sich nur nackt im Bett aus, was ihm jede Menge Energie abverlangte, sie daran zu hindern, zu erregt zu werden.

Er stützte seine Ellbogen auf den Küchentisch seines Vaters und ließ seinen Kopf in seinen Händen ruhen, während er darauf wartete, dass Alex Vivian in Mads altem Zimmer schlafen legte. Sie trafen einander hier, da Alex sicher gewesen war, dass sie auf der Fahrt hierher einschlafen würde, was eine Unterhaltung erleichterte. Zu Hause gab es keine feste Schlafenszeit, eher ein ‚Zeitfenster‘, wie Alex es nannte. An diesem Abend waren nur Alex, Ty und Vivian im Haus, da ihr Dad arbeitete.

„Aufwachen“, sagte Alex.

Ty hob den Kopf und lächelte. „Hey, ich bin wach.“ Zum ersten Mal seit langer Zeit musterte Ty seinen Bruder eingehend, um zu sehen, wie er mit seiner Rolle als alleinerziehender Vater zurechtkam. Er trug seine dunkelbraunen Haare kürzer als je vor Vivians Geburt, besonders an den Seiten, als hätte er sie sich selbst mit einem Langhaarschneider geschnitten. Sein Stoppelbart war ein paar Tage alt, und er hatte dunkle Ringe unter den Augen. Doch er war nach wie vor muskulös und wirkte fit. Das konnte Ty trotz des dunkelblauen T-Shirts sehen, das Alex trug. Einen Bierbauch hatte er auch nicht.

„Trainierst wohl noch?“, fragte Ty. Der Personal Trainer in ihm war neugierig.

Alex lächelte. „Schön, dass du es bemerkst. Willst du was trinken?"

„Nur Wasser."

Alex holte zwei Gläser, füllte sie aus der Leitung, warf ein paar Eiswürfel hinein und setzte sich zu ihm an den Tisch.

„Danke", sagte Ty. „Wann findest du noch Zeit zum Trainieren mit all deinen Kunden und Vivian?" Alex schien keine Nanny lange genug halten zu können, um eine wirkliche Entlastung zu spüren. Er war selbst nicht ganz unschuldig daran, denn sein Bruder tolerierte keine Faulheit, wenn es um seine Tochter ging, doch es lag hauptsächlich daran, dass Viv so viel Arbeit machte. Das Mädchen war ein Teufelsbraten. Das musste an den Campbell-Genen liegen (denn Mad war in ihrem Alter auch so gewesen), doch auch ihre Mutter, Tammy, war ein wilder Freigeist gewesen, eine Künstlerin wie Alex, bevor er eine Familie zu versorgen gehabt hatte.

„Ich trainiere mit Viv", sagte Alex. „Sie ist mein Gegengewicht. Sechsundzwanzig Pfund, und je mehr sie zunimmt, desto intensiver wird mein Workout."

„Das ist genial." Tys Gedanken kreisten bereits um ein Trainingsprogramm für Eltern und Kinder zusammen. „Das muss ich mal live sehen."

„Wir trainieren immer um vier." Alex lächelte. „Sie hält es für ein lustiges Spiel."

„Dann benutzt du sie als Gewicht?"

„Ja, ich stemme sie. So …" Er demonstrierte die Bewegung. „Und auch über den Kopf."

„Was sonst noch?"

„Ich setze sie auf meinen Rücken, wenn ich Liegestütze mache, und wenn ich Bauchpressen mache, sitzt sie auf meinen Füßen. Dann setze ich sie auf meine Waden und hebe sie an. Und dann tanzen wir."

„Du tanzt?" Wer hätte ahnen können, dass die Campbell-Brüder Tänzer waren? Ty hatte es von einem professionellen Choreographen gelernt, doch Alex hatte er bisher nur langsam tanzen sehen.

Alex trank einen Schluck. „Ja. Mehr als Aerobic." Er lachte. „Das gefällt ihr am besten. Sie bezeichnet das als Tanzparty und, Mann, kann sie laut werden dabei." Als Ty ihn verwirrt ansah, fügte Alex hinzu: „Sie singt richtig laut. Ohrenbetäubend laut."

„Was singt sie?" Er hoffte, dass es nicht Alex' Lieblingsmusik war, dieser alternative, grungige Kram, dessen Texte ganz sicher nichts für eine Zweijährige waren.

Alex wurde ein bisschen rot. „Ich habe dir noch gar nicht gratuliert. Bist du schon aufgeregt?"

„Ich mach mir vor Angst fast in die Hosen."

„Warum?"

„Ist eine Risikoschwangerschaft. Ich hab vergessen, was genau sie hat, doch sie hat vor einer Weile eine Menge Narbengewebe entfernen lassen müssen, was jetzt zu Problemen für sie und das Baby führen kann."

„Oh Scheiße."

„Ja. Laut ihrem Arzt hatte sie nur eine einprozentige Chance, überhaupt schwanger zu werden."

„Mann, dann hast du Powerspermien, was?"

Ihm war nicht nach Scherzen zumute, so nervös war er. Er zählte alle Risiken auf, die ihm einfielen. „Vielleicht braucht sie einen Kaiserschnitt, und dann könnte sie stark bluten, oder das Baby kommt zu früh." Er fuhr sich mit der Hand durchs Haar. „Wie war es bei dir und Tammy? Wusstest du, dass es Risiken gab?"

Alex presste die Lippen aufeinander. Er schwieg so lange, dass Ty ihm schon sagen wollte, dass er nicht antworten musste, doch dann begann Alex schließlich zu reden, den Blick starr auf den Tisch gerichtet. „Bei Tammy war es keine Risikoschwangerschaft. Alles lief glatt. Sie war vollkommen gesund." Alex rieb sich den Nacken. „Ich wollte sie gleich heiraten, sobald sie schwanger geworden war, doch sie wollte bis nach der Geburt warten."

„Ich weiß", sagte Ty leise. „Du musst nicht darüber reden, wenn es dir schwerfällt."

„Nein, schon okay. Es ist zwei Jahre her." Alex hob den Blick, und Ty konnte sehen, dass er glasige Augen hatte, was ihm selbst die Tränen in die Augen trieb. „Als sie in den Wehen lag, war plötzlich Vivians Puls immer schwächer geworden. Sie wollten sofort einen Kaiserschnitt machen und haben eine Vollnarkose eingeleitet, was riskanter war, doch für eine Epiduralanästhesie war keine Zeit. Sie hatte zuvor noch nie eine Narkose bekommen." Er räusperte sich. „Es ist nichts Ungewöhnliches, und normalerweise geht auch alles glatt. Was ihr passiert ist, kommt ganz selten vor." Alex blickte in die Ferne, als erinnerte er sich an den Moment. „Ich war im OP dabei. Sie haben Viv rausgeholt. Sie war gesund, alles bestens. Ich war so glücklich. Und dann ist Tammys Kreislauf einfach zusammengebrochen. Plötzlich hat alles geblinkt und gepiepst. Ihr Herz hat aufgehört zu schlagen. Sie haben versucht, sie wiederzubeleben. Ich habe danebengestanden und zugesehen, wie sie gestorben ist."

„Das tut mir so leid", sagte Ty.

„Sie hat Viv nie gesehen." Er sah Ty traurig an. „Kannst du dir das vorstellen?"

Ty schüttelte den Kopf, und seine Augen brannten vor Mitgefühl, doch er saß schweigend da und ließ Alex reden. Er war sich nicht sicher, ob sein Bruder je mit jemandem darüber geredet hatte. Für ihn war es auf jeden Fall das erste Mal, dass er die Geschichte hörte.

„Ich konnte nichts tun", sagte Alex. „Niemand konnte etwas tun. Es war ein gutes Krankenhaus, gute Ärzte. Es war einfach das Risiko der OP. Es hätte jedem passieren können.“

Ty legte eine Hand auf die Schulter seines Bruders.

Alex nickte schweigend und trank einen Schluck. „Tut mir leid, dass ich keine große Hilfe bin.“

„Ich bin so froh, dass du es mir erzählt hast.“ Er wusste jetzt, dass selbst bei einer normalen Schwangerschaft etwas schiefgehen konnte.

„Wie schaffst du das alles nur?“, fragte Ty schließlich, als er sich bewusst wurde, dass Alex Vater *und* Mutter für Vivian war. Wenn er ehrlich war, hatte er bisher nicht viel darüber nachgedacht. Er wusste, dass ihr Dad viel mit Viv half, und Alex schien instinktiv zu wissen, was zu tun war. Doch es musste schwer gewesen sein. Ty war an der Westküste gewesen und hatte seinen Bruder nicht oft in seiner Vaterrolle gesehen.

„Ich schaffe es, weil ich keine andere Wahl habe“, antwortete Alex.

Ty senkte die Stimme, denn er hatte fast Angst, die nächste Frage zu stellen, doch er musste es wissen, falls es ihm auch so ergehen würde. „Wie hast du es geschafft, durchzuhalten, nachdem du Tammy verloren und plötzlich das Baby hattest?“

„Daddy!“, rief Vivian.

Alex stand auf. „Genau so. Sie braucht mich, und ich bin da.“ Er ging hinaus.

Ty folgte ihm auf seinen Krücken. Vivian war in ihrem hellblauen Schlafanzug mit rosa Dinosaurierdruck schon auf halbem Weg die Treppe hinuntergekommen, als Alex sie einfing. Ihre welligen braunen Haare standen in alle Richtungen ab, ihre Wangen waren rosig. „Wo sind deine Socken?“, fragte Alex.

Vivian deutete nach oben. Alex trug Vivian zurück nach oben und hob im Flur die Socken auf, bevor er sie wieder nach unten trug und ihr die Socken anzog. Vivian schmiegte sich an Alex' Schulter und spielte mit ihren Haaren. Ihr Dad war ihr Ein und Alles.

„Ich muss los", sagte Alex zu Ty. „Ich muss sie nach Hause bringen, sonst kriege ich sie heute nicht mehr ins Bett."

Ty folgte ihm nach draußen.

„Und mach dir keinen Kopf", sagte Alex auf dem Weg zu seinem Auto. „Du musst einfach mit dem leben, was passiert. Wie das geht, lernst du, wenn es soweit ist. Ich sage nicht, dass es leicht ist, aber du … wirst schon klarkommen."

Ty spürte, dass er recht hatte. Er wusste jedoch, dass er Alex nie wieder so sehen würde wie früher. Jetzt bemerkte er jede Kleinigkeit, die Alex mit Vivian tat – wie er sie im Kindersitz anschnallte, wie er mit ihr redete, ob sie antwortete oder nicht, und wie er sie mit ihrer gelben Fleecedecke zudeckte.

„Du bist mein neuer Held", sagte Ty zu Alex, als dieser eingestiegen war.

Alex lachte. „Wie du meinst. Schau nur nicht zu genau hin."

Kapitel Siebzehn

Nach dem Arzttermin am Montag atmete Ty auf. Charlotte hatte recht gehabt; ihre Chancen auf eine gesunde Schwangerschaft standen gut. Mit gewisser Vorsicht konnte sie sogar weiter arbeiten, und sie schwor Ty, sich an die Anweisungen ihres Arztes zu halten. Nach dem Termin fuhr Charlotte ihn zu der Werkstatt, in der Parker arbeitete, damit er den nächsten Teil seines Plans umsetzen konnte. Solange sein rechtes Bein in Gips war, konnte er nicht fahren. Zum Glück musste sie erst am späten Nachmittag arbeiten. Er hatte ihr gesagt, dass sie warten sollte, denn es würde nur ein paar Minuten dauern, doch wenn er ehrlich war, wollte er nur nicht, dass sie zu lange auf den Beinen war. Er wusste, dass es keinen Sinn ergab. Später würde sie zur Arbeit gehen, doch er hatte das Bedürfnis, sie zu beschützen, wenn er bei ihr war. Als zukünftiger Ehemann und Daddy musste er etwas tun.

Parker wischte sich die Hände an einem Lappen ab und trat aus der Werkstatt, in der er an einem roten Ferrari Dino gearbeitet hatte. „Hey, was bringt dich denn hierher?"

Ty ging auf den Wagen zu. „Was für eine Schönheit. Frühe Siebziger?"

Parker lächelte. „Das ist ein 1972er 246 GT Dino Coupé. Nur ein Vorbesitzer. Bei der Versteigerung dürfte ganz schön was rumkommen.“

Ty nickte und freute sich noch mehr als sonst darüber, wenn Parker über Autos sprach. „Wie geht's dir? Sind alle hier nett zu dir?“ Er blickte hinüber zum Parkplatz, um sich zu versichern, dass Charlotte noch im Wagen saß, und entspannte sich, als er sie sah.

„Kann mich nicht beklagen“, sagte Parker. „Habe tolle Projekte. Und Nico da drüben“, er nickte in Richtung des dunkelhaarigen Italieners, der irgendein Werkzeug vom Wagen nahm, bevor er unter der Motorhaube eines weiteren Ferrari verschwand. „Er weiß alles über Oldtimer.“ Er senkte die Stimme. „Ihm gehört der Laden.“

„Kannst du mich vorstellen?“, fragte Ty.

Parker ging hinüber, und Ty folgte ihm. „Hi Nico, mein Freund Ty hier würde dich gerne kennenlernen.“

Nico richtete sich auf, zog einen Lappen aus der Tasche seines Overalls und wischte sich die Hände ab, bevor er Tys Hand schüttelte. „Schön, dich kennenzulernen. Suchst du nach einem Oldtimer?“

Ty schüttelte den Kopf. „Im Augenblick noch nicht. Eher einen Panzer. Meine Verlobte ist schwanger.“

Nico lächelte, und selbst Ty musste zugeben, dass er wie ein Filmstar aussah. „Glückwunsch! Was Schöneres gibt's nicht auf der Welt. Meine Tochter Chloe wird bald zwei, und das zweite Baby ist auf dem Weg. Meine Frau meint, es wird wieder ein Mädchen, doch ich wette, es ist ein Junge. In meiner Familie gibt es viele Jungs.“

Ty lachte. „Ja, in unserer auch. Ich weiß nicht, was es bei uns wird, doch solange es gesund ist–“

„Ja, absolut“, nickte Nico.

„Eine schöne Werkstatt hast du hier“, sagte Ty und machte eine ausladende Geste in Richtung Werkstatt und angrenzenden Ausstellungsraum.

„Danke“, sagte Nico und sah ihn erwartungsvoll an.

Ty kam zur Sache. „Hast du je daran gedacht, aus deiner Arbeit hier eine Reality Show zu machen?" Er brauchte einen Gig, mit dem er Geld in Charlottes Nähe verdienen konnte, zumindest, bis das Baby auf der Welt war. Ein Großteil seines Geldes steckte in seinem Haus in L.A., und er hoffte, dass sie dort leben würden, wenn das Baby erst einmal da war. Doch wenn er eine Reality Show auf die Beine stellen konnte, würde er zwischen seinen Stunt-Jobs daran arbeiten.

Parker starrte Ty mit offenem Mund an. Vielleicht hätte Ty Parker zuerst in seine Idee einweihen sollen.

Nico schnitt eine Grimasse. „Du meinst eine Fernsehshow?"

„Ja", sagte Ty, und seine Begeisterung war ihm deutlich anzuhören. „Kameras, die dich begleiten, wenn du einen Oldtimer findest und dann den Prozess der Restaurierung zeigen."

Nico schüttelte den Kopf. „Ne. Habe kein Interesse, im Fernsehen zu sein."

„Könnte gut fürs Geschäft sein", sagte Ty. „Ich spreche von einem großen Sender. Nationale Ausstrahlung. Die Leute würden von überall her kommen, um Oldtimer von dir zu kaufen. Mein Bruder könnte auch eine Webseite einrichten, auf der Interessenten Online shoppen können." Alex war Grafikdesigner und hatte schon viele Websites gestaltet.

Nico schien darüber nachzudenken.

Ty fuhr eilig fort. „Es würde dich nichts kosten. Meine Schwägerin ist Claire Jordan. Sie würde mit ihrer Produktionsgesellschaft alles abdecken." Das war der nächste Teil seines Plans, doch zuerst musste er Nico und Parker überzeugen.

Nico nickte. „Ich kenne Claire. Sie hat die Bücher meiner Schwägerin Julia verfilmt. Die Fierce Trilogie. Ich habe sogar in einer Szene eine Statistenrolle gespielt." Er schnitt eine Grimasse. „Verdammt langweilige Arbeit."

„Ja, das ist sie", nickte Ty. „Du müsstest nicht vor der Kamera stehen, wenn du nicht willst. Wir könnten auch nur Parkers Projekte zeigen." Er nickte in Parkers Richtung.

„Ist das deine Idee?", fragte Nico Parker.

„Das ist für mich genauso neu wie für dich", sagte Parker.

Ty fuhr fort. „Ich kann durch die Show führen, und Parker bringt das technische Wissen mit. Ich bin Stuntman und bin es gewohnt, vor der Kamera zu stehen."

Parker hielt eine Hand hoch. „Who, Ty. Ich bin noch nie im Fernsehen gewesen. Ich bin mir sicher, dass ich die Zuschauer zu Tode langweilen würde."

Ty klopfte ihm auf den Rücken. „Nein. Wenn du über Autos sprichst, bist du interessant."

„Herzlichen Dank auch", sagte Parker trocken.

Nico schmunzelte.

Ty wandte sich Nico zu. „Denk drüber nach. Das könnte dein Geschäft auf eine ganz neue Ebene bringen. Wenn du einverstanden bist, spreche ich mit Claire darüber, und dann könnten wir uns um die Details kümmern. Natürlich würdest du dafür bezahlt werden. Ich bin mir sicher, dass wir ein Beraterhonorar oder eine Beteiligung oder so was für dich aushandeln könnten."

„Ich werde darüber nachdenken", sagte Nico und wandte sich wieder seiner Arbeit zu.

„Kann ich Claire von der Idee erzählen?", fragte Ty.

Nico drehte sich wieder zu ihm um. „Sicher. Aber nichts ist definitiv, bis ich die Bedingungen schwarz auf weiß sehe. Meine Frau ist Anwältin. Ich will, dass sie sich alles ansieht."

Ty hätte vor Freude in die Luft springen können, wenn er keinen Gips am Bein gehabt hätte. „Danke", sagte er stattdessen.

Nico brummte und verschwand wieder unter der Motorhaube.

Ty bedeutete Parker mit einer Geste, ihm nach draußen zu folgen. Sobald sie vor der Werkstatt standen, knurrte Parker. „Woher hast du denn diese durchgeknallte Idee?" Er senkte seine Stimme. „Wäre nett gewesen, wenn du mir davon erzählt hättest, bevor du damit zu meinem Boss gerannt bist."

„Sorry, hast ja recht. Ich bin am Ausflippen wegen Charlotte. Ich brauche einen Gig in ihrer Nähe. Und mit wem würde ich lieber arbeiten, als mit dir, meinem besten Kumpel, meinem Bruder–"

„Schon gut, halt die Klappe." Parker knuffte gegen seine Schulter. „Du weißt, dass ich für meine Familie alles tun würde."

Parker war nicht nur mit Tys Schwester Mad verlobt, er war auch Bruder ehrenhalber, seit Tys Vater ihn aufgenommen hatte, als er gerade einmal zehn Jahre alt gewesen war. Er konnte sich kaum jemanden vorstellen, mit dem er lieber Geschäfte gemacht hätte als mit Parker, einem ehrenwerten und hart arbeitenden Mann. Dazu kam, dass Parkers ruhige Art sich gut vor der Kamera machen und ein perfektes Gegengewicht zu Tys natürlicher Begeisterung wäre.

Parker blickte über Tys Schulter in Richtung Parkplatz. „Sieht aus, als würde deine Lady dich vermissen."

Ty drehte sich um, als Charlotte gerade aus dem Wagen stieg. „Bin schon fertig", rief er ihr zu. „Bin gleich wieder bei dir." Sie setzte sich wieder und schloss die Tür. Er seufzte. Es würde ein bisschen dauern, bis er sich an den Gedanken gewöhnt hatte, dass es eine Risikoschwangerschaft war.

„Herzlichen Glückwunsch übrigens", sagte Parker.

„Mad hat mir von eurem Wunderbaby erzählt.“

„Danke, doch sicher ist gar nichts. Es ist eine Risikoschwangerschaft, und ich muss sie im Auge behalten.“ Er blickte in Richtung ihres Wagens, wo Charlotte mit den Fingern auf dem Lenkrad trommelte. „Ich muss losmachen. Denk mal drüber nach.“

Parker klopfte ihm auf die Schulter. „Du kümmere dich um die Details, und ich werde sehen, was ich hier tun kann.“

„Danke, bin dir was schuldig.“

„Glaub nicht, dass ich das nicht einfordern werde“, schmunzelte Parker.

Dann ging Ty, so schnell er auf Krücken konnte, zurück zu Charlotte.

„Willst du ein Auto kaufen?“, fragte sie, als er wieder eingestiegen war.

„Ja, aber nicht hier. Ich will was Neues und so groß wie ein Panzer.“ Jetzt bewertete er sogar Autos in neuem Licht – nach ihrer Sicherheit anstatt Motor, Geschwindigkeit und Coolness-Faktor.

„Ein Panzer?“

„Ja, irgendwas Sicheres. Einen Van oder so was. Vielleicht einen Geländewagen.“

„Okay“, sagte sie gedehnt.

Sobald sie zurück zu Charlottes Haus kamen, begleitete er sie zum Sofa, schaltete den Fernseher ein und erklärte ihr, dass er ihr ein gesundes Mittagessen kochen würde, bevor sie zur Arbeit ging. Doch zuerst musste er einen Anruf tätigen. Er ging durch die Küche hinaus in den kleinen Garten. Er wollte Charlotte noch keine Details seines Plans verraten, bis er sicher war, dass er funktionieren würde. Es nutzte ja nichts, wenn sie sich umsonst aufregte.

Er rief Claire an, und sie ging tatsächlich an ihr Handy. „Hey, dein Lieblingsschwager.“

„Hi Josh“, sagte sie herzlich. „Wie geht's dir?“

„Ich bin's, Ty.“

Sie lachte. „Ich weiß. Ich habe deine Nummer gespeichert. Wie geht's unserem Mädel?“

„Gut. Hör zu, ich habe eine Idee, dank derer ich vielleicht mehr für sie hier sein kann.“

„Erzähl“, sagte Claire. „Du weißt, ich liebe sie, als wäre sie meine Schwester.“

Er bekam eine Gänsehaut angesichts der Emotion in ihrer Stimme. „Ich denke da an eine Reality-Show über Oldtimer. Ich würde sie moderieren, Parker wäre für all das technische Zeug zuständig. Deine Firma würde sie produzieren. Die Werkstatt, für die Parker arbeitet, ist bekannt für ihre Qualität und die Vielfalt an Klassikern, an denen sie arbeitet. Ich habe mit dem Eigentümer gesprochen, und er war dem Vorschlag gegenüber nicht abgeneigt.“

„Ich kann die Idee bei Turbo vorstellen. Bei denen dreht sich alles um Autos. Wenn es da nicht klappt, kann ich es bei PBS versuchen, und im schlimmsten Fall machen wir eine Web-Serie draus. Warte.“

Er jubelte innerlich, dass sie so schnell überzeugt war.

Kurz darauf sagte Claire: „Jake will mit an Bord. Er will, dass es seine erste Show als Produzent wird. Ich kann dich und Parker einstellen mit Versicherung und allem Drum und Dran. Gib mir die Nummer der Werkstatt, und ich handele auch was mit dem Eigentümer aus.“

Ty fiel ein riesiger Stein vom Herzen. „Ja, ja und ja. Wie kann ich dir danken?“

„Tu, was du in L.A. erledigen musst, und flieg ganz schnell wieder zu Charlotte zurück.“

„Bin schon dran.“ Tränen stiegen ihm in die Augen angesichts Claires Mitgefühl für ihre Situation. „Claire, du kannst mich jederzeit anrufen, wenn du irgendwas brauchst. Ganz gleich, was es ist. Ich tue es. Ich bin so froh, dass du zu meiner Familie gehörst."

„Hör auf, oder ich muss heulen. Gott. Ihr Campbells haltet auch mit nichts hinterm Berg. Ich hab dich auch lieb." Sie schniefte und holte tief Luft. „Okay. Alles gut. Ich will, dass du dir aller möglichen Verläufe für die Show bewusst bist. Wir werden mit einem Pilotfilm anfangen. Den werde ich dem Sender vorstellen. Falls das nicht funktioniert und du und Parker keine Chemie habt, oder ihr eine habt und wir den Deal bekommen, aber keiner schaltet ein, möchte ich, dass du dir einen Plan B überlegst, okay?"

Das tat er bereits und wälzte alle Möglichkeiten in seinem Kopf. „Verstanden. Danke."

Als das Gespräch beendet war, machte er schnell einen gemischten Salat und Sandwiches für sich und Charlotte und brachte ihr das Essen zum Sofatisch.

Charlotte lächelte. „Was planst du, Ty? Du verhältst dich seltsam. Erzähl mir, was vor sich geht."

„Ich plane was für unsere Hochzeit. Will dich überraschen." Er setzte sich neben sie und deutete auf ihr Mittagessen. „Komm, iss was."

„Wirklich?" Sie biss in ihr Truthahnsandwich. „Ich dachte, Hailey kümmert sich um alles."

„Ich helfe." Er aß sein Sandwich und beobachtete sie aus dem Augenwinkel.

„Entspann dich. Mir geht es gut. Mir wird schon nichts passieren."

Sein Magen zog sich zusammen, und er legte sein Sandwich ab. Genau das hatte er ihr auch gesagt. „Mir wird schon nichts passieren", in der Hoffnung, dass sie sich weniger Sorgen wegen der Risiken, die er einging, machen würde, doch jetzt wusste er, dass nichts ihn jemals beruhigen würde. Für ihn war sie immer in Gefahr. Er hatte die Folgen des Worst-Case-Szenarios bei Alex gesehen, und er konnte die Angst nicht loswerden, dass dasselbe auch ihnen passieren könnte.

Sie sah ihn an, legte ihr Sandwich ab und ergriff seine Hand. „Wirklich. Mir wird nichts passieren. Genauso wie dir nichts Ernstes bei deinen Stunts passieren wird. Nach deinem Urlaub, sobald das Baby da ist, ist es okay für mich, wenn du weitermachen willst. Ich weiß, dass ich zuvor Panik geschoben habe, aber ich will nicht, dass du deinen Traumjob für mich aufgibst. Ich will nicht, dass du es mir oder dem Baby zum Vorwurf machst, wenn du irgendetwas verpasst. Ich möchte, dass du glücklich bist."

Er starrte sie verblüfft an. „Wirklich? Aber du hast dir doch solche Sorgen gemacht?"

Sie legte die Hand an seine Wange und blickte ihm mit so viel Liebe in die Augen, dass er einen Kloß im Hals bekam, bevor sie weiterredete. „Ich liebe dich so sehr, dass ich keine Bedingungen damit verknüpfen will. Ich liebe dich so sehr, dass alles, was ich für dich will, ist, dass du glücklich bist mit dem, was du tust."

„Dann willst du, dass ich meinen Job behalte?"

Sie hob die Hände. „Ich möchte, dass du tust, was dich glücklich macht."

„Gut."

„Dann wäre das geklärt." Sie lächelte ihn an, und er sah in ihren Augen, wie viel Kraft es sie kostete, das zu tun."

„Charlie. Ich möchte, dass du weißt, wie viel es mir bedeutet, dass du bereit bist, dieses Opfer zu bringen, damit ich glücklich bin. Ich weiß, es ist nicht leicht für dich. Doch ich liebe dich genauso, darum mache ich Schluss."

Sie riss die Augen auf. „Womit machst du Schluss?"

„Nach meinem Urlaub mache ich nicht mehr weiter. Keine Stunts mehr. Ich verkaufe mein Haus in L.A. und ziehe hierher."

Sie schlug sich die Hand vor den Mund. „Wann hast du das denn entschieden?"

„Gerade eben."

Sie stieß einen Freudenschrei aus. „Ty, bist du sicher?'

Er nickte. „In dem Moment, in dem du mir gesagt hast, dass es eine Risikoschwangerschaft ist, habe ich begriffen, was du fühlst. Du bist nur in dieser Situation, weil du mein Baby trägst. Ich andererseits kann etwas an meiner Situation ändern."

„Aber was willst du tun? Mad sagt, dass du es gehasst hast, als Personal Trainer zu arbeiten."

„Ich habe es nicht gehasst. Ich war rastlos. Doch damals war ich gerade mal zwanzig. Jetzt mit dir und dem Baby ist alles anders."

„Aber jetzt willst du opfern, was dich glücklich macht", protestierte sie. „Ich will nicht, dass du es bereust."

Er zog sie in eine zärtliche Umarmung. „Ich bereue nichts. Ich habe die Entscheidung mit offenen Augen getroffen." Ihre Schultern bebten, und als er sie ansah, bemerkte er, dass sie weinte. Der Arzt hatte gesagt, dass die Hormone sie während der Schwangerschaft besonders emotional machen würden. Er hob ihr Kinn und küsste sie zärtlich auf Lippen und Wangen und danach ihren köstlichen Mund, in der Hoffnung, dass sie sich besser fühlen würde.

Er wischte ihre Tränen mit seinen Daumen weg. „Besser?"

Sie nickte und küsste ihn. Er erwiderte den Kuss, dann verloren sie die Kontrolle.

So schien es immer zu sein. Er konnte einfach nichts dafür, dass sie ihn unwiderstehlich fand. Er verstand es. Er empfand dasselbe für sie.

Kapitel Achtzehn

Zwei Wochen später fühlte sich Charlotte ziemlich glücklich und zufrieden. Der Arzt war optimistisch, auch wenn er ihr ein paar Warnzeichen erklärt hatte, bei denen sie ihn sofort anrufen sollte. Morgenübelkeit war ein Fremdwort für sie, und das Beste war – Ty war zu 100% an Bord. Er hatte seinen Job aufgegeben, worüber sie glücklich war, doch natürlich wäre es ihr lieber gewesen, wenn er schon einen neuen Job gehabt hätte, bevor er seinen alten aufgegeben hatte, denn sie würde bald nicht mehr so viel arbeiten können.

„Abendessen ist fertig!", rief Ty aus der Küche.

„Komme schon!" Sie lächelte vor sich hin. Der Mann in ihrer Küche war ein kleines Wunder. Er wollte, dass sie sich so viel wie möglich schonte, und hatte das Kochen und Abspülen übernommen. Darüber konnte sie sich nun wirklich nicht beschweren. Sie hatte das alles fast ihr ganzes Leben allein getan, und es war schön, dass jemand sie auf so besondere Art und Weise behandelte, auch wenn sie es ein wenig übertrieben fand.

„Das riecht köstlich", sagte sie, als sie die Küche betrat. Es war seine Montagsspezialität – Spaghetti mit Hackfleischsauce aus dem Glas. Sie ging zur Spüle hinüber, wo er gerade die Spaghetti in ein Sieb kippte, und küsste ihn auf die Wange.

Zwischenzeitlich brauchte er keine Krücken mehr und trug eine Gehschiene.

Er lächelte. „Lass uns im Wohnzimmer essen. Ich würde gerne fernsehen."

„Sicher." Sie ließ ihn alles auf die Teller laden, dann nahm sie sie und brachte sie ins Wohnzimmer. Ty folgte ihr mit zwei großen Gläsern Milch. Er achtete peinlich genau darauf, dass sie genug Protein zu sich nahm, damit das Baby wachsen konnte. Er hatte jede Schwangerschafts-Webseite, die sie ihm geschickt hatte, von vorne bis hinten durchgelesen.

Ty legte eine DVD ein und nahm die Fernbedienung. „Bereit?", fragte er lächelnd.

„Was ist das?"

„Wirst du schon sehen." Er drückte ‚Play'.

Ty erschien auf dem Bildschirm in einem schwarzen T-Shirt und schwarzen Jeans. Er sah überaus sexy aus und redete direkt in die Kamera. Seine Gehschiene war über seinen Jeans gut sichtbar und gab ihm ein zusätzliches, gewisses Extra.

„Was ist das?", fragte sie.

„Schhh. Hör zu", sagte er mit einem strahlenden Lächeln. „Und iss, bevor's kalt wird."

Sie gehorchte. Ty wirkte so natürlich und entspannt auf dem Bildschirm. „Oldtimer sind ein gewagtes Spiel. Wer macht den ultimativen Fund in einem Schuppen? Und was ist der Wagen wert, nachdem er restauriert ist? Darum dreht sich alles hier bei Exotic and Classic Car Restorations. Ich bin hier bei Nico Marino, dem Eigentümer der Werkstatt, der einen 1956er Jaguar XK140SE Roadster in einer verlassenen Garage gefunden hat." Die Typenbezeichnung des Wagens wurde am unteren Ende des Bildschirms eingeblendet. „Erzähl uns mehr von diesem Auto."

Nico begann zu erzählen und ging um das Auto herum, um auf Besonderheiten hinzuweisen.

Dann schwenkte die Kamera wieder auf Ty. „Chefmechaniker Parker Shaw wird diesem Auto wieder zu altem Glanz verhelfen und hofft, dass der Wagen bei einer Auktion einen sechsstelligen Betrag einbringen wird."

„Parker auch?", rief Charlotte.

Ty drückte ihre Hand. „Ja."

Sie sah zu, wie Ty über den Wagen und die Geschichte des Modells berichtete. Seine Begeisterung war ansteckend, selbst für jemanden wie sie, der nicht viel Ahnung von Autos hatte. Dann folgten ein paar Einstellungen von Parker, der am Wagen arbeitete und erklärte, was er tat, bevor er Ty auf eine Testfahrt begleitete und zu guter Letzt den Wagen für einen fantastischen Preis auf einer Auktion verkaufte. Als Ty und Parker sich am Ende gegenseitig mit Fragen bombardierten und ihr Wissen über Autos auf die Probe stellten, musste sie lachen. Beide wussten eine Menge über Oldtimer, und es war amüsant zu sehen, wie sie einander zu übertrumpfen versuchten und dem jeweils anderen nicht zu ungenaue Antworten unter die Nase rieben.

Als das Video endete, wandte Ty sich ihr zu. „Was denkst du?‘

„Das war toll! Amüsant, informativ und unterhaltsam. Wann habt ihr das gemacht?"

„Haben zwei Wochen jeden Morgen früh angefangen, um den Pilotfilm zu drehen."

„Dahin bist du also jeden Morgen verschwunden? Ich hatte gedacht, dass du trainieren gegangen bist!"

„Nein. Ich wollte dir erst davon erzählen, wenn der Pilot abgedreht war, um dich zu überraschen."

„Das ist dir gelungen."

Er deutete auf den Bildschirm. „Die Auktion war,

ehrlich gesagt, ein anderes Auto. Wir haben sie nur als Beispiel mit reingeschnitten. Wir bekommen noch eine Titelmelodie und einen coolen Namen für die Serie. Claire arbeitet schon daran."

Ihr blieb der Mund offenstehen. „Du und Claire habt das gemacht? Das waren all die Anrufe?"

„Ja, also zumindest zum Teil. In der Show werden hauptsächlich Parker und ich zu sehen sein. Nico stellt nur am Anfang den Wagen vor. Claire hat ihn davon überzeugt, dass das gut fürs Geschäft ist, wenn der Mann hinter dem Namen zu sehen ist. Sie hat ihm gesagt, dass sie ihn wegen seiner Expertise will, doch mir hat sie gesagt, dass sie ihn will, weil er so gut aussieht." Er sah sie an und wartete auf ihre Reaktion.

„Oh nein! *Du* sorgst definitiv für die Optik der Show", erklärte sie. *Nico sah allerdings auch nicht schlecht aus.*

Ty nickte zufrieden. „Wenn wir einen Abnehmer finden, ist das mein neuer Job, und wir filmen in Connecticut. Vielleicht ein paar Trips hier und da, um einen Wagen abzuholen, doch sonst bin ich hier. Jake produziert die Show durch Claires Firma."

„Ich kann nicht glauben, dass ihr das alles auf die Beine gestellt habt und ich null mitbekommen habe!"

„Ich wollte dich überraschen." Er küsste sie und zog sie sanft auf seinen Schoß. „Keine riskanten Stunts, und gut bezahlt ist es auch. Ich werde dir so dicht auf der Pelle sitzen, dass du froh sein wirst, wenn du mich mal für ein paar Stunden los wirst." Er streichelte ihr übers Haar, wickelte es um seine Hand und zog ihren Kopf ein Stück zurück, um sie zu küssen.

„Ich will dich nie wieder loswerden", sagte sie, als er wieder von ihr abließ.

Er schmunzelte. „Und das Beste ist, wir filmen nur im Frühling und im Sommer, wenn das Wetter gut ist. Den

Rest des Jahres gehöre ich ganz dir. Vielleicht können wir gemeinsam ein Personal Training Studio aufbauen. Ich kümmere mich um die Kunden, solange du im Mutterschutz bist, und du übernimmst, wenn du wieder kannst.“

„Du hast alles durchgeplant, oder?“

„Natürlich.“

„Du bist wunderbar.“ Sie verteilte Küsse über sein Gesicht und seinen Hals. „Wenn es ein Junge ist, nennen wir ihn Ty Jr. Niemand anderes hätte all das auf die Beine stellen können.“

Ty plusterte sich auf, dann sah er sie fragend an. „Du weißt nicht, wie ich wirklich heiße, oder?“

„Tyler, oder?“

Er hob eine Hand. „Du darfst jetzt nicht lachen, okay?“

„Oh-oh.“

„Ich war sehr … aktiv … im Mutterleib.“

„Das überrascht mich nicht.“

Er schnitt eine Grimasse. „Mein Name ist Tyger.“

„Tyger? Wer tut einem Kind denn so was an?“

„Meine Mutter offensichtlich. Und natürlich gibt es da Tiger Woods. Er war schon Top-Golfer, als sie mit mir schwanger war.“

„Aber das ist nicht sein wirklicher Name.“ Sie kicherte. „Ich kann nicht fassen, dass die Jungs dich deswegen nicht aufziehen.“

Ty legte eine Hand auf ihren Bauch, wie er es oft tat, wenn er eine Bindung zu ihrem Baby spüren wollte. „Es erinnert sie an meine Mom, darum spricht niemand darüber.“

Sie wurde ernst. „Tut mir leid. Ich weiß, dass deine Mom nicht dein Lieblingsthema ist. Wir könnten ihn einfach nur Ty nennen. Kurz und knapp.“

Er lächelte sie zärtlich an. „Du musst mich wirklich

lieben.“

„Das tue ich.“

„Dann lass es uns offiziell machen.“ Er griff in seine Hosentasche, nahm ihre Hand in seine und schob einen Diamantring im Marquiseschliff an ihren Finger.

Sie starrte ihn an. „Oh Ty, der ist so schön!“

Er legte eine Hand an ihre Wange und blickte ihr in die Augen. „Samstag. Alles ist geplant. Du musst nur das Kleid anziehen. Keinen Stress für meine Frau.“

Sie schlang ihre Arme um seinen Hals. „Perfekt!“

~ ~ ~

Am Samstag überraschte er sie erneut. Als er ihr gesagt hatte, dass alles geplant war, war sie davon ausgegangen, dass er die Planung Hailey überlassen hatte, was eine Hochzeit im Ludbury House in Clover Park bedeutet hätte, doch dem war nicht so.

Die Hochzeit fand auf einer Yacht statt, die in einem kleinen Hafen in Connecticut vor Anker lag. Es war dasselbe Boot, mit dem sie bei ihrem ersten magischen Date gestrandet waren, auf dem beide so viel von sich preisgegeben hatten. Nur, dass diesmal der Skipper nicht Ty war, sondern der Schauspieler und Komiker Will McKay.

All ihre Freundinnen waren da, und sogar Claire war extra eingeflogen und hatte ihre Stylistin mitgebracht, damit sich alle bei Charlotte zu Hause Haare und Make-up machen lassen konnten. Hailey hatte sich um das Kleid gekümmert und war mit Charlotte in einer Boutique einkaufen gegangen, in der man sie gut kannte und wo man ihr Starbehandlung zukommen ließ. Das Kleid war figurbetont und trägerlos, aus weißem Satin mit einer kleinen Schleppe. Ein langer Schleier fiel über ihren Rücken. Sie *liebte* es. Alles daran.

Ihre Freundinnen trugen auch dazu bei, die Hochzeit für Charlotte so stressfrei wie möglich zu machen. Das erste, was Claire bei ihrer Ankunft sagte, war: „Bitte gib mir nicht die Schuld an deinem gluckenhaften Verlobten. Er scheucht alle durch die Gegend, hat eure Hochzeitsreise geplant und alle Hebel in Bewegung gesetzt, damit du Termine bei den besten Ärzten der Stadt bekommst."

Charlotte dankte Claire und Hailey trotzdem, da sie wusste, dass Claires Ruf als Hollywoodstar und Haileys Organisationstalent erheblich dazu beigetragen hatten, dass Ty seine Pläne hatte umsetzen können.

Jetzt nahte der Sonnenuntergang, und der Hochzeitsempfang war in vollem Gange. Claire versicherte sich immer wieder bei Charlotte, dass es ihr gut ging und sie glücklich war. Hailey fragte dasselbe und erinnerte Charlotte daran, dass sogar die Hochzeitstorte gesund war – Karottenkuchen – und sie nichts dafür konnte. Ty hatte wegen des Babys darauf bestanden.

„Ist schon okay", sagte Charlotte. „Ich liebe alles." Sie sah beide mit Tränen in den Augen und einem dicken Kloß im Hals an. „Ich hab euch so lieb. Ihr seid meine Schwestern."

„Wahlschwestern", nickte Claire.

Auch Hailey nickte und kämpfte gegen die Tränen in ihren Augen an.

„Hey, und was sind wir?", rief Mad.

„Beweg deinen Hintern hierher!", rief Charlotte zurück.

Mad zog Lauren mit sich, die ihrerseits Carrie im Schlepptau hatte. Hailey beeilte sich, die übrigen Mitglieder des Happy End Buchclubs zusammenzutreiben. Alle umarmten Charlotte überschwänglich, und Ty kam hinzu, um sicherzugehen, dass niemand sie zu fest drückte.

„Immer langsam, meine Damen", sagte Ty. „Bitte entschuldigt uns, Zeit für unseren Tanz. Sie spielen unser

Lied.

„SexyBack ist unser Lied?", fragte Charlotte.

Ty zog eine Braue in die Höhe. „Da fragst du noch?"

„Bisschen arg explizit, findest du nicht?", fragte Mad.

„Charlotte ist schuld", sagte Ty. „Ist ihr Lieblingssong. Sie hat verlangt, dass ich dazu tanze, bevor sie sich bereit erklärt hat, mit mir auszugehen." Er wandte sich Charlotte zu. „Gib's zu, Baby."

„Ty!", protestierte sie. „Das ist *nicht* mein Lieblingssong."

Ty küsste sie. „Meiner schon, weil ich dich damit geangelt habe."

„Oh Ty …" Sie warf ihm die Arme um den Hals und zog ihn an sich. Er war so verdammt süß. Er erwiderte die Umarmung mit zurückhaltender Sanftheit, dann ergriff er ihre Hand und zog sie aufs Achterdeck. Ihre Freundinnen pfiffen und johlten „Sexy, sexy!" hinter ihr her.

„Du weißt schon, dass ich mir das jetzt bis in alle Ewigkeit anhören muss", sagte sie, als sie auf dem schmalen Weg zum Achterdeck hinter ihm her ging.

„Ich bin mir sicher, dass wir ihnen in Zukunft noch viel mehr zu reden geben werden", sagte er und lächelte sie spitzbübisch an. Sie schüttelte lächelnd den Kopf.

Ty musste immer noch die Gehschiene tragen, darum konnte er nicht viel tanzen, doch das störte ihn nicht – im Gegenteil. Er wollte nicht, dass sie zu viel tanzte. Er bestand darauf, dass sie *da drin nichts durcheinanderschüttelte*, und sie stimmte zu, solange sie eine Hochzeitsreise mit allen Bettprivilegien bekam.

Ty hatte dank Claires Verbindungen das Penthouse eines exklusiven Hotels in der Stadt gebucht.

Auf dem Achterdeck angekommen, zog Ty sie in seine Arme, und sie tanzten Wange an Wange und bewegten sich kaum, auch wenn die Musik recht schnell war.

„Das ist diesmal eine andere Art Sunset-Cruise als beim letzten Mal", sagte sie.

„Riecht auch viel besser", schmunzelte er.

„Und du trägst einen Smoking", bemerkte sie. „Irgendwie haben mir das Kimono-Ding und das Handtuch besser gefallen. So schade, dass du diesen Body verstecken musst."

„Nicht lange, Baby. Kann unsere Hochzeitsreise kaum erwarten", flüsterte er in ihr Ohr.

„Ich auch nicht."

In seiner Stimme lag ein heiseres Versprechen. „Ich werde zärtlich deine Welt aus den Angeln heben."

Sie musste lächeln. „Das tust du doch immer."

Sie waren die einzigen, die tanzten, doch es machte ihr nichts aus, da sie sich mit ihren Gästen und ihrem Mann vollkommen wohl fühlte. Die meisten Songs auf der Playlist waren auf Tys Wunsch hin eher langsam. Er hatte gesagt, dass er auf sie und das Baby aufpassen würde, und das tat er auch – das musste sie ihm lassen.

Die Jungs – die Campbell-Brüder und Freunde – standen ganz in der Nähe und unterhielten sich mit Will McKay über die Yacht. Alle außer Alex, der mit Vivian, die eine Rettungsweste trug, an der Reling stand, von wo aus sie die anderen Boote bestaunte.

Es war ganz anders, als Charlotte sich ihre Hochzeit vorgestellt hatte – auf einem Boot, schwanger und mit einem Ehemann, der der Moderator einer Reality-TV-Show war. Und doch war es das perfekte Happy End für sie.

EPILOG

Charlottes Schwangerschaft war kein Spaziergang. Weder für sie noch für Tyler. Sein Mitgefühl machte ihn zur Glucke, wenn auch immer mit den besten Absichten. Ab dem sechsten Monat verordnete der Arzt ihr strikte Bettruhe, und Ty stellte eine Krankenschwester ein, die immer dann einsprang, wenn er nicht da sein konnte. Ihre Freundinnen sorgten dafür, dass jeden Tag zumindest eine von ihnen bei ihr vorbei schaute. Auch wenn es ihr schwerfiel, die Bettruhe einzuhalten, besonders angesichts ihres zuvor überaus aktiven Lebensstils, hielt sie sich immer die Belohnung vor Augen, die sie erwartete – ihr kleines Wunder.

Doch das war nicht das einzige Wunder. Für sie war es auch die unerwartete Nähe, die sie fand, sobald sie sich ihren Freundinnen geöffnet hatte. Sie waren wie Familie für sie. Und natürlich gehörte sie jetzt auch zu Tys Familie. Der Kühlschrank und die Gefriertruhe waren mit gesunden Mahlzeiten vollgestopft, die entweder jemand aus der Familie gekocht oder aus dem Garner's mitgebracht hatte.

Hailey hatte sogar die Buchclub-Treffen in Charlottes Schlafzimmer verlegt, wo sie entweder auf dem Bett oder auf den Klappstühlen saßen, die Ty für Besucher besorgt hatte. Bei den ersten Treffen hatte Ty auf ihrer Seite des

Betts auf einem Stuhl gesessen und nervös darauf geachtet, dass niemand Charlotte zu nah kam, sie zu müde oder zu aufgeregt war. Er hatte behauptet, dass er da war, weil er neugierig war, was die Bücher anging, die sie besprachen. Er hatte dazu das Buch *Die Mission des Highlanders* gelesen und scheute sich nicht, an der Diskussion teilzunehmen.

„Glaubt ihr, dass Brianna den Mann geheiratet hätte, dem sie bei ihrer Geburt versprochen worden war, wenn Roan die Schlacht nicht überlebt hätte?", fragte Ty sofort.

Die Frauen waren zu sehr damit beschäftigt zu kichern und zu tuscheln, um zu antworten. Charlotte hätte ihn beinahe gebeten, ihr einen Snack oder Wasser oder irgendwas anderes zu bringen, da es ihr peinlich war, doch Ty schämte sich keineswegs.

„Jetzt kommt mal wieder runter", sagte er. „Männer mögen Romanzen auch. Warum glaubt ihr, dass ich mich so in diese Schönheit hier verliebt habe?" Er ergriff Charlottes Hand, küsste sie und blickte ihr in die Augen.

Sie seufzte – und alle anderen taten es ihr nach.

Danach wandten sie sich der Diskussion des Buchs zu und schlossen auch Ty mit ein.

„Und was ist mit Fiona?", fragte er. „Glaubt ihr, dass sie im nächsten Buch mit Briannas Bruder zusammenkommen wird? Es gibt doch ein nächstes Buch, oder?"

„Ja!", nickte Hailey aufgeregt. „Es ist eine Trilogie. Das nächste Buch heißt *Die Gefährtin des Highlanders*. Ich kann dir den Link schicken."

„Geht's um Fiona?", fragte Charlotte.

Hailey winkte ab. „Das wirst du sehen, wenn du es bekommst. Zurück zu unserem Buch."

Ty meldete sich wieder zu Wort. „Könnt ihr fassen, dass Roan Brianna einfach so in seine Festung geholt hat? Ich meine, er ist das Oberhaupt des Clans, soll eine andere heiraten, die bald kommen soll, und da ist sie?"

„Sich eine Geliebte zu halten, war damals normal“, antwortete Hailey. „Ich würde das nie tolerieren, doch das waren andere Zeiten.“ Sie ließ den Blick über die Frauen schweifen. „Dating und Ehe sind heutzutage so viel besser, nicht wahr?“

Eine lebendige Debatte über das Thema folgte, und Ty hörte gebannt zu. Er hatte noch nie so viele Frauen offen darüber reden hören, wie beschissen Männer waren. Nicht Charlottes Mann natürlich – sie war eine der Glücklichen.

„Darum nehme ich meinen Job als Liebesbotschafterin so ernst“, sagte Hailey. „Alle, die die Nase voll haben, vom Dating“ – sie ließ den Blick erneut in die Runde schweifen – „sagt mir einfach Bescheid, und ich will sehen, ob ich ein bisschen zaubern kann, um euch zu eurem persönlichen Happy End zu verhelfen.“

„Zaubern?“, fragte Ty.

„Oh, ich bringe Paare wie von Zauberhand zusammen“, sagte Hailey.

„Ach so?“, fragte Ty, offensichtlich überrascht.

„Und wie!“ Hailey strahlte und fing an, sie an ihren Fingern abzuzählen. „Julia und Angel, Claire und Jake, Mad und Parker und jetzt du und Charlotte.“

Keine der Frauen widersprach, denn auf ihre ganz eigene Weise hatte sie die Beziehungen *gefördert*, selbst wenn sie nicht *direkt* verantwortlich dafür gewesen war, dass die Paare zueinander gefunden hatten.

„Charlotte und ich?“, echote Ty und runzelte die Stirn. „Ich denke, *ich* hatte was damit zu tun.“

Charlotte verbarg ein Schmunzeln.

Hailey war zu höflich, um zu widersprechen, stattdessen wandte sie sich Mad zu. „Sag es ihm.“

Mad verdrehte die Augen und sagte mit monotoner Stimme: „Sie ist der Liebesjunkie. Sie bringt Liebe zum Blühen.“

Charlotte tätschelte Tys Arm. „So steht es auf ihrer Visitenkarte.“

Ty warf Hailey ein verschlagenes Grinsen zu. „Vielleicht kannst du ja was für meinen Bruder tun – den Halunken. Diesen Ganoven.“ Genau das waren die Bezeichnungen, mit denen Hailey Josh gerne bedachte. Er nannte sie dafür Prinzessin.

Hailey wurde rot, räusperte sich und fuhr energisch fort. „Zurück zu Roan und Brianna. Lasst uns beim Thema bleiben, Leute.“

Ty schmunzelte, doch die anderen wagten es nicht, sich offen über Hailey zu amüsieren. Das Ausmaß von Haileys bösem Genie war allen erst kürzlich im Umgang mit ihrem Erzfeind klargeworden. Alle nahmen an, dass Josh etwas ähnlich Teuflisches plante, um sich an ihr zu rächen.

Nach diesem ersten Buchclubtreffen nahm Ty nicht mehr teil, las aber dennoch die Bücher. Er unterhielt sich mit Charlotte darüber und zog jede Menge neue Ideen fürs Schlafzimmer daraus – natürlich erst für die Zeit nach der Geburt des Babys.

Ty Jr. kam gesund und stark nur vier Wochen zu früh zur Welt. Sie nannten ihn T.J.

Der Arzt sagte, dass Charlottes Chancen, erneut schwanger zu werden, zwar gering waren und dass, falls es erneut geschah, das Risiko genauso groß sein würde wie bei dieser Schwangerschaft. Darum entschieden sie, dass sie mit einem kleinen Wunder glücklich waren. Keiner von beiden wollte das Risiko eingehen, nicht für T.J. da sein zu können.

Ty stürzte sich begeistert in seine Vaterrolle, genauso wie er alles andere im Leben anging. Charlotte wusste das zu schätzen und ließ sich von seiner Begeisterung anstecken.

Sobald T.J. alt genug war, wollte sie sich nach Räumlichkeiten für ein eigenes Studio umsehen, wo sie die

Termine mit ihren Klienten so planen konnte, wie es ihr passte. Zum ersten Mal in ihrem Leben blickte sie mit Hoffnung und einem offenen Herzen in die Zukunft. Kaum zu glauben, dass alles mit einem Tanz angefangen hatte.

Einem verpassten Tanz.

Einem super-sexy Tanz.

Einem *lass uns Zeit miteinander verbringen* Tanz.

Und einem langsamen und zärtlichen Hochzeitstanz, der eine wunderbare Zukunft versprach.

~ ~ ~

Liebe LeserInnen,
Was denken Sie? Plant Josh eine teuflische Rache an Hailey, dem bösen Genie, oder ist er zu sehr damit beschäftigt, ihren hübschen Hintern im Auge zu behalten? Vielleicht kann Lauren als Friedensstifterin ja die Wogen zwischen ihnen glätten. Es könnte allerdings sein, dass sie zu beschäftigt dafür ist. Schließlich hat sie erst kürzlich Haileys Angebot angenommen, ihr dabei zu helfen, Liebe zu finden. Natürlich muss sich das aufs Wochenende beschränken, denn da gibt es einen müden, alleinerziehenden Vater, der unter der Woche Hilfe mit seiner kleinen Tochter braucht. Als nächstes folgt Alex' und Laurens Geschichte. *Förmliche Vereinbarung*, Buch 4 der Happy End Buchclub Serie. Schließen Sie sich dem Club an, und finden Sie Ihr Happy End!

Förmliche Vereinbarung (Happy End Buchclub #4)
Lauren Bishop hat ihren Sommer bis ins kleinste Detail geplant. Sie würde als Nanny für einen verzweifelten, alleinerziehenden Vater arbeiten und nebenbei noch Mr. Right finden. Dafür hat sie sogar eine ‚Lass die Liebe blühen'-Vereinbarung mit der örtlichen Heiratsvermittlerin mit Erfolgsgarantie zum Ende des Sommers getroffen. Doch irgendwie läuft nicht alles wie geplant, denn plötzlich sehnt sie sich nach ihrem emotional nicht zugänglichen Arbeitgeber.

Als die Backenzähne seinen kleinen Sonnenschein in einen Dämonen aus der Hölle verwandeln, sehnt sich der alleinerziehende Vater Alex Campbell nach den einfacheren Tagen mit Teddybär-Picknicks und Teepartys zurück. Dieser Zustand ist ein Albtraum für ihn. Dann tritt die süße Lauren wie ein Engel, der ihm vom Himmel geschickt wurde, in sein Leben. Alex hat kein Interesse an einer Beziehung, darum weist er jede Frau ab, die es versucht, doch er kann sich nicht leisten, diese Nanny zu verlieren. Kann er sie davon überzeugen, zu bleiben, auch wenn sie nach etwas sucht, das er ihr nicht geben kann?

Abonniere meinen Newsletter & verpasse keine meiner Neuerscheinungen: *Kyliegilmore.com/DEnewsletter*

Weitere Bücher von Kylie Gilmore

Die Clover Park Reihe
The Opposite of Wild (Buch 1)
Daisy Does It All (Buch 2)
Bad Taste in Men (Buch 3)
Kissing Santa (Buch 4)
Restless Harmony (Buch 5)
Not My Romeo (Buch 6)
Rev Me Up (Buch 7)
An Ambitious Engagement (Buch 8)
Clutch Player (Buch 9)
A Tempting Friendship (Buch 10)

Die Clover Park STUDS Reihe
Almost in Love (Buch 1)
Almost Married (Buch 2)
Almost Over It (Buch 3)
Almost Romance (Buch 4)
Almost Hitched (Buch 5)

Die Happy End Buchclub Reihe
Hollywood Inkognito (Buch 1)
Ärger im Anzug (Buch 2)
Gewagtes Spiel (Buch 3)
Förmliche Vereinbarung (Buch 4)

Über die Autorin

Kylie Gilmore ist die *USA Today* Bestsellerautorin der Happy End Buchclub Reihe, der Clover Park Reihe und der Clover Park STUDS Reihe. Sie schreibt unterhaltsame zärtliche Romanzen mit einer gesunden Prise Humor.

Kylie lebt mit ihrer Familie, zwei Katzen und einem verrückten Hund in New York. Wenn sie nicht gerade schreibt, Kinder bändigt oder bei Autorenkonferenzen pflichtbewusst Notizen macht, findet man sie beim Stretching – bis ganz nach oben ins oberste Regal, um dort ihren geheimen Schokoladenvorrat zu erreichen.